Und konnten es einfach nicht fassen

Das Buch

Sabine Thomas begegnet ihren Mandanten, wenn deren Leben einen anderen Verlauf genommen hat, als sie gedacht und gehofft haben. Die Geschichten, die sie von ihnen hört, sind scheinbar alltäglich, könnten jedem passieren. Ehen werden geschieden, Jugendliche geraten auf die schiefe Bahn, Pläne scheitern, Illusionen zerbrechen. Und gerade deshalb berühren diese Erzählungen zutiefst. Weil man sich in ihnen wiedererkennt, weil sie so menschlich sind. So überraschend, erschütternd, anrührend und komisch wie das Leben.

Die Autorin

Sabine Thomas, Jahrgang 1955, ist seit 1984 als Rechtsanwältin tätig. Sie ist Fachanwältin für Familienrecht und lebt und arbeitet in Duisburg. *Und konnten es einfach nicht fassen* ist ihre erste Prosaveröffentlichung.

Sabine Thomas

UND KONNTEN ES EINFACH NICHT FASSEN

Geschichten einer Familienanwältin

List Taschenbuch

Besuchen Sie uns im Internet:
www.list-taschenbuch.de

Erich Kästner, Sachliche Romanze, aus: Lärm im Spiegel, 1929

Das Zitat auf S. 70 stammt aus
»Die Fiedelgrille und der Maulwurf«, aus:
Janosch's Tierparade, Beltz & Gelberg, Weinheim Basel 2011

Das Zitat auf Seite 80 stammt aus dem Song
»Walter«, aus dem Album »Bleib tapfer / Für'n Arsch«
[Hulk Rächorz (Edel), 1994] von Wizo.

Zum Schutz von Personen wurden Namen und Orte
verändert und Handlungen modifiziert.

FSC
www.fsc.org
MIX
Papier aus verantwortungsvollen Quellen
FSC® C083411

Ungekürzte Ausgabe im List Taschenbuch
List ist ein Verlag der Ullstein Buchverlage GmbH, Berlin.
1. Auflage Januar 2015

Umschlaggestaltung: bürosüd° GmbH, München,
unter Verwendung einer Vorlage von Cornelia Niere, München
Titelabbildung: © Zachary Scott / Getty Images
Satz: Pinkuin Satz und Datentechnik, Berlin
Gesetzt aus der Adobe Garamond
Papier: Pamo Super von Arctic Paper Mochenwangen GmbH
Druck und Bindearbeiten: CPI books GmbH, Leck
Printed in Germany
ISBN 978-3-548-61245-4

Sachliche Romanze

Als sie einander acht Jahre kannten
(und man darf sagen: sie kannten sich gut),
kam ihre Liebe plötzlich abhanden.
Wie andern Leuten ein Stock oder Hut.

Sie waren traurig, betrugen sich heiter,
versuchten Küsse, als ob nichts sei,
und sahen sich an und wußten nicht weiter.
Da weinte sie schließlich. Und er stand dabei.

Vom Fenster aus konnte man Schiffen winken.
Er sagte, es wäre schon Viertel nach Vier
und Zeit, irgendwo Kaffee zu trinken.
Nebenan übte ein Mensch Klavier.

Sie gingen ins kleinste Café am Ort
und rührten in ihren Tassen.
Am Abend saßen sie immer noch dort.
Sie saßen allein, und sie sprachen kein Wort
und konnten es einfach nicht fassen.

Erich Kästner

Inhalt

Die Liebende

Katja fuhr beschwingt nach Hause. Sie ließ alle Fenster ihres Kleinwagens herunter, drehte das Radio auf und sang aus voller Kehle sämtliche Popsongs mit. Das Leben war schön, fand sie. Es war Freitagnachmittag, hinter ihr lag eine erfüllte Woche mit ihren reizenden, wissbegierigen Schülern, die sie verehrten, vor ihr ein Schwatz mit Stefan, ihrem Mann, ebenfalls Lehrer. Am nächsten Tag würden sie Gäste haben zum Grillen. Das Wetter würde auch mitspielen, versicherte ihr der Wettermann gerade.

Katja und Stefan kannten sich schon aus der gemeinsamen Schulzeit, seit sie zehn oder elf Jahre alt waren. Jahrelang waren sie gute Freunde gewesen. Mindestens einer von ihnen war immer gerade gebunden, und so stellte sich die Frage einer Liebesbeziehung zwischen ihnen nicht. Eine Affäre kam schon gar nicht in Frage. Sie fanden einander nicht anziehend, und ihnen beiden war in Liebesdingen Treue wichtig, seelische und körperliche.

Sie studierten schon beide, als sie irgendwann einmal gleichzeitig Liebeskummer hatten. Zusammen rauchten, tranken und redeten sie die Nächte durch, hörten einander zu, trösteten sich gegenseitig. Und dann, von einem Moment zum anderen, war alles anders.

Merkwürdig, sich in den vertrautesten Menschen zu verlieben. Eine ganz neue Art von Glück, das kannten sie vorher nicht. Und es übertraf auch alles, was sie vorher gekannt hatten. Da war dieses Wissen um den anderen von Anfang an, eine blinde Vertrautheit. Alle Erzählungen über Gewohnheiten, Meinungen und Vorlieben, das Austauschen der Autobiographien, alles das konnten sie überspringen. Nur ihre Körper kannten sie noch nicht, jedenfalls nicht so. Und das änderten sie, eifrig. Dass ihre Körper einander fremd waren, steigerte ihr Verlangen, steigerte den Genuss.

AUS KATJAS TAGEBUCH:

Etwas hat mein armes warmes Leben / irgendeinem in die Hand gegeben, / der nicht weiß was ich noch gestern war. Das ist Rilke, drei Zeilen aus seinem wunderbaren Gedicht *Die Liebende.*

Ja, es ist geschehen! Es ist geschehen! Ich bin verliebt! In Stefan! Stefan! So vertraut ist er mir, so nah waren wir einander in all den Jahren, und plötzlich bin ich verliebt. Wie ist es nur möglich, dass ich dummes Schaf nicht sehen konnte, was direkt vor meiner Nase war?

Dass Freddy mich verlassen hat, ist plötzlich so weit weg, so unbedeutend. Soll er doch sehen, wo er bleibt. Er hat mich nicht mehr, tja, das Pech ist wohl bei ihm, obwohl er es war, der wegwollte.

Aber wir, Stefan und ich, haben einander. Und jetzt, wo wir verliebt sind, muss noch mehr Nähe her, und eine andere dazu. Nun vertrauen wir uns alles an, ohne Rückhalt, auch Dinge, die uns ganz im Inneren bewegen. Alles, was wir sogar Freunden nicht verraten. Verrückte Träume, Unzulänglichkeiten, Albernheiten und auch Peinlichkeiten. Alles können wir nun vertrauensvoll erzählen und ausbreiten, das ist eine ganz neue Form von Intimität, so kannte ich das bislang nicht. Und das Tollste: Es ändert nichts an unserem Respekt voreinander. Wir wissen, dass jeder noch sein letztes Geheimnis wahrt und wahren kann und wahren darf. Das gehört ja auch zum gegenseitigen Respekt. Ich fühle mich sehr sicher in dieser respektvollen Intimität.

Und ich lese wieder Rilke. Die ergreifenden Liebesgedichte natürlich – was auch sonst? Vor allem das *Liebeslied*:

Wie soll ich meine Seele halten, daß / sie nicht an deine rührt? Wie soll ich sie / hinheben über dich zu andern Dingen?

Ich muss fast weinen, wenn ich das lese. Na ja, ich glaube, damit könnte ich Stefan bei aller Liebe nicht kommen. Emotionaler Overkill, nicht gerade das, was er zu schätzen weiß. Aber ich:

O süßes Lied.

Sie heirateten und zogen in Stefans Elternhaus, das kannte Katja schon gut aus ihrer Schülerzeit, sie hatte ihn oft dort besucht. Stefans Vater war gestorben, und seine Mutter, Helga, lebte im Erdgeschoss. Katja mochte Helga. Sie fand, dass Helga eine herzliche und bodenständige Frau war. Helga begrüßte die Entscheidung ihres Sohnes für Katja sehr. Sie hatte sich immer jemanden wie Katja als Schwiegertochter gewünscht. Zum Glück für alle Beteiligten war sie vernünftig genug, die jungen Leute schalten und walten zu lassen, wie es ihnen beliebte. Im Grunde sahen Katja und Stefan sie nur, wenn sie sie einluden. Wie am Tag der Grillparty. Da wollten sie mit Freunden feiern, dass sie ein Jahr verheiratet waren.

AUS KATJAS TAGEBUCH:

Katja und Stefan – wie schön das klingt, und wie richtig!

Kindisch, irgendwie, aber als ich heute nach der Schule die Treppen zur Wohnung hochgestiegen bin, kam ich wirklich wie ein Kind ins Hüpfen und habe das bei jeder Stufe vor mich hin gesungen. Katja – Stefan – Katja – Stefan. Stefan war schon da. Er stand in der Küche und bereitete Barbecue-Saucen vor, das hat mich richtig gerührt. Er kocht ja sonst nicht gern, aber die selbstgemachten Saucen sind sein ganzer Stolz, nie lässt er es sich nehmen, die selbst zu machen. Ach, und dann: auf ihn zuzutreten und ihn von hinten zu umarmen, mein Gesicht an seinem Rücken, einen seligen Moment lang seine Wärme und seinen Geruch zu genießen – und dann drehte er sich um, schloss mich in seine Arme und legte sein Gesicht auf meinen Scheitel. So soll es bleiben, dachte ich, in Stefan, in unserer Liebe habe ich das Allerwichtigste im Leben. Und – ich muss es wohl zugeben – ich dachte sogar: Jetzt sterben, in diesem vollkommenen Augenblick, das wär's. Na ja, statt zu sterben machte ich mich doch lieber erst mal an die Salatvorbereitungen, und wir tauschten Schulklatsch und

-tratsch aus. Wie ich das liebe! Und morgen feiern wir Hochzeitstag mit allen, die uns nahestehen. Das Leben ist so schön!

Katja war eine Schönheit auf den zweiten Blick. Sie hatte das etwas zu längliche, blasse Gesicht, wie man es auf mittelalterlichen Porträts englischer Edelfräulein findet, mit einem herzförmigen, vollen Mund und aufmerksam blickenden Augen, deren Blaugrün an die Lagunen der englischen Südküste erinnerte. Ihr Gesicht war umrahmt von kinnlangem, welligem Haar in der Farbe von Haselnussschalen, fransig ins Gesicht gezogen. Auch ihre gemessenen Bewegungen und die aufrechte Haltung waren die eines Edelfräuleins. Sie hatte das Talent, glücklich zu sein, ihre Ausstrahlung war nahezu immer positiv, ihre Lebenshaltung sowieso, und sie ging unbefangen auf alle Menschen zu und fand an jedem etwas Gutes. Es gab Leute, die sie deswegen für oberflächlich hielten.

Stefan war der Typ hagerer Intellektueller, hohe Stirn, stetig höher werdend, Haar von undefinierbarer Farbe, schmale Lippen, Brille. Wie Katja lachte er gern, aber sein Humor hatte immer etwas Bissiges, zuweilen Abwertendes. Ironie lag ihm mehr als der gutmütige Humor, mit dem Katja das Leben nahm. Ging es um ein rasches Urteil, war Lästern eher seine Sache als ihre. Wenn er aber etwas ernsthaft beurteilen wollte, wägte er erst einmal sorgfältig ab und sagte bis dahin nicht viel. Was er anschließend verkündete, war dann auch meistens seine endgültige Meinung und wirkte immer wohldurchdacht. Die Leute hielten ihn für hochgebildet und differenziert.

In Wirklichkeit war Katja weitaus gebildeter und differenzierter als Stefan. Sie hatte Philosophie, Geschichte und Latein studiert, und das sehr gründlich. Sie konnte die Wesensart aller Menschen, denen sie begegnete, sehr rasch erfassen. Sie war allerdings nicht bereit, das andauernd nach außen zu kehren. Jede Art von Show lag ihr nicht. Vor allem wollte sie nicht, dass ihr Wissen und ihr ausgeprägtes Urteilsvermögen irgendetwas an ihrer aufgeschlossenen Haltung oder an ihrem wohlwollenden Menschen- und Weltbild änderten.

Stefan war Naturwissenschaftler, Mathematik und Geographie, ein brillanter Geist, der sich aber am liebsten in abstrakte Theoriegebäude verstieg und sich nicht sonderlich für Menschen interessierte. Gemeinsam war ihnen die Leidenschaft für Literatur, ihr Herangehen allerdings denkbar unterschiedlich. Stefan las analytisch. Für ihn war Literatur ein Mittel, die Welt geistig zu durchdringen und zu enträtseln. Katja ließ sich in einen Text hineinziehen, ging völlig darin auf, lebte förmlich darin.

Hätte man Stefan gefragt, warum er Katja liebte, er hätte zuerst ihre eigenartige Schönheit genannt und dann ihre Bildung – gute Impulse für die gemeinsamen Gespräche gingen davon aus. Und ihren frischen, optimistischen Zugriff auf ihr eigenes und das gemeinsame Leben samt aller Widrigkeiten und schließlich ihren herzlichen, unvoreingenommenen Umgang mit allen, denen sie begegnete. Stefan konnte in ihrem Fahrwasser die spannendsten Kontakte knüpfen, das verdankte er ihrer Leichtigkeit. Und, ach ja, sie hatte eine geradezu treuherzige Art, sich auf einen Menschen zu verlassen, auch auf ihn.

AUS KATJAS TAGEBUCH:

Er ist so gradlinig und treu. Auch sich selbst gegenüber. Und was mich betrifft sowieso. Ich langweile mich nie mit ihm. Seine ironischen Bemerkungen zu diesem und jenem sind so amüsant! Aber das Beste: Ich kenne keinen Menschen, der so fest in seinen Überzeugungen ist, so treu in seinen Zu- und Abneigungen und so verlässlich wie er. Er fühlt sich durch mich inspiriert, ich fühle mich durch ihn geerdet. Das ist es, was wir aneinander haben, das eigentliche Band zwischen uns. Das wird nie reißen, undenkbar.

Alle, die zum Grillfest kamen, freuten sich an der Herzlichkeit, mit der Katja und Stefan sie empfingen, und an der heiteren Atmosphäre ihres Hauses, die das Glück seiner Bewohner widerspiegelte.

Grillen war, genau wie das Zubereiten der Barbecue-Saucen, Männersache. Ehrensache!, wie Katja anmerkte. Der Grill wollte nicht so, wie Stefan wollte, selbst dann nicht, als er – vorsichtig – mit einer Kelle Spiritus dazugoss. Helga, seine Mutter, warnte ihn noch: Hinter dem Grill stand das Gartenhäuschen, aus altem, trockenem Holz, Stefans Vater hatte es vor vielen Jahren gebaut. Fett troff in die Glut. Der Grill entzündete sich und stand in Flammen. Katja, beherzt wie immer, sprang hinzu, um Lara, das vierjährige Kind ihrer besten Freundin Antje, vom Grill wegzuziehen. Helga, in Panik, schüttete Mineralwasser in den Grill. Die Verpuffung trieb das Feuer fauchend, im Bruchteil einer Sekunde, unten in die Breite und jagte eine meterhohe Feuersäule nach oben. Das Feuer verbrannte Lara. Es verbrannte Katjas Gesicht und Oberkörper. Und die Hand, mit der sie nach Lara gegriffen hatte. Antjes wilder Aufschrei übertönte den von Katja. Deren Klagelaut geriet nur zu einem heiseren Röcheln aus versengter Kehle, bevor sie das Bewusstsein verlor.

Der Schmerz war unmenschlich, ein wütendes, giftiges, bissiges, alle anderen Empfindungen zerschmetterndes Ungeheuer, nur mit Morphium einigermaßen im Zaum zu halten. Man hatte Katja tagelang im künstlichen Koma gehalten. Man hatte Eigenhaut von anderen Stellen ihres Körpers transplantiert. Man hatte alle Spiegel aus ihrer Nähe entfernt. Was sie gesehen hätte, wenn man sie gelassen hätte, wäre ein groteskes Zerrbild ihrer früheren Erscheinung gewesen.

Die Nase war zur Hälfte verkohlt, das Gewebe war abgestorben. Was erhalten geblieben war, ähnelte einer Mopsnase. Auch die Lider des rechten Auges waren verkürzt, kullerrund schaute das Auge dazwischen hervor, was Katjas Blick den Anschein erstaunter Aufmerksamkeit verlieh, jedenfalls auf der rechten Seite. In Wirklichkeit konnte sie nur noch verschwommen sehen, die Hornhaut war beschädigt. Die Flammen hatten die rechte Hälfte ihrer Lippen teilweise verzehrt, so dass es aussah, als bleckte sie mit schiefem Mund die Zähne. Die Haare waren auf der rechten Kopfseite vollständig verbrannt, mitsamt der Kopfhaut. Die Haut über Gesicht, Brustkorb und rechtem Unterarm war fleckig, dunkelrot-weißlich. Verschorft. Die rechte Hand war zusammengeschmort, eine nutzlose, gekrümmte Kralle. Und ununterbrochen hielt der Schmerz, ihr Ungeheuer, sie gepackt und riss an ihr, riss große Brocken Fleisch aus ihr heraus, fraß von ihr wie vorher das Feuer.

Ihre Eltern, die sofort an ihr Bett geeilt waren, weinten stumme Tränen, als sie sie das erste Mal ohne Verband sahen. Ohne dass sie es sich und einander einzugestehen vermochten, stieg aus dem dunkelsten Grund ihrer Seele, unversehens und bevor sie ihn unterdrücken konnten, der Gedanke nach oben, dass ihre Tochter, ihre so schöne, edle Tochter, besser das Schicksal von Lara geteilt hätte, die es nicht geschafft hatte. Nachdem sie jedoch ihr panisches Entsetzen niedergekämpft hatten oder zumindest mit sich allein abzumachen in der Lage waren, wurden sie unentbehrliche Helfer für Katja, für das Krankenhauspersonal und, ja, auch für Stefan. Sie nahmen, um ihrer Tochter nahe zu sein, den Pflegern jede erdenkliche Handreichung ab und versorgten Katja mit derselben selbstlosen, liebevollen Hingabe wie neunundzwanzig Jahre zuvor den Säugling Katja, Katinka. Sie riefen, wenn Katja wimmerte, nach Schmerzmitteln, sie wuschen sie, betteten sie und fütterten sie, sobald sie wieder schlucken konnte.

Katja, zwischen Dämmerzustand und Schmerz existierend, war zu sehr mit sich beschäftigt, um es ihnen zu danken. Das hier war elementare Versorgung, die Grundlage für alles, für ihr Weiterleben. Und sie wurde so selbstverständlich damit beschenkt wie damals mit der Geborgenheit ihrer Kindheit, die sie nun erneut umfing, ohne dass sie es als etwas Besonderes wahrnahm.

Sie sehnte sich, wenn das Morphium das Ungeheuer halbwegs gebändigt hatte, nach Stefan. Jede Stunde. Jede Minute. Stefan!

Und Stefan war da. Natürlich war er da, verlässlich und treu, wie er es seit jeher gewesen war. Froh, dass sie überlebt hatte. Diszipliniert sein immer neues Erschrecken unter Kontrolle zwingend. Voller Schuldgefühle. Seinen Schwiegereltern dankbar, die bei Katja ausharrten, während er unterrichtete, und mit denen er sich abwechseln konnte. Bald fanden sie eine Arbeitsteilung, denn Pflege war seine Sache nicht. Er hatte ja noch nie einen Säugling und auch noch nie einen Kranken versorgt. Das überließ er seinen Schwiegereltern, kam lieber mit Literatur und las Katja vor. Prosa aller Art wurde rasch verworfen, selbst Kurzgeschichten. Handlungsstränge zu verfolgen, strengte Katja an und machte sie unruhig. Lyrik schien das Richtige für sie, die Regelmäßigkeit des Sprachrhythmus, wie ein schlagendes Herz, der Wohlklang der Silben, jeden Schmerz fühlbar machend und zugleich eindämmend, das schien ihr eine Art Frieden zu schenken, zumindest auf Zeit.

Rilke, den sie so liebte, vor allen anderen Dichtern,

war ein solches Geschenk: *Die Liebende*, danach war sie süchtig.

Ja, ich sehne mich nach dir. Ich gleite / mich verlierend selbst mir aus der Hand, ...

Ja, sie sehnte sich nach Stefan, sehnte sich nach ihm, selbst wenn er bei ihr war.

Helga hielt sich fern, aber nicht freiwillig. Stefan und Katjas Eltern hatten ihr jeden Kontakt zu Katja verboten. Auch ihnen selbst, den Eltern, durfte Helga nicht unter die Augen treten. Stefan lebte weiterhin in ihrem Haus, in einer bizarren, lähmenden Atmosphäre des Schweigens und einander Ausweichens. Er blieb nur, weil er nicht ohne Katjas Zustimmung ihr Zuhause auflösen und eine andere Wohnung anmieten wollte. Er wollte sie mit derlei Überlegungen nicht auch noch belasten.

Niemand traute sich, die Frage anzusprechen, was geschehen sollte, sobald Katja nach Hause durfte. Nach Hause – wo war das? Da, wo Helga in ihrer Erdgeschosswohnung unter Katjas und Stefans Wohnung saß?

Vorerst jedoch war an eine Entlassung nicht zu denken. Die Ärzte erklärten Katja und Stefan, dass Katjas Zustand und ihr Aussehen mit einer Reihe von Operationen verbessert werden könnten. Man könne Nasen- und Lippenplastiken formen, die Lippen würden allerdings weitgehend gefühllos sein, so dass der Mund immer ein wenig schief bleiben würde, vernarbt sowieso. Man könne die Lider etwas verlängern. Die Funktion des rechten Auges würde sich im Laufe der Zeit verbessern, die Verletzungen seien oberflächlich. Eine gewisse Heiserkeit werde bleiben, auch wenn die Stimmbänder vernarbt seien, aber zum Glück habe sie die Flammen nicht richtig eingeatmet, so dass keine allzu schweren inneren Verbrennungen entstanden seien. In ein paar Jahren könne man an eine Haartransplantation denken, bis dahin müsse Katja sich mit dem Gedanken an eine Perücke vertraut machen, sobald und falls die vernarbte Kopfhaut eine vertrage.

Katja verlangte nach einem Spiegel. Niemand fand, dass man ihr das auf Dauer verwehren dürfe. Ihre Eltern und Stefan und ein Arzt waren bei ihr, als ihr der gewünschte Spiegel gereicht wurde. Sie schaute hinein. Sie sah ein verschwommenes Monster. Stumm gab sie den Spiegel zurück. Stumm drehte sie sich weg. Stumm ihrem Verlust nachspürend. Stumm in der Erwartung künftiger Verluste, zu schwer, um denkbar zu sein. Stumm und elend schaute sie gegen die Wand.

Man musste ihr auch beibringen, dass Lara nicht durchgekommen war, so dass ihr Opfer vergeblich gewesen war. Was aber niemand hinzufügte. Und was sie selbst auch nicht so sah. Hätte das Kind nicht zwischen ihr und den Flammen gestanden, wären ihr auch Bauch und Beine verbrannt. So sah sie es. Lara war ihr Patenkind gewesen, und Antje war ihre beste Freundin. Sie fragte auch nach Antje. Antje trauerte, das war ja wohl klar. Aber sie waren auch die vertrautesten Freundinnen. Wo also blieb Antje, damit sie, wie immer, miteinander ihren Kummer teilen und ihn dadurch lindern konnten?

Antje versuchte, ihren unbändigen Schmerz zu stillen, indem sie ihm eine Richtung gab. Sie wollte nicht duldsam das Schicksal, das ihr zugeteilt war, hinnehmen.

Sie wollte jemanden beschuldigen. Zorn sollte ihr helfen, das Leiden zu ertragen. Helga hatte das Wasser in die Flammen gegossen, so viel war klar. Aber irgendwie wollte Antje es unbedingt so sehen, dass Katja mit den Geschehnissen zu tun und Laras Tod zu verantworten hatte. Ihre Grillparty. Ihre Schwiegermutter. Ihr Feuer. Ihr Klammergriff um Lara. Sie wollte nichts mit Katja zu tun haben. Ihr Schicksal war Antje gleichgültig, Katjas Elend ließ sich nicht messen an ihrem eigenen.

Katja wurde, sobald ihr Zustand es erlaubte, in eine Rehaklinik verlegt. Dort sollte sie auf ein möglichst eigenständiges Leben mit ihren Einschränkungen und Behinderungen vorbereitet werden. Erstmals seit Monaten war sie auf sich gestellt, denn weder ihre Eltern noch Stefan waren in den ersten Tagen zugelassen. Später sollten sie sie besuchen dürfen.

Nun kümmerte sich eine Traumatherapeutin um sie. »Was mich am meisten beschäftigt«, vertraute Katja ihr in ihrer neuen, verwaschenen und heiseren Sprechweise an, »ist das Gefühl, ich hätte nicht das Recht, zu meinem Mann nach Hause zu kommen. Ich meine, ich komme mir wie ein Eindringling vor. Ich bin ein Monster, niemand hat dieses Monster ins Haus gebeten. Ich dränge mich an die Seite meines Mannes und in sein Haus und weiß gar nicht, ob er mit der Frau, die ich jetzt bin, sein Zuhause teilen will.«

»Sind Sie nicht dieselbe Frau wie vorher? Ist es nicht auch Ihr Zuhause?«

»Ich bin nicht sicher. Ich war es immer, also sicher in dem Sinne, dass ich das Haus meines Mannes selbstverständlich als mein Zuhause hingenommen habe. Aber jetzt fällt mir auf: Eigentlich habe ich mein Leben nach dem meines Mannes ausgerichtet. Ich hatte gar kein Gespür mehr für meine eigenen Bedürfnisse. Irre, nicht? Da, wo du hingehst, da will auch ich hingehen – so was in der Art. Und jetzt stehe ich da und weiß nicht, ob ich das überhaupt noch darf. Ob ich willkommen bin im Haus und im Leben meines Mannes.«

»Sie könnten ihn fragen.«

»Natürlich. Aber kann ich denn darauf vertrauen, dass er mir ehrlich antwortet? Und dass er selbst die Antwort kennt?«

»Nur wenn Sie es versuchen, können Sie es herausfinden.«

Aber zunächst trat Helga auf den Plan. Helga, die ihre Schuldgefühle und ihren Wunsch nach Verzeihung und Versöhnung nicht länger unterdrücken konnte. Sie hatte Stefan doch noch dazu gebracht, ihr zu verraten, wo Katja sich jetzt aufhielt, und schrieb ihr:

Liebe Katja,
es gibt Situationen im Leben, da gehen einem die Worte aus. Es gibt die Worte auch nicht, die ausdrücken könnten, wie sehr ich bedauere und bereue, was ich getan habe. Ich wusste nicht, welche Folgen es haben würde. Es verging seither keine Minute, in der ich nicht an Dich gedacht hätte. Du bist meine von Herzen geliebte Schwiegertochter, und ich habe Dir Unaussprechliches angetan. Ich wünschte, es gäbe einen Weg, das rückgängig zu machen. Ich wünschte, ich könnte mit Dir tauschen, mit Freuden würde ich es tun. Es

tut mir alles so unendlich leid, dass ich manchmal glaube, ich zerbreche noch daran. Ich fühle mich schuldig, schuldig, schuldig und verfluche mich jeden Tag. Ich hoffe, Du kannst mir verzeihen, eines Tages. Wenn ich irgendetwas für Dich tun kann, was Dir Deine Situation erleichtern kann, lass es mich bitte wissen.
Deine Dich liebende Schwiegermutter Helga

Wie merkwürdig, dachte Katja, hätte sie beim Schreiben nur an mich und nicht an sich gedacht, hätte sie sich kürzer gefasst, besonders den Teil über ihre Zerknirschung. So sehr sind ihr die Worte gar nicht ausgegangen. Und eigentlich hätten der zweite und der letzte Satz vollkommen gereicht, wenn es ihr nur um mich gegangen wäre. Sie notierte auf einem Zettel, ungelenk mit links: *Liebe Helga, ich bin sehr mit mir beschäftigt, wie sich leicht denken lässt. Da kann ich mich nicht auch noch um Deine Schuldgefühle kümmern. Deine Katja*, und bewahrte ihn einstweilen mit Helgas Brief in ihrer Nachttischschublade auf. Sie wollte beides später Stefan zeigen. Ach, Stefan!

Und Stefan kam und brachte den Duft von Zigarettenrauch und Schwung und die Ahnung von einem Leben in Freiheit mit, und Lyrik. Rilke, immer wieder Rilke, sie konnte nicht genug davon bekommen, ihn das *Liebeslied* rezitieren zu hören. Aus seinem Mund hörte sie nun dieselben Worte, die sie vor einer Ewigkeit in ihr Tagebuch eingetragen hatte:

»*Wie soll ich meine Seele halten, daß / sie nicht an deine rührt? …*«

Es gab Mitpatienten, die es merkwürdig fanden, dass er sich gleich nach der Begrüßung zu ihr setzte, einen Gedichtband aufschlug und ihr vorlas. Sie nicht. Sie liebte es. Und doch würde der Tag kommen, an dem sie besprechen mussten, was nach der Klinik sein würde. Noch ein Weilchen vorlesen, ein Weilchen nur …

Katja kam mit ihrem Vater zu mir. Zahlreiche Operationen hatten für ein besseres Erscheinungsbild ihres Gesichts gesorgt, das nun zwar fleckig und schief wirkte und an unerwarteten Stellen Riefen und Furchen und Flächen zog, wenn sie sprach oder es bewegte, aber immerhin nicht monströs aussah. Schön auch nicht, alles andere als das. Da ich ihre Geschichte nicht kannte, dachte ich wegen der unwillkürlich wirkenden Gesichtsverzerrungen erst, sie stünde unter Medikamenteneinfluss oder sei behindert, aber dann setzte sie zu sprechen an, in gewählten Worten und mit einer geschult klingenden, leicht rauen und sehr kultivierten Stimme. Ausgesprochen erotisch, wie ich fand. Während sie begann, mir ihr Anliegen zu unterbreiten, fing ihr Vater plötzlich zu schluchzen an, holte ein Foto aus seiner Brieftasche und legte es vor mich hin. »So sah meine Tochter vor drei Jahren aus«, schluchzte er, »und heute – schauen Sie doch bloß mal, wie ihr Gesicht jetzt aussieht!« Ich erstarrte. Katja dagegen nahm den Ausbruch ihres Vaters gelassen, offenbar war sie daran gewöhnt, den Gefühlen anderer ausgesetzt zu werden, ohne Rücksicht auf ihre eigenen.

»Und jetzt, nach allem, was war, will dieser Mistkerl

sich auch noch von ihr scheiden lassen. Ich will, dass Sie den fertigmachen. Bluten soll der. Die ganz knallharte Tour. Ich bezahle alles.« Katja bat ihn, sich für eine Weile wieder ins Wartezimmer zu setzen, sie wolle doch lieber erst einmal ohne seinen Beistand mit mir sprechen. Ich sorgte dafür, dass er sich in einer abgeschiedenen Ecke erholen konnte und von meiner Sekretärin ein Glas Wasser bekam.

Katja war nach der Reha in das Haus von Helga und Stefan zurückgekehrt, keinem fiel eine bessere Lösung für den Anfang ein. Sie versuchte, die Unglücksstelle zu ignorieren, über die man einige immergrüne Büsche gepflanzt hatte. Sie versuchte, die Spiegel im Haus zu ignorieren. Das war weitaus schwieriger, denn jedes Mal, wenn sie sich auch nur zufällig in einer Glasscheibe erblickte, schrak sie zusammen. Nie war sie auf das gefasst, was sie sah, und nie gewöhnte sie sich daran. Sie schaute ja mit demselben Bewusstsein derselben schönen jungen Frau aus sich heraus, die sie vor dem Unfall gewesen war. Sie versuchte auch, das Zusammenzucken von Stefan zu ignorieren, jedes Mal, wenn sein Blick unvorbereitet auf sie fiel.

Etwas hat mein armes warmes Leben / irgendeinem in die Hand gegeben …

Wie ein Fremdkörper lag sie neben ihm im Bett. Sex – undenkbar, auf lange, lange Zeit hinaus, wahrscheinlich für immer. Sie war kahlköpfig, schiefgesichtig, hatte keine richtige Nase und nur noch einen halben Mund und ein unversehrtes Auge, das immer auf der Flucht schien. Keine Augen, in die man hätte versinken, sich darin verlieren mögen. Die Fremdheit ihrer Körper hatte ihre Sexualität seinerzeit angestachelt, aber dieses Maß Fremdheit, zumal eine, die mit Schaudern, mit Grauen einherging, bewirkte natürlich nicht dasselbe, im Gegenteil. Wie ein Stein lag Stefan neben ihr, kalt und ohne sie zu berühren.

Das gemeinsame Lachen starb auch.

Die Annäherung an Helga dagegen gelang erstaunlich gut. Die Antwort auf Helgas Brief hatte Katja nie abgeschickt, sie auch nicht Stefan gezeigt, sondern leicht beschämt ob ihrer harten, mitleidlosen Worte zerrissen. Stattdessen sagte sie der deutlich beklommenen Helga, als sie zurückkam, etwas versöhnlicher formuliert, dass jede von ihnen ihr eigenes Päckchen zu tragen habe, sie ihr aber danke für die teilnehmenden Worte.

Auch nach Katjas Auszug hatten sie gelegentlich Kontakt.

Ich fragte Katja, ob mal daran gedacht worden sei, Helga über ihre teilnehmenden Worte hinaus in die Verantwortung zu nehmen. Ob Helga zum Beispiel haftpflichtversichert sei. Als Lehrerin sei Katja ja trotz ihrer Berufsunfähigkeit recht gut abgesichert, aber vielleicht doch nicht bezüglich aller Operations-, Behandlungs- und Therapiekosten? Und an Schmerzensgeld sei auch zu denken, hier stünden erhebliche Summen im Raum. Ich verwies Katja an einen Spezialisten aus meiner Kanzlei und sprach mit ihr über die Scheidung, die Stefan eingereicht hatte.

Immer wieder war sie wegen der erforderlichen Operationen für Wochen fort gewesen, und es entging ihr nicht, dass Stefan jedes Mal auflebte, wenn ein weiterer Krankenhausaufenthalt anstand. Während sie das erste Mal weg war, hatte er Antje aufgesucht, weil er genug davon hatte, dass sie Katja mied. Er glaubte durchaus zu verstehen, was sie bewegte. Antje wollte in ihrem Zorn bleiben. Der fühlte sich besser an als Verzweiflung, er kannte das aus Zeiten, in denen er Liebeskummer gehabt hatte, und er dachte, was Antje durchmachte, müsse sich so ähnlich anfühlen. Und dazu kam noch Katjas Opfer für Lara. Hätte Antje sich Katja angesehen, dann hätte sie das nicht mehr verdrängen können. Zu begreifen, wie es Katja ging, was Katja für das Leben von Lara gegeben hatte, hätte sie in noch tieferes Elend gestürzt. Obwohl er das alles verstand, fand Stefan, dass sich eine Freundin so einfach nicht verhielt. Wie immer hatte er sich seine Meinung sorgfältig gebildet und trug sie Antje vor, eine lange Rede für seine Verhältnisse.

Es half der Freundschaft nicht. Antje gab zu, dass sie es nicht ertragen konnte, zusätzlich zu ihrem eigenen Leid auch noch Katjas Opfer anzunehmen. Und dabei blieb es: dass sie es nicht ertrug und dass sie jeden Kontakt zu Katja verweigerte. Stefan jedoch war eine große Hilfe in dieser Zeit, er kam oft, hörte zu, gab den einen oder anderen Rat und brachte sie mit seiner feinen Ironie sogar manchmal zum Lächeln. Irgendwann schliefen sie miteinander, ohne verliebt zu sein. Sie verlangten nur nach einander, es kam einfach so, bloß eine Komplizenschaft, eine Verbindung aus Einsamkeit geknüpft.

Stefan wollte sich seine Trennungswünsche nicht eingestehen. Man verließ einen Menschen einfach nicht in so einer Situation. In guten und in schlechten Tagen, so hatten sie es einander versprochen. Und die schlechten Tage waren nicht ohne sein Zutun gekommen. Auch er konnte sich selbst im Spiegel nicht anschauen, als er sich schließlich doch klarmachte, dass er zwar Katja nach wie vor liebte, wie damals, als sie noch Schüler und beste Freunde waren, dass diese Liebe aber ihre Ehe nicht mehr trug. Er war gerade über dreißig, er wollte Kinder. Er konnte sich aber nicht mehr vorstellen, mit Katja zu schlafen. Er konnte sich überhaupt keine Zukunft mehr mit ihr vorstellen, sich nicht mehr vorstellen, mit ihr alt zu werden. Er konnte sich aber auch nicht vorstellen, sie zu verlassen. Er war kein Schuft, und er wollte auch keiner sein. Dieses Hin und Her zwischen Wunsch und – ja, es musste einmal gesagt werden – Pflicht zerriss ihn. Was tun? Katja seine Freundschaft anbieten? Ein Klischee! Und was konnte Freundschaft ihr schon wert sein, da sie doch seine Liebe wollte?

Er brauchte eine Therapie. Hoffte auf mehr Klarheit in einer Situation, die unlösbar schien.

Dann verliebte er sich in eine Referendarin an seiner Schule. Katja kannte sie, eine hübsche, unkomplizierte Person, die ab und zu auf Stefans Einladung ins Haus gekommen war, als es – nach den ersten Operationen – wieder Einladungen gab. Katja hatte auch die Zeichen erkannt und geschwiegen. Sie war nicht überrascht, als Stefan es ihr sagte. Er hatte ja recht, ach, er hatte ja so recht, diese schöne junge Frau zu erwählen und sie zu verlassen. Es war gewiss nicht das, was sie gewünscht hatte, aber es war genau das, was sie seit langem erwartete.

Deshalb fand Katja Stefans Scheidungswunsch nur folgerichtig. »Merkwürdig«, sagte sie mir, »mein Vater kommt mit all dem am schlechtesten klar. Dabei war er mir in der ersten Zeit ebenso wie meine Mutter die größte Stütze. Aber dann brach er vollständig zusammen. Ich bin eigentlich nie zusammengebrochen. Ich bin wohl zäh. Wissen Sie, ich habe im Grunde die ganze Zeit im Wartestand gelebt, und als es dann passierte, als mein Mann von mir wegwollte, war ich fast erleichtert. Jetzt habe ich mich damit abgefunden, und wir können tatsächlich wieder befreundet sein, mein Mann und ich und seine zukünftige Frau. Die ist ganz nett.«

»Und Sie? Wie wird Ihr Leben aussehen?«

»Ach, wissen Sie, es hört ja nicht auf, die Sehnsucht nach einem Menschen, bloß weil man aussieht wie ich. Es ist nur schwerer, den zu finden. Ich will geliebt werden, natürlich, wie jeder Mensch. Das wünsche ich mir. Dass ich noch einen finde, der hinter meiner Erscheinung den Menschen, mich, sieht und lieben kann.«

Ja, ich sehne mich nach dir …

Am Abend fragte ich meinen Mann: »Angenommen, mir würde ein Feuer das Gesicht verbrennen, Nase, Augenlider, Lippen, alles eben – würdest du mich weiter lieben können?«

»Dir verbrennt kein Feuer das Gesicht«, entgegnete er und schaute mich an, als habe ich den Verstand verloren. »Wie kommst du nur darauf?«

Ich sagte es ihm, soweit meine Schweigepflicht es erlaubte. »Ich meine, es kann doch jederzeit jedem geschehen, dass er entstellt wird, ein Unfall, eine Krankheit …

Was wird dann aus der Liebe? Ist sie immer auch an das vertraute Bild des anderen gebunden? Oder gibt es Bindungen, die aus sich heraus bestehen, die unerschütterlich sind, nicht zu zerstören durch so eine Katastrophe? Und wenn: Haben wir so eine?«

»Das weiß man wohl frühestens, wenn der Fall eintritt, wenn es eine Belastungsprobe gibt. Wer von uns kann schon wissen, ob er sie besteht? Wer kann sich seiner schon so sicher sein?«

Ich hatte es schon auf der Zunge, das »Ich! Ich bin mir sicher«. Es blieb ungesagt.

Wer kann sich schon sicher sein, wer?

Das fremde Kind

Als ich Dirk kennenlernte, in der Besucherzelle des Untersuchungsgefängnisses, hatte er schon zwei unumkehrbare Fakten geschaffen.

Er hatte einer Frau das Leben genommen. Und er hatte in seinem Verhör zugegeben, dass er die Frau erst beraubt und sie dann getötet hatte aus Furcht, von ihr wiedererkannt zu werden. »Tötung zur Verdeckung einer Straftat« nennen die Juristen so etwas. Und das ist Mord. Dirk wusste das und erhoffte sich von mir, dass ich ein solches Urteil, das schwerste, verhinderte, wenn sich schon die Tat selbst nicht mehr aus der Welt schaffen ließ.

In der winzigen, kahlen Besucherzelle, die man in dem rührenden Versuch, sie etwas heimeliger wirken zu lassen, mit Häftlingskunst verziert hatte, saß mir auf einem der zwei harten Besucherstühle ein junger Mann gegenüber. Er war von sportlicher Statur, nicht allzu groß. Wenn einer von uns etwas sagte, hallte es trotz der Enge des Raums. Wenn einer von uns seinen Stuhl verschob, gab es ein kreischend kratzendes Geräusch. Die Schließgeräusche, die aus allen Richtungen in die Zelle drangen, das unablässige Klappern, das Knallen und Brüllen, all das löste bei mir schon nach wenigen Minuten Fluchtimpulse aus und den Wunsch, nach Ruhe zu schreien.

Dirk schien nichts davon zu hören. Aus klaren, blauen Augen schaute er mich etwas unstet an, er hatte offensichtlich Angst. Ab und zu rang er die Hände. Sein ebenmäßiges, glattes Gesicht, volle, sinnliche Lippen und eine leichte Stupsnase verliehen ihm einen jungenhaften Ausdruck. Das kräftige Kinn und der muskulöse Nacken ließen ihn wiederum sehr männlich, fast etwas grob erscheinen. Seine Züge, intelligent und sehr wach, glitten immer wieder ins Unsichere, manchmal ins Misstrauische.

Die Verurteilung wegen Mordes ließ sich nicht verhindern. Dirk bekam lebenslänglich, dazu wurde die besondere Schwere der Schuld festgestellt, so dass eine Entlassung nach fünfzehn Jahren Haft, der früheste Zeitpunkt bei guter Führung, ausgeschlossen war.

Dirk war Niederländer, in den Niederlanden geboren und aufgewachsen. Erst seit einem Jahr wohnte er mit seiner bosnischen Frau in Deutschland, keine halbe Stunde von der niederländischen Grenze entfernt.

Seine Mutter war bei seiner Geburt gestorben. Sein Vater, ein angesehener Brückenbauer, gab seinem Sohn insgeheim die Schuld am Tod seiner Frau. Er litt unter dem Alleinsein und heiratete, als Dirk zwei Jahre alt war, eine Neunzehnjährige. Bis dahin war Dirk bei wechselnden Verwandten untergebracht worden. Nun wurde er einem Mädchen in die Arme gelegt, das ihn nicht wollte und das doch Mutter für ihn, das fremde Kind, sein musste. Denn Dirk sollte im Hause seines Vaters aufwachsen.

Seine Großeltern waren der Halt seiner Kindheit. Sie

verwöhnten ihn mit aller Zärtlichkeit, die sie ihrer toten Tochter nicht mehr schenken konnten. Bei ihnen erholte er sich von der Atmosphäre in seinem Elternhaus, in dem er unter dem Schweigen seines Vaters fror und heiße Wut aufbaute unter dem Gezeter seiner Stiefmutter, die von ihm vor allem eines erwartete: keine Störungen.

Aber stören konnte er wirklich gut. In der Schule war er der Klassenclown. Nie konnte er sich konzentrieren, aber immer schaffte er es, seine Mitschüler zu erheitern. Unruhig, zappelig war er, die Mitschüler lachten, die Lehrer schimpften. Sie hielten ihn für schwer erziehbar. Sein Vater, zutiefst enttäuscht von ihm, hielt ihn für minderbegabt. Das war in den siebziger Jahren, damals waren Aufmerksamkeitsdefizite und Hyperaktivität nicht als behandlungsbedürftige Störungen der kindlichen Seele bekannt.

Dirk schaffte im achten Schuljahr gerade so die zentrale Prüfung, um die Empfehlung für den mittleren, berufsvorbereitenden Bildungsgang zu bekommen. Mit siebzehn Jahren hatte er die mittlere Reife und zog zu seinen Großeltern, um in Ruhe seine Ausbildung zum Mechaniker zu machen. Die er abbrach. Die Vorwürfe seiner Großeltern bewiesen ihm, dass er auch hier unverstanden war. Dass sie ihn schalten, nun auch sie, befremdete ihn und stieß ihn ab. Er verließ ihr Haus. Mit Freunden räumte er es kurz danach aus und verkaufte alles, was sich versilbern ließ. Die Großeltern zeigten ihn an, und er bekam sein erstes Strafverfahren. Er lebte nun allein, mit siebzehn. Jobbte und schlug sich durch.

Mit achtzehn lernte er seine erste große Liebe kennen.

Janneke war aus gutem Hause, so alt wie er und Abiturientin. Sie hatte klare Vorstellungen von ihrer eigenen und von ihrer gemeinsamen Zukunft. Sie wollte studieren, er sollte wenigstens seine Berufsausbildung beenden. Dann würde man weitersehen. Er war so gern in ihrer Nähe. Ihr Leben schien so geordnet, genau wie ihre Seele. So ganz anders als das Chaos in ihm. Sanft und unaufgeregt lenkte sie seinen Blick und seinen Ehrgeiz auf eine bessere Zukunft. Von ihrer Abneigung gegen seinen Lebensstil abgesehen, liebte sie ihn vorbehaltlos. Und er sah ja ein, dass er bislang seine Talente vergeudet hatte, er war doch selbst unzufrieden mit sich. Dass Janneke ihn dazu anhielt, mehr aus sich zu machen, sah er als Liebesbeweis. Ihr nahm er ab, dass sie ihn nicht aus eigenem Ehrgeiz antrieb, sondern um seinetwillen. Er meldete sich wieder zur Ausbildung an.

Nach einem Discobesuch ließen sie sich von einem Freund nach Hause fahren. Der hatte getrunken und lenkte das Auto gegen einen Baum. Janneke starb noch an der Unfallstelle in Dirks Armen. Sie war neunzehn Jahre alt geworden. Danach schmiss Dirk die Ausbildung erneut hin.

Als er fand, dass ihm mehr zustand als das, was er mit Gelegenheitsjobs verdiente und an Sozialleistungen bekam, überfiel er eine Pfandleihe. Er benutzte eine Gaspistole, fesselte die junge Angestellte mit Handschellen an die Heizung und drohte ihr, sie zu erschießen, wenn sie einen Mucks tue. Sie tat keinen Mucks, aber gefasst wurde er später trotzdem bei dem Versuch, die gestohlenen Waren zu verkaufen. Das brachte ihm viereinhalb Jahre ein, von denen er drei verbüßte, davon die letzten eineinhalb im Maßregelvollzug, einer Anstalt zur Behandlung und Wiedereingliederung Straffälliger. In diesen achtzehn Monaten bekam er drei- oder viermal einen Therapeuten zu Gesicht. Man versuchte immerhin, ihn auf die Entlassung vorzubereiten durch Unterstützung bei der Wohnungssuche und indem man ihn als Freigänger tagsüber arbeiten ließ.

Mit vierundzwanzig war er ein entlassener Häftling ohne Ausbildung, ohne nennenswerte Perspektive und ohne einen Menschen.

Aber er war nicht der Typ, der sich unterkriegen ließ. Mit Bitterkeit hielt er sich nicht auf. Er arbeitete systematisch an seinem Körper, besuchte ein Fitnessstudio und betrieb gemäßigtes Bodybuilding. Er besuchte Kurse, ließ sich zum Personenschützer ausbilden und gründete ein Wachdienstunternehmen. Das lief gut an, bald stellte er Wachleute und Türsteher ein, verdiente sehr viel.

Und er verliebte sich in Dunja, eine Kellnerin. Dunja hatte bosnische Vorfahren. Das verlieh ihr etwas Fremdartiges, das er nicht näher ergründen konnte. Sie war nicht leicht aus der Ruhe zu bringen, nicht durch seine Rastlosigkeit, nicht durch seinen brennenden Zorn, nicht durch seine Vorstrafe, nicht durch sein, wie sie fand, etwas anrüchiges Gewerbe. Gelassen, manchmal sogar ein wenig amüsiert sah sie zu, wie er im Alltag agierte. Verstörend stark erschien sie ihm, dabei war das mit ihrer zarten Erscheinung überhaupt nicht zu vereinbaren. Doch hatte ihre Gestalt auch etwas Drahtiges, und das kleine, dreieckige Gesicht, aus dem sie ihn immer wieder mit wachen Augen zu mustern schien, war scharf geschnitten. Es erstaunte ihn kaum, dass sie sich ebenso heftig in ihn verliebte. Sie stand ihm zu, fand er. Er wunderte sich auch nicht, dass sie seinen Heiratsantrag annahm. Wirklich verblüfft war er nur über die Herzlichkeit, mit der seine Schwiegereltern ihn aufnahmen. Auch von ihnen fühlte er sich so angenommen, wie er nun einmal war. Wie sehr genoss er es, dass Dunjas Familie ihn empfing wie einen eigenen Sohn, ihn an ihren gedeckten Tisch einlud, mit ihm plauderte, debattierte und lachte! Ihn einbezog. Sich sogar um ihn bemühte. Dabei hatte er keinen Hehl aus seiner Vergangenheit gemacht.

Er lebte auf und fühlte sich erstmals heimisch in seinem Leben, das nun so klar umrissen vor ihm lag. Eine bürgerliche Existenz, geachtet, geborgen, danach hatte er sich gesehnt.

Dann fing er an zu spielen.

Dunja waren aus ihrer Heimat Krieg, Vertreibung und die Launen des Schicksals vertraut. Den Mann, mit dem sie verheiratet war, sah sie als ihr Schicksal an. Sie sah sich – nicht gerade mit Gleichmut, aber doch eher duldsam – an, wie Dirk sein Geld und die Firma verspielte. Sie schimpfte nicht, Zetern gehörte nicht zu ihrem Repertoire. Dirk schämte sich entsetzlich vor ihr und versuchte immer wieder, das verlorene Vermögen zurückzugewinnen, ohne Erfolg. Er verlor noch mehr, geriet in Schulden. Als ein paar wenig vertrauenerweckende Figuren mit schwarzen Lederjacken und Pferdeschwänzen bei ihm zu Hause erschienen, um Geld einzutreiben, erklärte Dunja ihm, sie sei wohl bereit, gute und schlechte Tage mit ihm zu teilen, die Armut so wie vorher den Reichtum. Aber nicht ein Zuhause, in dem gewalttätige Kriminelle auftauchten. Sie versuchten es mit einem Umzug nach Deutschland. Vergeblich. Die Geldeintreiber fanden sie nach einem Dreivierteljahr.

In einer regnerischen Nacht drei weitere Monate später wartete Dirk stundenlang im Park vor einer Edel-Appartementanlage auf jemanden, der ihm für einen Überfall geeignet erschien, Klebeband und eine geladene Pistole in einer Tasche verstaut bei sich. Gegen vier Uhr morgens traf Nicole Siebel dort ein. Sie hatte in der Anlage ein Penthouse gemietet. Wie ein nasser Pudel sah Dirk zu diesem Zeitpunkt aus, kläglich und alles andere als furchteinflößend.

Nicole Siebel, das war an ihrer Aufmachung deutlich zu erkennen, kam von ihrer Schicht als Prostituierte. Dirk trat auf sie zu und fragte, wo er um diese Zeit einen Kaffee bekommen könne. Er müsse sich dringend irgendwo aufwärmen. Nicole antwortete: »Bei mir. Komm mit rein.« Und er ging mit ihr mit. In ihr Appartement. Wo er außer dem Kaffee auch noch ihre Dienstleistungen angeboten bekam. Die er in Anspruch nahm. Es war sehr befriedigend für ihn, zumal Nicole ihm ein paar Sonderwünsche erfüllte. Nur wollte sie im Nachhinein dafür mehr Geld. Und er wollte nichts zusätzlich zahlen. Da wurde sie laut. »Extras waren nicht mit drin. Die musst du extra bezahlen.« Als er sie beiseiteschob und das Appartement verlassen wollte, schoss sie an ihm vorbei und verriegelte die Tür. »Du bleibst hübsch hier, Freundchen. Mein Freund kommt gleich, der sorgt dann schon dafür, dass du das Geld rausrückst.« Er überwältigte sie, das war ganz leicht, und fesselte ihre Hand- und Fußgelenke mit dem Klebeband, das er bei sich hatte. Dann nahm er sich sein Geld aus ihrer Börse zurück und auch noch alles andere Geld, das sie darin hatte, ein paar Scheine zwar nur, aber immerhin. Und ihre Schweizer Armbanduhr. Nicht übermäßig wertvoll, jedoch hübsch und sicher zu einem guten Preis zu verkaufen. Nicole strampelte und schimpfte dabei die ganze Zeit auf ihn ein. »Mach mich los! Hörst du! Du sollst mich losmachen! Gleich kommt mein Freund. Ich weiß schon, wie er dich finden kann. Ich kenn dich, du gehst hier immer durch den Park mit deinem Hund.« Und so ging es weiter und weiter, es schien kein Ende zu nehmen. Sie keifte, schrie und zeterte, es war nicht zum Aushalten.

Als er wie aus einer Trance erwachend zu sich kam, stand er im Fahrstuhl. In seinen blutverschmierten Händen hielt er ein blutfleckiges Handtuch. Der Spiegel im Aufzug zeigte ihm einen schwer atmenden Mann mit wild flackernden Augen, nicht nur die Hände, auch die Kleidung voller Blut. Blut überall, viel Blut, sehr viel. Er erschrak zu Tode. »Da steht der Teufel«, durchfuhr es ihn, bevor er erkannte, dass außer ihm niemand im Fahrstuhl war. Etwas Grauenhaftes musste geschehen sein, aber er wusste nicht, was.

Als er nach Hause kam, war es halb sechs. Dunja

schlief noch. Er duschte, seine Kleider und das Handtuch legte er in eine Lumpenkiste im Keller, die Pistole auch, und die Rolle Klebeband ins Regal. Nur die Armbanduhr behielt er in der Wohnung. Die kommenden Tage erlebte er wie in Watte gehüllt. Er funktionierte. Aber er nahm nichts richtig wahr, am wenigsten sich selbst. Wie im Fieber.

Am übernächsten Tag wusste er, was passiert war. In den Schlagzeilen einer Zeitung am Kiosk konnte er es lesen:

CALLGIRL IN LUXUSAPPARTEMENT ERMORDET!

Nicole Siebel war am Morgen von ihrem Freund gefunden worden, nackt, wie ein Embryo zusammengekrümmt vor dem Bett liegend, an Händen und Füßen mit Klebeband gefesselt, Klebeband war auch um den Kopf herum über ihre Augen geführt. Sie hatte mehrere tiefe Wunden am Hinterkopf, offenbar von einem gusseisernen Kerzenständer, den man blutbefleckt neben ihr gefunden hatte, und war erschossen worden. Zum Artikel gehörte noch ein Foto von ihrer fehlenden Armbanduhr, die Polizei bat um Hinweise.

Dirk gab die Armbanduhr einem Kollegen, der sie für ihn verkaufen sollte, gegen eine kleine Provision. Der Hehler, an den der sich wandte, hatte Zeitung gelesen, und der Kollege wurde festgenommen. So kam die Polizei auf Dirk. Seine blutverschmierte Kleidung, das Handtuch, die Pistole, das Klebeband, das alles lag in seinem Keller wie zum Finden da hineingelegt.

Er gestand sofort und erklärte der Polizei, dass Nicole

Siebel ihn vermutlich hätte ausfindig machen können, das habe sie jedenfalls gesagt. Da habe er eben Angst bekommen, immerhin hatte er sie beraubt. Von den Schlägen auf ihren Hinterkopf und von den Schüssen wusste er aber nichts Genaues mehr. Es gab nur Erinnerungsfetzen. Fesseln. Ein Kerzenständer. Die Pistole in seiner Hand. Seine Kleidung mit Blut besudelt. Der Teufel im Fahrstuhl.

Er kam in Untersuchungshaft und rief mich zu sich. Ich machte damals noch Strafverteidigungen. Dirk wurde mein letzter Strafrechtsfall.

Weil er Nicole aus Angst vor Entdeckung ums Leben gebracht hatte, war es Mord. Das hieß lebenslänglich. Drei renommierte Sachverständige kamen zu dem Schluss, dass er voll schuldfähig, also Herr seiner Sinne und Handlungen, gewesen war, als er Nicole Siebel umbrachte. Das hieß keine Strafmilderung. Wegen der entwürdigenden Umstände des Mordes und seiner Grausamkeit wurde die besondere Schwere seiner Schuld festgestellt. Das hieß keine Chance auf Entlassung nach fünfzehn Jahren.

»Ich erkenne mich in diesem Urteil nicht wieder, das bin ich nicht«, sagte er mir, als ich das Urteil mit ihm besprach. Das Schwurgericht hatte deutliche Worte für seine Handlungen gefunden. Besonders entwürdigend und grausam sei es für das Opfer gewesen, nackt und gefesselt dazuliegen und mit schon eingeschlagenem Schädel am Ende erschossen zu werden.

Dirk standen zwanzig Jahre Gefängnis bevor, vielleicht mehr. »Wenn meine Frau sich nicht von mir trennt, muss ich mich von ihr trennen«, vertraute er mir an. Dunja war jung, sie wollte Kinder. »So lange Knast, das hält keine Ehe aus. Sie hat da falsche Vorstellungen. Ich muss sie davor schützen, dass sie sich verrennt.«

Und er sich vor der Enttäuschung, erst auf eine treulich wartende Ehefrau zu setzen und dann doch verlassen zu werden, dachte ich und schwieg.

Aber wir unterschätzten beide Dunja. Als sie Dirk das erste Mal besuchte, nachdem sein Urteil unanfechtbar geworden war, hörte er weder ein »Ich bin dein und werde immer auf dich warten« noch ein »Tut mir leid, ich pack das nicht«. Dunja hatte wie immer beobachtet und ihre Schlussfolgerungen gezogen. Und die trug sie ihm nun vor: »Wenn das mit uns noch irgendeine Zukunft haben soll, müssen sich ein paar Sachen grundlegend ändern. Du musst nicht glauben, dass du einfach weitermachen kannst wie bisher.« Das waren Töne, die Dirk nicht kannte, und er konnte nicht sagen, dass sie ihm gefielen. Aber er wollte sich zumindest anhören, was sie sich vorstellte.

Dunja war nicht bereit, ihr Leben und ihre Entscheidungen von Dirk bestimmen zu lassen. Auch nicht, wenn er meinte, in ihrem Interesse zu handeln. Dass er sie einfach wegschicken wollte, um sie vor einer Ehe mit einem Lebenslänglichen zu schützen, bezeichnete sie als pathetischen Quatsch. »So was gewöhnst du dir am besten gleich ab, so läuft es nämlich ab sofort nicht mehr. Ich bin erwachsen, ich kann meine Interessen selbst vertreten.«

Was sie ihm vorschlug, war Folgendes: Sie sollten

realistisch bleiben. Sie sollten weder einfach davon ausgehen, dass es funktionieren würde, noch als gewiss annehmen, dass es nicht funktionieren würde. Schwierigkeiten, Zweifel und, ja, auch Untreue sollten immer sofort besprochen werden, unbedingt gleich beim nächsten Besuch. Sie sei bereit, ihn in allem um Rat zu fragen, aber wie sie sich letztlich entscheide, sei ihre Sache. Als Erstes werde sie wieder in die Niederlande gehen, um in der Nähe ihrer Eltern zu sein. Grenznah, um ihn so oft wie möglich besuchen zu können.

»Und ich will immer noch Kinder von dir«, sagte sie ihm. »Wir brauchen Langzeitbesuche. Benimm dich hier entsprechend.«

Kinder? Das sah er anders. »Du möchtest Kinder, die vaterlos aufwachsen? Denen wir sagen müssen, dass ihr Vater ein Mörder ist und im Gefängnis sitzt? Die nie stolz auf mich sein können?«

»Sie werden genug finden, worauf sie stolz sein können.«

»Und wie willst du das ganz allein schaffen?«

»Muss ich ja gar nicht. Ich habe ja auch noch meine Eltern. Und dich ab und zu.«

Woher nahm sie nur immer diese ruhige Gewissheit? Manchmal hatte Dirk das Gefühl, diese Frau, seine Frau, nicht ertragen zu können. Für ihn war nichts gewiss, er war gescheitert. Dann wieder glaubte er, das Leben, in das er sich jetzt hineinmanövriert hatte, gerade deswegen nicht ohne sie aushalten zu können. Jedenfalls rührte sie an etwas, das er lieber nicht so genau betrachten wollte, und sie verunsicherte ihn zutiefst.

In den ersten Jahren der Haftzeit hörte ich von Dirk immer dann, wenn es Schwierigkeiten im Gefängnis gab. Er hatte einen Mitgefangenen angegriffen, der ihm zugezischt hatte: »Ich weiß, wo deine Frau wohnt.« Ermittlungsverfahren. Eingestellt. Dann legte er sich mit Gefängnisangestellten an, die ihm irgendeinen Wunsch abgeschlagen hatten. Ein paar unbedeutende Vergünstigungen wurden gestrichen.

Die neue Gefängnispsychologin, 28 Jahre alt, frisch von der Uni – er war ihr erster Fall –, attestierte ihm eine narzisstische Persönlichkeitsstörung und fehlende Impulskontrolle, dazu mangelnde Einsicht. Diese Psychologin würde ihn in den nächsten Jahren begleiten. Sie würde Berichte über ihn verfassen und an seinem Vollzugsplan mitwirken. Sie würde der Verwaltung vorschlagen, für welche Arbeiten er in Betracht kam, was man ihm erlauben, was verwehren solle. Weil sie jung und unerfahren war, konnte Dirk sie nicht ernst nehmen. Das war nicht gerade förderlich für ihn. Die Psychologin fand, es wäre besser für ihn, sich mit ihrer Einschätzung auseinanderzusetzen, statt dagegen anzukämpfen. Das sah er anders. Keine Ahnung hatte die doch. Ihre Stellungnahmen erschwerten es der Gefängnisleitung, ihm bessere Haftbedingungen einzuräumen. Daran war die Psychologin schuld, fand er.

Immerhin hatte Dirk ein ganz klares Konzept für sein Leben hinter Gefängnismauern: Kein Kontakt zu Mitgefangenen, die erkennen ließen, dass sie dem kriminellen Milieu verhaftet bleiben wollten. Einzelzelle. Jede Ausbildungschance nutzen. Engagement in dem Bereich, in dem er glänzen konnte: Sport. Er bot Sport- und Fitnesstraining für Mitgefangene an, immer in Absprache mit der Gefängnisverwaltung. Er baute eine Fußballmannschaft auf und richtete ein Turnier mit mehreren Mannschaften aus, die aus anderen Gefängnissen anreisen durften. Für dieses Turnier entwarf die Gefängnisleitung eigens eine Medaille und ließ sie heimlich anfertigen, um ihn zu überraschen und ihm eine Freude zu machen. Bald hatte er es zum Schiedsrichter für den gesamten Mannschaftssport in der Anstalt gebracht. Vom Troublemaker zum Konfliktschlichter. Und es funktionierte. Er turnte, spielte und schlichtete sich in die Herzen fast aller Angestellten. Nur die Gefängnispsychologin blieb unbeeindruckt und wollte und wollte einfach keine positiveren Beurteilungen schreiben. Er habe sich mit sich selbst und seiner Tat nicht auseinandergesetzt.

Dirks Bildungshunger war groß. Er ließ sich zum Programmierer ausbilden und war bald in seinem Fach so gut, dass er von anderen Gefängnissen angefordert wurde. Dort wartete er die Computer und schrieb Programme, zugeschnitten auf die Bedürfnisse der Verwaltung und der verschiedenen Betriebe, die jedes Gefängnis hat. In seiner eigenen Anstalt machte er sich nützlich, indem er die gesamte Gefängnisbibliothek neu archivierte, von der Karteikarte zur elektronischen Erfassung. Dann begannen die Langzeitbesuche. Dunja ließ sich alle zwei Wochen mit Dirk zusammen in eine eigens dafür bereitgestellte Besucherzelle einschließen, für drei Stunden. Drinnen keine Aufsicht, keine Kameras. Die

Zelle war eigentlich sogar ganz hübsch. Dirk musste sie selbst herrichten, und das tat er sehr gern für Dunja, für ein bisschen Zweisamkeit, es verstärkte die Vorfreude. Bett beziehen, Kaffee kochen, dann konnte man es darin einigermaßen aushalten. Vor allem lärmte und hallte es da nicht. Mit etwas Phantasie fühlte es sich fast wie ein normales Eheleben an. Für drei Stunden.

Einmal berichtete sie ihm, es gäbe da einen Mann, ihren Chef, der ihr eine Partnerschaft angeboten hätte, und zwar nicht nur für das Café, in dem sie kellnerte. Sondern auch privat. Eine Versuchung sei das schon. Für Dirk war die Sache sofort klar: Er würde Dunja verlieren. Dieser andere, ein gestandener Mann, mitten im Leben, vor allem im Geschäftsleben, hatte einfach alles zu bieten. Geld. Sicherheit. Ein Familienleben, das diesen Namen verdiente. Dunja konnte er schon so gut wie abschreiben, es hatte ja doch keinen Zweck. Wahrscheinlich lag sie schon mit dem anderen im Bett, während er in seiner Zelle grübelte und grübelte.

Aber Dunja ließ sich auch diesmal ihre Entscheidungen nicht von Dirk vorschreiben. Sie wechselte die Arbeitsstelle, blieb bei Dirk und wurde schwanger. Ihr Vater erlebte die Geburt seiner ersten Enkelin noch, bevor er starb. Für die Beerdigung erhielt Dirk begleiteten Ausgang. Über die Handschellen legte man ihm einen zusammengefalteten Mantel, und er wurde von zwei Wachleuten flankiert, die die Uniformen aus- und dunkle Anzüge angezogen hatten, an denen man allerdings die Ausbuchtung, die durch die Dienstwaffe entstand, nur zu deutlich sah. Dirk vergaß das erste Mal in seinem

Leben, auf das Demütigende, Würdelose dieser Situation zu achten und sich abgewertet zu fühlen. Alles das wurde überlagert durch den Schmerz darüber, dass er seinen Schwiegervater verloren hatte, durch Scham und Schuld diesem warmen, heiteren Menschen gegenüber, den er mit seiner monströsen Tat so maßlos enttäuscht und danach nie wieder gesehen hatte. Und ohne dass das eine Gefühl das andere aufhob, war er gleichzeitig erfüllt von dem Glück, eine Tochter zu haben und die nun zum ersten Mal unter freiem Himmel zu sehen.

Geburt und Tod, an allem war er nur am Rande beteiligt, im Grunde ausgeschlossen, und dann mit seinen Gefühlen in seiner Zelle allein. So allein, dass die Einsamkeit ihn anbrüllte, lauter und lauter, bis er schließlich zusammenbrach.

Er entschloss sich zu einer Therapie. Trost und Besänftigung erhoffte er sich davon. Der Therapeut, den der zuständige Landschaftsverband ihm schickte, war ein freundlicher, engagierter Mann. Doch er war nicht zu Dirk gekommen, um ihn zu trösten. Er bot ihm keine Besänftigung für seinen Schmerz und seinen Zorn und seine Selbstzweifel. Er wandte sich ihm zu, das schon. Er war offensichtlich interessiert. Zu interessiert, der rückte ihm ja richtig auf die Pelle. Was wollte der da bloß alles wissen? All die Fragen, die der ihm immer stellte! Die waren so unangenehm. Unbehaglich fühlte er sich da. Der sollte ihm doch guttun. Ihn heilen. Nicht ihm weh tun.

Dirk brauchte fast zweihundert Therapiestunden und die Geburt seines Sohnes, bis er bereit war, sich, sein Leben und seine Tat schonungslos zu sehen. Bis er einräumte, was jeder vorher gesehen hatte: dass es eine Eskalation der Gewalt gegeben hatte vom Einbruch über Raub zum Mord. Dass er über keinerlei Selbstbeobachtung verfügte und nicht merkte, wenn er in zügellose Wut geriet. Dass er also auch nicht beizeiten gegensteuerte. Dass er beleidigt reagierte, wenn das Leben ihm nicht anlieferte, was ihm seiner Meinung nach zustand. Dass er ohne weiteres bereit war, sich das dann zu nehmen. Auch mit illegalen und zunehmend gewalttätigen Mitteln. Dafür musste er tief eintauchen in eine alte Geschichte von einem ungeliebten Kind, das seine Mutter umgebracht hatte, und weiter hinab in einen alten Schmerz, so alt und so tief, dass er nicht zu ihm zu gehören schien. In dieser Zeit wurde er sich manchmal selbst fremd.

Und dann, eines Tages, hörte er in einer Therapiestunde Nicole Siebel schreien. Zetern. Kreischen. Und seine Stiefmutter schreien. Zetern. Kreischen. Wie zwei Klangbilder, die sich übereinanderschoben und völlig deckungsgleich waren. Da griff er den Kerzenständer und schlug zu. Schlug noch mal zu. Wickelte Klebeband um ihre Augen. Und erschoss sie. Dann war Ruhe. Ruhe. So.

Dirk ist jetzt seit über vierzehn Jahren in Haft. Er ist Mitte vierzig, seine Haare werden grau. Wenn ihm etwas nicht gefällt, wenn sich ein Konflikt anbahnt, wenn er sich ärgert, merkt er es rechtzeitig. Dann weiß er, wie er sich beruhigen und mit seinem Gegenüber ins Gespräch kommen kann. Sport kann er wegen einer Muskelerkrankung nur noch in Maßen betreiben. Er gibt Fitnesskurse für ältere Gefangene. Über ein Fernstudium hat er das Fachabitur für Technik gemacht, nun studiert er Informatik. Wenn er in einigen Jahren entlassen werden sollte, wird er Ingenieur sein. Er liest täglich mindestens fünf Zeitungen, vor allem den Wirtschaftsteil. Er hat sich ein kleines fiktives Depot zugelegt, dessen Wert er binnen vier Jahren trotz der großen Finanzkrise 2008 / 2009 fast verdoppelt hat.

Zu seinem Vater, der nach dem Mord nichts mehr von ihm hat wissen wollen, hat er wieder Kontakt aufgenommen. Es gibt eine vorsichtige Annäherung, die noch nicht Aussöhnung genannt werden kann.

Dunja steht weiterhin zu ihm. Sie haben jetzt wöchentliche Langzeitbesuche. Mal kommen die Kinder mit, mal nicht. Dirks Tochter ist hochbegabt und lernt mehrere Instrumente. Sein Sohn wurde bereits mit vier Jahren eingeschult, früher geht es in den Niederlanden nicht. In beiden Schulen wissen die Lehrer Bescheid.

Ab und zu, sehr selten und nur zu besonderen Anlässen, darf Dirk seine Familie in einem Café außerhalb der Gefängnismauern sehen. Dann sitzen die Wachleute mit am Kaffeetisch. Die Kinder wissen, dass ihr Vater im Gefängnis ist. Aber nicht warum. Dirk hat Angst vor dem Tag, an dem er es ihnen sagen wird.

Er spricht oft von Nicole Siebel. Er nennt sie dann immer Frau Siebel.

Abwesend

Sie waren den ganzen Tag oberhalb der Küste die Hügelketten entlang gewandert. Der Weg war beschwerlich gewesen, zuweilen eng, voller Geröll, zur Seite steil abfallend. Anita war der Küstenpfad manchmal gar zu gefährlich und anstrengend erschienen, sie war dankbar für Manfreds helfende Hand und seine aufmunternden Worte gewesen.

Die Landschaft, Cinque Terre, lohnte allerdings alle Mühen. Gewaltige Steilfelsen wechselten sich ab mit sanften Hängen, die als Terrassengärten angelegt waren und sich mit dem warmen, grünen Laub von Weinstöcken oder dem silbrig flirrenden von Olivenbäumen schmückten. Jede Wegbiegung gab den Blick auf etwas Neues frei: auf eine Bucht, einen Hügel, ein verstecktes, buntes Dörfchen, einen kleinen Hafen. Zur anderen Seite, im Hinterland, erhoben sich bewaldete Hügel. Über allem spannte sich ein so strahlender Himmel, dass das Meer tief unter den Wanderern in dem allerreinsten Blau funkelte und alle anderen Farben der Küste – die der Felsen, des Gerölls, der Weinhänge und Olivenhaine – umso schärfer hervortreten ließ.

Manfred hatte die mehrtägige Wanderung geplant und organisiert. Jetzt am Abend hatten sie ihr Tagesziel erreicht, eines dieser typischen, mittelalterlichen Einstraßendörfer, das sich an einem felsigen Bergkamm entlangzog, als klammerte es sich mit rührendem Gottvertrauen daran fest. Mit ihrem Quartier hatten sie Glück gehabt. Es war geräumig und komfortabel und bot einen großen Balkon mit Blick auf das tief unter ihnen liegende Meer. Hier wollten sie ein paar Tage Pause einlegen. Sie packten ihre Rucksäcke aus, dann kauften sie im Dorfladen einige Lebensmittel, die sie zu einer einfachen Mahlzeit auf dem Balkon zusammenstellen wollten. Und vino frizzante, natürlich, typisch für die Gegend, ein frischer, blasser Wein, genau das Richtige, um den makellosen Tag zu beschließen.

Ihr Weg zurück zur Wohnung führte sie durch eine kopfsteingepflasterte Gasse, die immer im Schatten lag, weil sie eng war und gesäumt von hohen, wenn auch schmalbrüstigen Häusern. Auf ihrem Weg durch diese Gasse wurden Manfred und Anita begleitet von den Blicken eines kleinen schwarzhaarigen Mädchens, das über ihnen in einem offenen Fenster lehnte und sich ins Zimmer hinein mit irgendwem unterhielt. Sie versuchten zu erraten, mit wem wohl und worüber. Mit der Mutter, ob sie wirklich schon ins Bett müsse? Mit dem jüngeren, nervigen Bruder, ob er sie nicht endlich in Ruhe lassen könne? Sie einigten sich darauf, dass im Zimmer hinter dem Fenster die blinde und lahme Großmutter des Mädchens im Bett liege, und der erzähle das Mädchen alles, was sich auf der Straße abspiele. Auch, dass neue Touristen angekommen seien, die sehr italienisch täten und Lebensmittel und vino nach Hause schleppten.

Ein paar Schritte weiter mussten sie stehen bleiben. Ein alter Mann, der vor seinem Haus auf einer Bank saß, hatte sie angesprochen. Er erzählte und fragte unablässig, offenbar wollte er ihre Meinung zu irgendetwas wissen, vielleicht zum Dorf, vielleicht zum Wetter. Sie verstanden kein Wort, also lächelten beide freundlich und nickten und sagten »si, si« und »molto bene«, und er war's anscheinend zufrieden. Er nickte und lächelte zurück und entließ sie schließlich.

Mit dem Zubereiten der Mahlzeit waren sie rasch fertig, denn im Dorfladen hatte es frische Antipasti gegeben und hausgemachte Ravioli, mit Steinpilzfarce gefüllt, die sie nur noch erhitzen und mit geschmolzener Butter und Salbei würzen mussten. Nach dem Essen und dem ersten Glas Wein saßen sie schweigend auf dem Balkon. Für den nächsten Tag hatten sie keine Pläne. Manfred freute sich auf etwas Ruhe an diesem idyllischen Fleckchen inmitten einer gewaltigen Landschaft. Unter ihrem Balkon fiel der Fels fast senkrecht ab zu einer Schlucht, nur ein handtuchschmales Gärtchen ein paar Meter unter ihnen bildete einen kleinen Absatz und gab dem Auge etwas Halt. Die Schlucht war gesäumt von mal dunkelgrün bewaldeten, mal felsigen Hügeln. Zwischen den Hügeln am Ende der Schlucht glitzerte eine Bucht und hinter dem nächsten Hügel eine weitere, türkisfarben. »Diese Farben – wie sonst nirgendwo auf der Welt«, sagte Anita. Es war wirklich ein eigenartiges Leuchten über diesem Wasser, das alle Farben durchscheinend und rein wirken ließ.

In dem Gärtchen unter ihnen stieg ein Schwarm Mauersegler empor, ließ sich pfeilschnell wieder fallen und zog dann am Balkon vorbei seine Bahnen, immer in

Schleifen, hin und her, hin und her. »Sieh mal, wie ein wehender Schleier«, sagte Anita. Als es dunkler wurde und irgendwo im Tal die Lichter einer Ortschaft angingen, verstummte das vielstimmige schnarrende Schreien der Vögel mit einem Mal, brach so plötzlich ab, als habe jemand ein Tuch über sie geworfen. Nun gab es nur noch die Stille der anbrechenden Nacht und die Stille zwischen ihnen beiden.

Manfred fühlte sich behaglich darin, in vollkommenem Einklang mit Anita. Nach einer Weile brach sie das Schweigen, um ihm von einem Moment während der Wanderung zu erzählen: Als sie an eine Felsnase gekommen seien und sie, noch erschöpft vom Aufstieg, kurz innegehalten habe, da sei ein Wind aufgekommen – ob er den auch bemerkt habe? – und da habe sie gedacht: »Wenn mich der Wind jetzt hier wegträgt und in tausend Stücke reißt, fragt kein Mensch mehr nach mir, in Hunderten von Jahren nicht.« »Solche Gedanken kommen dir hier?«, fragte Manfred. Anita antwortete nicht. Ein Vogel begann zu singen. »Um diese Zeit? Und so schön?«, wunderte sich Manfred. »Eine Nachtigall«, erklärte Anita. »Natürlich – was sonst, wie dumm von mir«, sagte Manfred. Er wandte Anita sein Gesicht zu, lächelnd, ihr Lächeln erwartend. »Ich liebe dich nicht mehr«, sagte Anita.

Manfreds erste Eingebung war, sie über die Balkonbrüstung in die Schlucht zu werfen, irgendwie, die Wut würde ihm schon zeigen, wie. Stattdessen verzog er spöttisch den Mund und sagte so ruhig, artikuliert und ätzend, wie er nur konnte: »Ach! Hast du doch noch jemanden gefunden, dem du den Arsch hinhalten kannst!« Anita kippte ihm ihren vino frizzante ins Gesicht, schrie »Du verdammter Scheißkerl!« und rannte in eines der beiden Schlafzimmer. Sie warf die Tür hinter sich zu, so laut sie konnte. Dann fing sie an zu weinen.

Sie waren seit über zehn Jahren verheiratet. Anita konnte sich noch gut an den jungen, schüchternen Medizinstudenten kurz vor dem Examen erinnern, der damals auf die Station gekommen war, die sie als Oberschwester leitete. Er hatte dieses wild verwuschelt Hübsche, nach dem alle Schwestern verrückt waren. Auch sie, obwohl sie drei Jahre älter war als er, obwohl sie sportlich, fast etwas maskulin wirkte und obwohl sie dachte, sich genau deshalb keine Hoffnungen machen zu dürfen. Schließlich konnte er jede haben. Manfred jedoch schätzte ihre Tatkraft, ihren Rat, und begann, sich auf sie zu verlassen, wenn er auf der Station Dienst tat. Sie konnte ihr Glück kaum fassen, als er sie eines Tages auf einen Kaffee einlud, privat, und ihr anvertraute, dass er mit diesen jungen Dingern, die nur Stroh und Bettgeschichten im Kopf hätten, nichts anfangen könne. »Albern« nannte er die, nicht ernst zu nehmen. Aber, wandte sie ein, es gäbe da ja wohl jede Menge Medizinstudentinnen, die für ihn in Frage kämen, oder? »Ich suche jemanden wie Sie, Schwester Anita«, sagte er und meinte: verlässlich, tüchtig, mitten im Leben stehend. Alles, was Anita war. Sie suchte: Schönheit. Und die Sicherheit, die ihr sein künftiger Status bieten würde.

Sie wurden ein Paar, schließlich ein Ehepaar, und auch nach Jahren noch dachte Anita manchmal, in einem Traum zu leben. Auch als sie mehr und mehr Schichten einschob, um Manfreds Medizinstudium zu finanzieren. Auch als sie sich ihren Kinderwunsch versagte, damit er sich in Ruhe seiner Facharztausbildung widmen konnte. Zum Gynäkologen übrigens. »Frauenarzt? Warum ein Mann so was wird, kann man sich ja wohl denken«, sagten ihre Eltern. Sie lachte nur. Manfred war ihr Leben, ihr ganzes Glück. Dass er sie erwählt hatte, ausgerechnet Manfred, ausgerechnet sie, das ließ sie sich von niemandem verleiden.

Manfred war einer von denen, die sich ihrer Anziehungskraft auf das andere Geschlecht bewusst sind und sie genießen. Eine einzige Frau reichte ihm nicht, jedenfalls nicht mehr nach einigen Jahren Ehe. Er liebte Anita aufrichtig, und anders als sie selbst fand er sie schön. Er verstand nicht, dass sie sich unattraktiv vorkam. Für ihn war sie vollkommen. Er war der zärtlichste Ehemann, aber er konnte ihr nicht dauerhaft treu sein. Es war ihm einfach nicht gegeben. Mit einer anderen ins Bett zu gehen, das war wie – wie eine Tasse Kaffee trinken. Ein flüchtiges Vergnügen, ohne Bedeutung für ihre Ehe, ihre Bindung. Albern und nicht ernst zu nehmen waren die anderen, das hatte er Anita doch von Anfang an, schon bei ihrem ersten Rendezvous, erklärt. Anita aber litt, und ohne es zu verstehen, sah er das durchaus. Sie verbarg es ja auch gar nicht, genauso wenig wie er seine gelegentlichen Affären zu vertuschen versuchte. »Aber wenn du mich so liebst, warum kannst du es dann nicht bleiben lassen? Wenn es doch so belanglos ist? Du siehst doch, dass du mir damit weh tust.« Er erklärte es ihr. Umgekehrt gelte das doch auch. Wenn er diese Liebeleien brauche, um sein Leben zu genießen, um ganz und gar glücklich zu sein, warum sie ihm dann verbieten? »Ich nehme dir doch nichts weg.« Anita bemühte sich sehr, es so zu sehen wie er. Doch ihr Glück verlor an Glanz, wurde schließlich stumpf.

Nun also liebte sie Manfred nicht mehr, sie hatte es ausgesprochen, und das war das Ende. Wer weiß, dachte er, wer sie dazu gebracht hatte. Ihre Eltern vielleicht, die waren ja immer schon gegen ihn eingestellt gewesen. Er rief sie an, klingelte sie aus dem Bett und teilte den noch Schlaftrunkenen mit, dass sie jetzt ja wohl zufrieden sein könnten, da ihre Tochter ihn verlassen hätte, und überhaupt bräuchten sie nicht mehr bei ihnen die Blumen zu gießen, die Italienreise werde abgebrochen. Ja, er verbot ihnen sogar das Haus. Mit einem flüchtigen Gefühl der Befriedigung drückte er sie weg, bevor sie etwas erwidern konnten. Dann stürmte er in Anitas Schlafzimmer, sie hatte es nicht abgeschlossen, wie er mit einem Anflug von Verblüffung feststellte. Anita schlief, sie atmete vollkommen gleichmäßig. Er rüttelte sie an der Schulter. »Wie kannst du jetzt schlafen?«, fuhr er sie an. Und während sie versuchte, aus ihrer Benommenheit aufzutauchen, schrie er auf sie ein: »Wer ist es? Los, sag schon, wer ist es?« Anita schickte ihn hinaus. Sie lehnte es schlichtweg ab, ihm zu dieser Stunde Rechenschaft abzulegen. »Wir können morgen reden.«

Manfred fand in dieser Nacht keinen Schlaf. Er zog sich nicht einmal aus, lag so auf dem Bett, zürnend, verzweifelnd, hoffend. Er hatte nicht gewusst, wie bedrohlich die Stille der Nacht vor Tagesanbruch sein kann. Er hatte nicht gewusst, wie furchterregend der Sonnenaufgang sein kann, wenn man keine Vorstellung davon hat, wie man diesen Tag und den Rest seines Lebens durchstehen soll. Sehr früh stand er von seinem zerwühlten Bett auf, fühlte sich um Jahre gealtert und ohne Hoffnung.

Anita war auch schon auf, viel konnte sie nicht geschlafen haben. Sie schnürte sich gerade die Wanderstiefel zu. »Ich gehe ein bisschen raus, muss den Kopf freikriegen«, sagte sie zu ihm.

Drei Jahre später rief mich der Vormundschaftsrichter meines Amtsgerichts an. »Ich hab da einen ganz merkwürdigen Fall. Könnten Sie bei Gelegenheit mal vorbeischauen? Ich würde Ihnen das gern persönlich erklären.« Was er mir dann, als ich in seinem Dienstzimmer saß, erzählte, war wirklich ungewöhnlich. Da war dieser Arzt, Dr. Manfred Zimmert, ein in der Stadt recht bekannter Gynäkologe, der seine Wohnung verkaufen wollte. So weit kein Problem und kein Fall für das Vormundschaftsgericht. Nur gehörte die Wohnung nicht ihm allein, sondern ihm und seiner Ehefrau gemeinsam. Die aber war vor Jahren auf einer Italienreise verschwunden. Sie war eines Morgens zu einem Spaziergang über die Klippen aufgebrochen und nicht mehr zurückgekommen. Am Abend hatte ihr Mann sie als vermisst gemeldet. Es hatte da wohl Streit gegeben, deshalb hatte er so lange damit gewartet. Trotz aller Bemühungen der Carabinieri wurde die Frau nie gefunden, nicht an Land und nicht im Meer, nicht lebend und nicht tot. Natürlich hatte man Dr. Zimmert vor Ort ausführlich vernommen, ohne Ergebnis. Nach einer Woche war er nach Deutschland abgereist, es gab keinen Grund, ihn in Italien festzuhalten. Er lebte noch immer in der Wohnung, die er bis zu dieser Reise mit seiner Frau bewohnt hatte und die ihnen gemeinsam gehörte.

»Und der Verkauf ist jetzt das Problem«, erklärte mir der Richter. »Hier kommen Sie ins Spiel.«

Beim Verkauf einer Immobilie müssen beide Eigentümer persönlich vor einem Notar erscheinen. Die vermisste Frau Zimmert musste also bei der notariellen Beurkundung und Durchführung des Kaufvertrages vertreten werden, und zwar durch einen gerichtlich bestellten Abwesenheitspfleger – mich. Eine Urkunde, die mich zur Pflegerin für Frau Anita Zimmert, unbekannten Aufenthaltes, ernannte, hatte der Richter schon vorbereitet. Er gab mir die Hand, ließ sich feierlich treue und gewissenhafte Pflichterfüllung versprechen und händigte mir die Urkunde aus. Die Vormundschaftsakten bekam ich auch gleich zur Einsicht mit. Darin fand ich den von Dr. Manfred Zimmert gestellten Antrag auf Einrichtung einer Abwesenheitspflegschaft und auch gleich den Entwurf der Notarurkunde für die Wohnungsübertragung. Und ein Gutachten. Der Kaufpreis in dem Entwurf entsprach dem in diesem Gutachten festgestellten Wert der Wohnung, ein recht hoher Wert, denn es handelte sich um eine großzügige, elegante Altbauwohnung aus den zwanziger Jahren, Wintergarten, hohe Räume, Stuck und schweres, dunkles Eichenparkett.

Dr. Zimmert und das Vormundschaftsgericht hatten gute Vorarbeit geleistet. Aber niemand konnte mir sagen, was Anita Zimmert wollte. Es war merkwürdig, jemanden zu vertreten, der keinen Auftrag erteilen, seine Absichten und Wünsche nicht äußern konnte. Ich musste mir so viele Informationen verschaffen, wie ich nur konnte, um mehr Klarheit über die Bedürfnisse und Interessen meiner abwesenden Mandantin zu gewinnen. Ich rief zuerst Dr. Zimmert an: »Wären Sie bereit, sich mit mir zu unterhalten?«

Das war er.

Ein Mann Anfang vierzig mit ebenmäßigen Gesichtszügen ohne eine Spur von Härte, fast feminin wirkend bis auf das ausgeprägte Kinn. Die braunen Haare gekonnt zerzaust. Wache, intelligente Augen, etwas eng zusammenstehend vielleicht. Volle, sinnliche Lippen, die sich leicht und entspannt berührten. Es hätte ein Mund von vollkommener Schönheit sein können, hätte er nicht zugleich einen leicht mokanten Zug gehabt.

Dr. Zimmert schwieg, und auch ich schwieg zunächst. Als ich schließlich Luft holte, um meine erste Frage zu stellen, begann er zu erzählen.

Das war seine Geschichte:

Er hatte seine Frau sehr geliebt. Sie hatten eine gute, harmonische Ehe geführt, waren glücklich gewesen. Sie waren nach Italien gereist und hatten es dort gut gehabt miteinander. Durch die schönste Landschaft waren sie gewandert, und er hatte es genossen, dass seine Frau sich so sehr auf ihn verlassen hatte, auf seine Planung, auf seine Unterstützung beim Wandern, auf seinen Zuspruch. Von dem Dorf erzählte er mir, von dem Einkauf, dem Mädchen und dem alten Mann. Von der letzten Mahlzeit auf dem Balkon. Von der romantischen Stimmung und dem traulichen Schweigen zwischen ihnen. »Wie konnte ich denn ahnen, dass das alles nichts als Lug und Trug war?« Mitten in den schönsten Abendfrieden, mitten in den Gesang einer Nachtigall hinein hatte sie ihm plötzlich eröffnet, dass sie ihn verlassen werde. Leider waren von ihm da ein paar böse, beleidigende Worte gefallen, harte Worte, aber nicht so gemeint. Sie hatte sich dann in den Schlaf geweint, er aber hatte die ganze Nacht vor lauter Elend nicht schlafen können. Warum sie weggewollt hatte, wusste er nicht, vielleicht ein anderer Mann? Sie war der Typ »alles oder nichts« gewesen. Sie hatte sich zu ihren Motiven aber nicht geäußert, hatte überhaupt nicht mit ihm reden wollen, alles auf den nächsten Morgen verschoben.

Dann war sie zu dem bewussten Spaziergang aufgebrochen und nicht wiedergekommen. Er hatte sie begleiten wollen, aber das hatte sie abgelehnt.

Er mache sich die heftigsten Vorwürfe, nicht darauf bestanden zu haben. »Da war noch etwas Merkwürdiges«, fügte er schließlich an. »Sie hat mir an dem Abend noch etwas von dem Wind erzählt, der sie vielleicht von den Klippen wehen könnte. Und dass sie dann für immer verschwunden wäre. Ich habe erst gedacht, dass das überspanntes Zeug ist. Aber hinterher habe ich mich doch gefragt, ob sie vielleicht verschwinden *wollte.*« Als ich nachfragte, was genau er damit meinte, sagte er: »Ein neues Leben, vielleicht mit einem anderen. Oder Selbstmord.« Natürlich sei ein Unfall das Wahrscheinlichste, sie sei keine besonders sichere Wanderin gewesen, und viele Wege da oben seien »nicht ohne«.

Nach seiner Rückkehr hatte Dr. Zimmert in der gemeinsamen Wohnung weitergelebt wie vorher, nur eben ohne seine Frau. Zu seinen Schwiegereltern, mit denen er sich ohnehin nicht gut verstanden hatte, brach er den Kontakt ab.

Ich fragte mich, warum er mir das alles erzählte. Ich hatte ihn nichts gefragt. Und warum jetzt, nach drei Jahren, auf einmal der Verkauf der Wohnung? Das fragte ich ihn.

Dr. Zimmert wollte seine Praxis verkaufen und eine Stelle in einer anderen Stadt in Ostdeutschland annehmen. Er hatte dort eine neue Liebe gefunden. Mit einer Vermietung der Wohnung wollte er sich nicht belasten.

»Sie hätten in dem Fall auch die Hälfte des Mietüberschusses auf ein Konto für Ihre Frau einzahlen müssen«, teilte ich ihm mit. Dann eröffnete ich ihm, dass er auch für die Zeit, in der er allein in der Wohnung gelebt hatte, die Hälfte der üblichen Miete an seine Frau nachzahlen müsse, natürlich abzüglich der Kosten. »Wie können Sie mir damit kommen! Was fällt Ihnen ein!« Übergangslos brüllte er mich an, das schöne Gesicht wutverzerrt. Und plötzlich wusste ich, was mich die ganze Zeit so irritiert hatte. Vorher war mir nur aufgefallen, dass seine Mimik nicht zu seiner Erzählung gepasst hatte, sein Gesichtsausdruck war zu starr gewesen. Aber noch etwas hatte nicht gestimmt. Nun fiel mir ein, was das war: Er hatte mir, während er erzählte, in regelmäßigen Abständen zugezwinkert und mechanisch dazu gelächelt. Offenbar eine Angewohnheit, die er sich eigens für die Begegnung mit einer Frau, egal welcher und egal in welcher Situation, zugelegt hatte. Jetzt aber, in seiner Wut, waren weder Zwinkern noch Lächeln zu sehen, die war offenbar unverstellt. Das erste Mal nahm ich in seinen Zügen ein echtes Gefühl wahr.

Ich fragte ihn, was er denn glaube, worin meine Aufgabe bestehen solle, wenn nicht darin, die Interessen seiner Frau so gut wie möglich zu vertreten. Auch dann, wenn sie gegen seine Interessen stünden. Das brachte ihn wieder auf eine halbwegs normale Betriebstemperatur, und wir verabschiedeten uns höflich voneinander.

Ich wusste nicht, warum, aber als ich die Tür hinter ihm schloss, war ich davon überzeugt, dass seine Frau tot war.

Noch am selben Tag setzte ich mich mit Anitas Eltern in Verbindung, die sofort bereit waren, zu mir zu kommen, lieber gestern als heute.

Doch schon bevor sie bei mir erschienen, erhielt ich Dr. Zimmerts Scheidungsantrag und die Bestellung zur Prozesspflegerin für Anita Zimmert. Ich sollte sie nun auch im Scheidungsverfahren vertreten.

Es waren zwei graue Menschen, die da zu mir kamen, nicht nur das Haar. Auch die Gesichter. Sorge und Trauer hatten sich darauf abgebildet, und die beiden gar nicht so betagten Menschen wirkten alt, niedergedrückt und erschöpft. »Das Schlimmste ist, dass wir nicht wissen, was mit ihr ist.« Ich ermunterte sie, mir von ihrer

Tochter zu erzählen. Und von deren Ehe. Sie hatten ein Foto von Anita dabei, das sie mir zeigten. Etwas herbe Züge, der sportliche Typ, ein wenig grobknochig, aber durchaus anziehend. Ein sehr natürlich wirkendes, frisches Gesicht, ein freundliches, offenes Lächeln.

Und das war die Geschichte ihrer Eltern:

Anita hatte unbegreiflicherweise nie viel von sich gehalten, dabei war sie eine sehr apart und sympathisch aussehende, hilfsbereite und ungemein tüchtige Person gewesen, freundlich zu jedermann, lebensbejahend. Dann war sie auf diesen Adonis hereingefallen, der nach sechs, sieben Jahren begonnen hatte, unausgesetzt fremdzugehen. Ausgerechnet Frauenarzt hatte er werden müssen, man konnte sich ja denken, warum. Ihre Tochter war todunglücklich gewesen und hatte ihnen gegenüber schließlich einräumen müssen, was sowieso auf der Hand lag: Er taugte nichts als Ehemann. Kein Begriff von Verantwortung und kein Gespür für die Bedürfnisse seiner Frau. Eigentlich hatte Anita schon vor der Italienreise mit ihm Schluss machen wollen – »Hätte sie es doch bloß gemacht«, schluchzte die Mutter –, aber dann hatte sie ihm noch eine letzte Chance geben wollen. Sehen, ob da nicht vielleicht doch noch Gefühle für ihn waren, und wenn ja, ob sie ihn doch noch dazu bringen konnte, ihr jetzt endlich Treue zu versprechen, vielleicht durch ein Ultimatum. Sie war wahrhaftig nach Italien gefahren, ohne ihrem Mann zu offenbaren, dass die Ehe auf der Kippe stand. Das hatten sie, die Eltern, allerdings missbilligt. Sie fanden, wenn ihre Tochter mit ihrem Mann etwas zu klären hatte, sollte sie es zuerst mit ihm besprechen und nicht mit ihnen, den Eltern. Und erst recht sollte sie in einer solchen Situation nicht mit ihm auf eine mehrtägige Wanderung gehen, um ihn zu erproben. Noch dazu, ohne etwas davon verlauten zu lassen. Doch Anita hatte eben ihren eigenen Kopf gehabt.

Dann war der Anruf des Schwiegersohns gekommen, mitten in der Nacht. Anita habe ihn verlassen. Sie dürften sein Haus ab sofort nicht mehr betreten. Und dann, am nächsten Abend, die kurze telefonische Mitteilung, dass ihre Tochter von einem Morgenspaziergang nicht mehr zurückgekommen war.

Sie waren sich sicher, dass ihr Schwiegersohn ihre Tochter umgebracht hatte.

Sie hielten ihn für unbeherrscht und selbstbezogen und deshalb durchaus für imstande, seine Frau im Affekt dafür zu bestrafen, dass sie ihn nicht mehr wollte. Außerdem schieden aus ihrer Sicht alle anderen Möglichkeiten aus. Von vornherein ausschließen konnten sie, dass Anita einfach so in ein anderes Leben abgetaucht war. Das hätte sie ihren Eltern nie angetan. Und es hatte auch keinen anderen gegeben, soweit sie wussten. So gut wie undenkbar war auch, dass sie Selbstmord begangen hatte. Die Jahre mit Manfred hatten ihre positive Einstellung zum Leben nicht aufgebraucht. Sich umzubringen, nachdem sie ihn verlassen hatte, hätte überhaupt keinen Sinn gehabt. Es wäre doch eher Manfred, der in dieser Situation ein Motiv gehabt hätte, sich umzubringen – obwohl: »Dafür hält der sich für viel zu wertvoll«, merkte Anitas Mutter an. Ein Unfall? Anita ging nur Wege, die sie sich zutrauen konnte, erst recht natürlich, wenn sie allein unterwegs war. Und der Gedanke, dass ausgerechnet irgendwo am Rande eines italienischen Küstenpfads ein Verbrecher hätte lauern sollen, um ihrer Tochter etwas anzutun, erschien ihnen geradezu absurd.

»Er war's, glauben Sie uns«, sagte der Vater, eindringlich. So als sei ich die neue Ermittlungsbeamtin in diesem Fall, die man erst noch überzeugen musste. Mit allen anderen hatten sie natürlich schon gesprochen, waren nach Italien gereist, hatten vor Ort einen Anwalt beauftragt. Der hatte mit ihnen gemeinsam die zuständigen Ermittler befragt – alle sehr freundlich zu den armen, verzweifelten Eltern –, hatte die Akten eingesehen und am Ende nichts gefunden, was unversucht geblieben war. Man hatte die Ferienwohnung durchsucht, sogar mit Leichenhunden. Man hatte die Umgebung durchkämmt mit denselben Hunden, mit Hubschraubern und mit Wärmebildkameras. Man hatte die Bewohner des Dorfes vernommen. Man hatte alle Mietwagenunternehmen der Gegend befragt, ob Dr. Zimmert sich am fraglichen Tag ein Auto geliehen hatte, alles ohne Ergebnis. Fotos von Anita mit Suchaufrufen wurden in regionalen Zeitungen veröffentlicht. Anitas Eltern hatten eine Belohnung ausgesetzt, erfolglos. Natürlich hatten sie auch selbst die Umgebung abgesucht, bangend und hoffend, und ihre Suche am Ende abbrechen müssen, voller Schuldgefühle. Die grässlichsten Phantasien über das Schicksal ihrer Tochter stiegen in ihrem Inneren auf, immer öfter, immer grauenhafter, und führten sie an den Rand des Zusammenbruchs.

Anitas Mutter kam zum Ausgangspunkt unseres Gesprächs zurück. Am schlimmsten sei die Ungewissheit. Vielleicht, so unwahrscheinlich das auch sei, lebte ihre Tochter ja doch noch. Vielleicht entführt, irgendwo versteckt gehalten, vielleicht ein Gedächtnisverlust durch einen Sturz. Nicht zu wissen, wann sie aufhören durften zu hoffen. Nicht zu wissen, wann sie anfangen durften zu trauern. Nicht zu wissen, wo ihr totes Kind lag. Das hatte sie so grau werden lassen.

Was ich für Anitas Eltern tun konnte, war, sie um ihre Meinung zu bitten, obwohl ich nach ihren Schilderungen die Antworten bereits kannte. Also fragte ich sie, was Anita sich wohl für die beiden Verfahren wünschen würde. Würde sie einem Verkauf der Wohnung zustimmen? Würde sie die Scheidung wollen?

Die Wohnung wurde zu einem guten Preis verkauft. Beim Notar begegnete ich Dr. Zimmert ein zweites Mal. Er zwinkerte mir nicht zu. Wir behandelten einander mit kühler Höflichkeit, redeten beide so wenig wie möglich und unterschrieben so rasch es eben ging.

Der Scheidungstermin verschaffte mir die dritte Begegnung mit Dr. Zimmert. Sein Gesicht hatte jetzt einen etwas beleidigten Ausdruck angenommen, denn inzwischen hatte ich ihn auf Zahlung der halben Miete verklagt. Eine Kriegserklärung natürlich, so sah er es wohl.

Ich stimmte der Scheidung zu. Ich glaubte Anitas Eltern, dass ihre Tochter das so wollen würde.

Hätte Dr. Zimmert die Scheidung nicht beantragt, hätte er nach weiteren sieben Jahren seine Frau für tot erklären lassen können und sie dann als ihr Ehemann zu drei Vierteln beerbt. Die Wohnung wäre ihm dann nahezu allein zugefallen, bis auf ein Achtel, das Anitas Eltern geerbt hätten. Und hätte er die Wohnung nicht unbedingt sofort zu Geld machen wollen, wäre vermutlich niemand je auf die Idee gekommen, von ihm Miete zu verlangen. Ich fragte mich, ob er das alles nicht gewusst hatte oder ob er es einkalkuliert hatte. Vielleicht war ihm der Erlös, den er jetzt gleich bekommen konnte, wichtiger als nahezu das Doppelte erst in sieben Jahren?

In Abstimmung mit dem Vormundschaftsgericht verwaltete ich Anitas Vermögen sieben Jahre lang. Dann ließen Anitas Eltern sie für tot erklären und beerbten sie.

Dr. Manfred Zimmert lebt heute in einem der neuen Bundesländer. Er ist in zweiter Ehe verheiratet. Ich hoffe, dass man sich um seine Frau keine Sorgen machen muss, ich hoffe es wirklich.

Kriegskunst

Ihre Eltern hatten sie Minerva getauft, weil sie wollten, dass aus ihr etwas ganz Besonderes werde.

Minerva, die römische Göttin der Handwerker, Dichter und Lehrer, Hüterin des Wissens und der Weisheit. Und Meisterin der taktischen Kriegsführung.

Außerdem hieß sie Krüger, ihre Freunde nannten sie Minnie, und sie wurde Kinderkrankenschwester.

Er hieß Maximilian, nicht nach einem römischen Kaiser oder weil seine Eltern gewusst hätten, dass sie ihn damit »der Allergrößte« nannten, sondern nach dem Schauspieler Maximilian Schell, den seine Mutter verehrte.

Sein Nachname war Kasimir, er arbeitete als Finanzbeamter in leitender Position. Ihn rief man Max.

Als sie sich das erste Mal trafen, auf einem Straßenfest, waren sie beide über dreißig und unverheiratet. Sie hatten ihre Erfahrungen gemacht, aber nie hatten sie so viel Zuwendung und Nähe bekommen können, wie sie es sich gewünscht hatten. Am Ende waren sie immer verlassen worden, sie wussten nicht recht, warum eigentlich.

Minnie war, trotz dieser Erfahrungen und obwohl sie lieber Teil eines Paares gewesen wäre, eine auffallend fröhliche Frau, im Familien- und Freundeskreis ausgesprochen beliebt. Sie war immer da, wenn jemand gebraucht wurde. Wie ein Wirbelwind trat sie dann auf den Plan, kraftvoll, heiter, scherzend oder auch mitfühlend, aus vollem Herzen und mit vollen Händen gebend. Auch wenn sie sich setzte, blieb sie nicht untätig. Ständig stickte oder strickte sie, versorgte ihren Freundeskreis mit Socken, Schals und Mützen. Und mit gestickten Deckchen, richtigen kleinen Kunstwerken.

Wenn sie erschien, wurde jeder Raum heller und jede Lebenslast erträglicher. Sie machte es jedermann leicht, sie mochte das. Ihr Freundeskreis war groß.

Die kleinen Patienten auf ihrer Station hingen an ihr. Sie hatte so wunderbare, verrückte Einfälle und spielte so oft sie konnte mit ihnen und wie eine von ihnen, das fanden sie toll.

Auf jenem Straßenfest war sie auch bei den Kindern zu finden. Max, kürzlich in die Nähe gezogen und auf der Suche nach Anschluss, sah sie sofort. Sie beteiligte sich als einzige Erwachsene am Eierlauf. Machte den Clown, lief in die falsche Richtung, purzelte über ihre Füße oder ließ immer wieder ihr Ei fallen. Außer den Kindern und ihr und Max fand das niemand lustig. Als er lachte, stand sie verlegen auf, legte den Kopf schief, blinzelte ihn an und fuhr sich durch die Haare.

Goldrot und lang waren die, so dick, kraftvoll und wild, dass sie kaum zu bändigen schienen. Wie sie da stand, von der Sonne beschienen, lachend, außer Atem, rotlockig und sommersprossig, eine Feuerfrau, glich sie mehr einer keltischen als einer römischen Gottheit. Einer Fruchtbarkeitsgöttin mit ausladenden Hüften, die zur Liebe einluden.

Max, der Finanzbeamte, war unauffälliger. Ganz und gar unauffällig sogar. Von eher kleiner, jedoch kompakter Gestalt war er, hatte scharf geschnittene, strenge Gesichtszüge, die durch die kantige Brille noch betont wurden, und ein spitzes Kinn. Er war zurückhaltend, geradezu reserviert, redete fast nichts und wenn, dann nur über seinen Beruf, dafür war er bei seinen wenigen Freunden bekannt.

Minnie, voller Leben, sprühend, und Max, in sich gekehrt und ein wenig hölzern, sie verliebten sich aus dem Stand ineinander.

Sie gingen direkt vom Fest auf einen Kaffee aus und noch am selben Abend miteinander ins Bett, das sie eine Woche lang praktisch nicht mehr verließen. Klammerten sich aneinander. Er konnte nicht genug bekommen von ihrem kindlichen Eifer und ihrer Vitalität. Sie konnte nicht genug bekommen von seiner Stärke und Unaufgeregtheit. Sie waren offensichtlich füreinander bestimmt, ihr Rausch verriet es ihnen.

Und sie hatten sich so viel zu erzählen. Nicht nur Berufliches, alles musste heraus, musste geteilt und mitgeteilt werden: die Kindheit und die Ansichten, die früheren Liebschaften und die Vorlieben in der Kunst, wie sie Freundschaften beurteilten und was sie gern aßen, wie sie sich selbst sahen, wie sie den anderen sahen. Wie sie ihre Beziehung sahen. Was sie vom Leben erwarteten, vor allem von einem Leben zu zweit. Wie sie ihre Freizeit gestalten wollten. Alles passte zusammen.

Als sie zusammenzogen, war der Lebensplan fertig: Weiterbildung, Heirat, Kinder. Er nannte sie Minimaus. Sie nannte ihn Maximaus. Die Freunde nannten das Paar Minimax. Minimax kommt zu Besuch. Das hieß:

Minerva und Maximilian werden kommen. Sie wird frischen Wind ins Haus wirbeln und Sorgen aus dem Haus jagen. Ihre Stricknadeln werden traulich klappern. Er wird zuhören.

Zu Hause lasen sie sich gegenseitig vor, meist im Himmelbett, das sie sich gebaut hatten. Hesse zum Beispiel oder auch Janosch: *Oh, wie schön ist Panama* oder *Die Fiedelgrille und der Maulwurf*. »Draußen war es bitterkalt, wie am Nordpol, aber hier war es warm, und der Ofen bollerte. Mein Gott, war das eine schöne Zeit! Wohl die schönste Zeit ihres ganzen Lebens.« Max lag, halb aufgerichtet, den Arm unter dem Kopf. Minnie hockte, die Füße unters Gesäß gezogen. Vollständig vom Lesestoff und voneinander eingenommen waren sie.

Was auch immer sie machten, alles war so aufregend und spannend. Das ganze Leben eine Sensation, wenn sie nur alles gemeinsam machen konnten.

Als sie heirateten, nahm er ihren Nachnamen an. Maximilian Krüger. Minerva Kasimir oder gar Minerva Krüger-Kasimir, derlei kam nicht in Frage. Auch nicht, dass jeder seinen eigenen Namen behielt. Ein gemeinsamer Familienname musste sein, als Zeichen, dass sie zusammengehörten.

Und Kinder sollten natürlich sein. Kinder waren Minnies Leben. Sie wollte unbedingt ein eigenes haben, ein Wesen, das nur ihr gehörte. So wie Max.

Aber es kamen keine Kinder.

Sie verlor das erste nach drei Monaten, das zweite innerhalb der ersten sechs Wochen, da war sie fast achtunddreißig. Sie dachten an ärztliche Hilfe und schließlich sogar an Adoption, doch Minnie konnte sich mit diesem Gedanken nicht so recht anfreunden. Ein eigenes Kind, ein Kind der Liebe, eine gemeinsam erlebte Schwangerschaft und Geburt, all das würde ein ganz neues, ein unzerreißbares Band zwischen ihnen knüpfen.

Dass Max begonnen hatte, Minnie zuweilen verstohlen zu mustern, dass er seit längerem auch ihr nur noch von seinem Berufsalltag erzählte, wollte sie nicht wahrnehmen. Dass er immer länger wegblieb und keine Lust mehr zum gegenseitigen Vorlesen hatte, erst recht nicht.

Der Abend, der alles änderte, eine Woche vor dem vereinbarten gemeinsamen Arzttermin, begann früh, denn Max kam eher als gewohnt nach Hause. Minnie freute sich, lief ihm entgegen, hüpfte und gurrte vor Vergnügen. Im Fernsehen lief an diesem Abend eine Tierdoku, die konnten sie doch zusammen sehen. Vielleicht vorher was zusammen kochen.

Doch was sagte er da?

Andere Frau? ... schon seit sechs Monaten? ... nicht mehr viel mit Minimax? ... Hotel?

Aber – die Tierdoku? Der gemeinsame Fernsehabend? Sie könnten doch auch ausgehen, in ein Restaurant vielleicht, er müsste doch nicht ... Panisch klammerte sie sich an ihn. Bitte, bitte nicht. Ich will nicht, dass du gehst. Wir können doch über alles reden. Wir haben es doch so schön, das kannst du doch nicht einfach wegwerfen. Wir wollen doch noch ein Kind. Geh nicht, bitte geh nicht. Was soll ich denn machen ohne dich?

»Mach einfach so weiter«, sagte er, während er schon seine Sachen zusammensuchte, Stück für Stück sorgsam faltete und in den Koffer legte, unbeirrt und zielstrebig wie immer.

Die Panik sprang sie mit verzweifelter Wucht an. Er würde gehen. Sie würde zurückbleiben. »Aus die Maus …« und »Minimax-Pipifax …« funkte es durch ihren Kopf, und sie musste lachen, laut und lange, konnte nicht aufhören.

Aus die Maus.

Als er durch die Tür ging, erlosch das Lachen. Für lange Zeit.

Ihr blieb das Bett, das sie eine Woche lang kaum verließ. Sie teilte sich niemandem mit. Gerade noch schaffte sie es, sich im Krankenhaus krankzumelden. In dieser Woche wusste sie: Das hier war das Ende, sie würde es nicht überleben. Körperlich spürte sie, wo ihr Herz gebrochen war, genau konnte sie den Verlauf der Risse nachverfolgen. Sie tat nichts anderes. Nach einer Woche fing eine ihrer Freundinnen an, sich Sorgen zu machen, weil sie so lange nichts von ihr gehört hatte. Als sie bei Minerva auftauchte, fand sie keine Göttin vor, weder römisch noch keltisch, sondern ein stumpffelliges Tier, ausgetrocknet, dürr, taumelnd vor Schwäche und gleichgültig.

Minnies Freundinnen gaben alles, um ihr zu helfen, aus vollem Herzen und mit ganzer Kraft, so wie sie es zuvor von ihr erfahren hatten. Sie kauften für sie ein, kochten für sie, putzten für sie und bezogen ihr Bett neu. Ihre Freundinnen ließen sie nicht mehr allein. Minnie war es egal, es lief alles an ihr vorbei. Ihre Freundinnen überredeten sie, eine Beratungsstelle für Frauen in Not aufzusuchen, wo man ihr eine Trauergruppe anbot und eine Therapie empfahl. Die vom Hausarzt verschriebenen Tabletten nahm sie einen Tag lang und warf sie dann weg. Sie wollte keine chemische Tröstung. Sie wollte sich nicht dumpf fühlen. »Volle Power Trauer«, wie sie dem Arzt mit schiefem Lächeln sagte. Seine Empfehlung, sich stationär aufnehmen zu lassen, verwarf sie. Er hatte eine therapeutische Zusatzausbildung, und als er Gespräche anbot, nahm sie das an, diese Termine waren die einzigen Fixpunkte in ihrem neuen, dunklen Leben, unverrückbar standen sie, wurden zuverlässig eingehalten und gaben der Woche Struktur.

Als es ihr etwas besserging, meldete sie sich auf der Kinderstation zurück und nahm ihre Arbeit dort wieder auf. Das schaffte sie genau eine Stunde lang. Dann schaffte sie es gerade noch bis zur Toilette, sie erbrach sich, bis nur noch Galle kam. Wie ein Schlag aus dem Nichts, mit unerhörtem Vernichtungswillen gegen sie geführt, traf sie die Erkenntnis. Nie würde sie Kinder haben. Nie. Nienienie. Bis sie über Max hinweg wäre, bis sie einen anderen finden, mit ihm so lange zusammen sein würde, dass sie ihn als Vater eines Kindes in Betracht ziehen könnte, würde es zu spät sein. Sie war neununddreißig.

Danach verließ sie das Haus nur noch zu ihren Arztterminen. Lebte von Gespräch zu Gespräch.

Und dann kam der Scheidungsantrag. Darin stand, dass Max es eilig hatte. Seine Freundin war schwanger. Deswegen wolle er sofort geschieden werden. Das Trennungsjahr abzuwarten, sei eine »unzumutbare Härte«.

Die Minnie, die zu mir kam, war eine Ertrinkende. Die wunden, flehenden Augen, haltlos mal ins Unendliche, mal von unten zu mir herauf und gleich wieder zu Boden blickend, die blasse Haut, die schwärzlichen Schatten unter den Augen, die schutzlos-resignierte, nur zuweilen Fluchtbereitschaft signalisierende Körperhaltung, alles verriet mir: Minervas Leben war ins Trudeln geraten, hilflos und orientierungslos fühlte sie sich allem ausgeliefert, was ihr widerfuhr.

Wollte sie auch geschieden werden? Nein, sie war noch nicht so weit.

Sollte ich mich um Unterhalt kümmern? Ja, unbedingt, die Miete war hoch, sofort nach der Trennung hatte Max jede Kostenbeteiligung eingestellt, und sie bekam inzwischen nur noch Krankengeld.

Als ich ihr sagte, dass Max keine Chance hätte, jetzt schon, lange vor Ablauf des Trennungsjahres, die Scheidung durchzusetzen, bloß weil seine Freundin ein Kind erwartete, schaute sie mir zum ersten Mal in die Augen. Als ich ihr sagte, wir hätten auch gute Aussichten auf Unterhalt, blitzte in diesen Augen etwas auf, kaum wahrnehmbar und zu kurz, als dass ich hätte ausmachen können, was es war.

Zum ersten Scheidungstermin erschien Minnie nicht. Ich erhielt am Morgen ein Attest: verhandlungsunfähig. Eine glückliche Fügung in diesem Falle, denn Maximilian brachte seine neue Freundin mit ins Gericht. Blond, energische Gesichtszüge, großgewachsen und sportlich-schlank. Von der Schwangerschaft war nichts zu sehen. Der Scheidungsantrag wurde abgewiesen, wie ich es vorhergesagt hatte. Ein teures Vergnügen, jedenfalls für Max, der alle Kosten tragen musste.

Unterhalt zahlte er nach einigem Hin und Her ohne Prozess, das war billiger für ihn. Er setzte darauf, dass er nach der Scheidung Minnie los sein würde, auch finanziell. Sie könne arbeiten gehen, ließ er uns wissen.

Kurz vor Ablauf des Trennungsjahres wurde das Kind von Max geboren, und Max stellte die Unterhaltszahlungen ein. Außerdem stellte er einen neuen Scheidungsantrag. Minnie, dank des Einsatzes ihrer Freundinnen und der Bemühungen ihres Arztes, hatte das Bett verlassen.

Sie brauche weiter Unterhalt und wolle auf jeden Fall die Scheidung verhindern, sagte sie mir mit einem Anflug von Energie. Arbeiten solle sie doch, ließ Max erneut schreiben. Das könne sie nicht, sie sei zu krank, ihre Depressionen hinderten sie am Arbeiten, und wenn sie geschieden werde, bringe sie sich um. Das war ihre Antwort. Keine leichte Bürde für mich, ihre Anwältin.

Zum Scheidungstermin kam sie auch dieses Mal nicht. Am Morgen des Gerichtstermins erhielt ich wieder ein Attest.

Sie erfüllte anfangs auch keine der Auflagen des Familiengerichts – bei jeder Scheidung muss man sich durch Berge von Formularen wühlen –, sondern lieferte die notwendigen Formulare erst ab, nachdem Zwangsgelder festgesetzt wurden.

Dann stellte ich den Antrag, sie von einem Sachverständigen untersuchen zu lassen. Ob sie arbeiten könne oder Unterhalt brauche. Ob sie selbstmordgefährdet sei, wenn sie geschieden werde.

Beim Sachverständigen erschien sie mit ungewaschenen Haaren, ungeschminkt, in irgendetwas Schlammfarbenes gekleidet und ohne Schmuck. Sie habe es kaum bis zu seiner Praxis geschafft, ließ sie den Sachverständigen wissen. Panik. Morgens brauche sie für gewöhnlich mindestens eine halbe Stunde, um sich zu überreden, überhaupt das Bett zu verlassen. Sie wisse auch nicht recht, wozu. Meist bleibe sie den ganzen Tag untätig, könne sich zu nichts aufraffen. Während des einstündigen Gesprächs mit dem Sachverständigen weinte sie fast ununterbrochen.

Das Gutachten des Sachverständigen war eindeutig: schwere Depression als Reaktion auf die Trennung. Vollständige Arbeitsunfähigkeit. Klinische, auch medikamentöse Behandlung empfohlen, ambulante Psychotherapie nicht ausreichend. Selbstmordversuch für den Fall der Scheidung nicht auszuschließen.

Zum ersten Gespräch, das sie vereinbarte, nachdem ich ihr das Gutachten geschickt hatte, brachte sie selbstzubereitete Trüffel mit, jeder einzeln über ein Sieb gerollt. Kleine Stachelkugeln, in hübschen, buntglänzenden Förmchen auf einem geschmackvoll gewählten Glasteller angeordnet. Nachdem sie den auf meinen Schreibtisch gestellt hatte, von wo er das ganze Zimmer überstrahlte, holte sie tief Luft, hob das Kinn kaum merklich an und erzählte mir von dem Termin beim Sachverständigen. Wie sie da mit ungewaschenen Haaren, in farbloser Kleidung und ohne Schmuck und

Make-up hingegangen war. Wie sie ihm alles aus ihrer schlimmsten Zeit, alle Symptome ihrer Depression geschildert habe. Wie sie die ganze Zeit geweint habe.

Die Trüffel erwiesen sich als köstlich.

Max schäumte vergeblich. Sie habe doch offenbar die falsche Therapie gewählt. Deswegen sei sie an ihrem Zustand nun selbst schuld, das könne man nicht mit Unterhaltszahlungen belohnen. Man konnte. Jedenfalls, wenn man wie Minerva bereit war, den Empfehlungen des Sachverständigen zu folgen. Das machte sie nicht gern, aber sie machte es. Beantragte eine stationäre Behandlung in einer Kurklinik.

Bevor es dazu und zu einer weiteren Abweisung des Scheidungsantrages kam – weil die Scheidung eine unzumutbare Härte für Minerva gewesen wäre – und bevor Max bis zum Sankt Nimmerleinstag zu Unterhaltszahlungen verurteilt wurde, ließ er seinen Anwalt bei mir anrufen und Verhandlungen anbieten. Wir handelten eine nicht schwindelerregende, aber recht großzügig bemessene Abfindungssumme aus und stimmten der Scheidung zu. Zu ihrem Scheidungstermin musste Minerva noch gehen. In die Klinik ging sie nicht.

Mir brachte sie zur Abschlussbesprechung kurz vor Weihnachten eine von ihr gestrickte Tischdecke mit, ein Wunderwerk aus edelstem, feinstem Garn, weich und federleicht. Offenbar mit Nadeln kaum dicker als Nähnadeln gefertigt. Minerva musste monatelang daran gearbeitet haben.

Nach mehreren Jahren traf ich sie zufällig in unserem Stadtteil wieder, an der Hand eines Mannes. Ihr Haar glänzte mit ihren Augen um die Wette. Sie erzählte mir, dass sie noch studiert habe und jetzt als Psychologin in der Psychiatrie arbeite. Sie betreue dort Frauen in Krisensituationen.

Nie wieder habe sie Janosch oder Hesse gelesen.

Ein friedlicher Sommerabend

Sylvie kam aus einfachen Verhältnissen. Ihr Vater war Stahlarbeiter gewesen, bis das Werk schließen musste. Er schied über Sozialplan aus. Abfindung, Beschäftigungsgesellschaft, Arbeitslosigkeit, Maßnahmen, Arbeitslosigkeit, das ganze Programm. Schließlich fand er etwas als Aushilfsfahrer. Da war er erst Ende vierzig, aber bei der Arbeitssuche hieß das eben »schon« Ende vierzig. Aussicht auf Besseres hatte er nicht mehr. Die Abfindung war während der Monate, in denen er vom Amt leben musste, nach und nach aufgebraucht worden. Ein bisschen was hatte er auf die Seite gelegt, für Notzeiten. Sein Lohn musste reichen für seine Frau und die beiden jüngeren Brüder von Sylvie, die noch zur Schule gingen. Sylvie machte eine Ausbildung im Büro, bei einem Autohändler, letztes Ausbildungsjahr. Das wurde immer noch nicht besonders gut bezahlt, aber ihr Lohn half. Ihre Mutter trug frühmorgens für ein paar zusätzliche Euro Zeitungen aus, Sylvie sorgte dann dafür, dass die Brüder rechtzeitig aufstanden, Frühstück bekamen und zur Schule gingen.

Sven kam aus einer Handwerkerfamilie, sein Vater betrieb eine Autowerkstatt mit Lackiererei. Sven war gern da, er mochte es, an Autos herumzuschrauben. Sonst war er eher ein Einzelgänger. Die Werkstatt ging ganz gut. Seine Eltern konnten es sich leisten, Sven zur

Gesamtschule gehen zu lassen, er sollte Abitur machen. Wenigstens Fachhochschulreife, so war es gedacht. Seine Mutter war Hausfrau, obwohl es außer Sven und seinem Vater keinen gab, der zu versorgen war. Sie hielt die Wohnung und den Haushalt tipptopp in Ordnung.

Michel (»Mischäll« mit Betonung auf der zweiten Silbe, darauf legte er Wert) war schon mit siebzehn zu Hause rausgeflogen. Er kannte seinen Vater nicht. Die Mutter kannte ihn vermutlich auch nicht. Sie lebte mit ihren sechs Kindern – von mindestens vier Vätern – von Hartz IV. Ohne Mann. Michel war der Älteste. Er ging nie zur Schule. Aber er hatte nicht deswegen den meisten Ärger mit seiner Mutter, das bekam sie kaum mit. Ärger gab es, weil er trank und dann randalierte. Weil er seine Mutter anschrie, wenn sie nicht »spurte«, so nannte er das. Weil er ihr Geld klaute, dabei hatte sie selbst fast nichts. Weil ihn ab und zu die Polizei wegen Pöbeleien und Schlägereien aufgriff und nach Hause brachte. Dafür schämte sich seine Mutter, besonders, wenn die Nachbarn das mitbekamen. Eines Tages fand sie auf dem Küchentisch einen Zettel, auf dem in seiner Handschrift zu lesen war:

»Mit einem kleinen Loch im Kopf
liegst du ganz reglos da
Denn ich hab dich erschossen
ich fühl mich wunderbar.«

Da rief sie das Jugendamt an. Weder sie noch der Sozialpädagoge kannten den Song *Walter* von Wizo, und Michel klärte sie nicht auf. Er kam in eine Bereitschaftspflege und lebte die paar Monate, bis er achtzehn war, in einer betreuten Wohngemeinschaft. Vor dem »Sozialarbeitergefasel«, wie er es nannte, floh er, sobald er durfte und konnte, in eine eigene Wohnung, die er alsbald vollmüllte und zum ausgiebigen Feiern mit Kumpels nutzte. Die fanden sich zuhauf in Kneipen oder vor Kiosken und waren wie er der Meinung, dass die Ausländer ihnen die Arbeitsplätze weggenommen hätten. Und das ganze Geld. Und dass die da oben machten, was sie wollten, aber keine Ahnung hätten vom Leben der Leute, von Leuten wie ihnen. Und dass Deutschland vor die Hunde gehe. Angeregt durch einige besonders martialisch auftretende Typen, ließ Michel sich irgendwann den Kopf scheren. Statt des Haarschopfes zierte seinen Schädel nun eine Tätowierung in Form eines Spinnennetzes, im Nacken trug er in Frakturschrift die Buchstaben A H, und auf seine Fingerknöchel hatte er sich die Buchstaben H-A-S-S im Stil von Runen stechen lassen.

Mohammer war mit siebzehn nach Deutschland gekommen, mit seinen Eltern und Geschwistern. Seine Eltern hatten ihm in der Türkei eine gute Schulbildung ermöglicht. Sein Leben in Deutschland verlief geradlinig. Sein Vater eröffnete ein Geschäft für türkische Lebensmittel, das die Familie gut ernährte, zumal alle im Laden mithalfen. Ein Familienbetrieb also, ein Modell, das Löhne zu sparen half und dadurch genug für alle abwarf. So hatte es sein Vater gehalten, und so hielt es nun Mohammer, der als ältester Sohn schon vor vielen Jahren das Geschäft übernommen hatte. Mohammer war jetzt bald dreiundsechzig Jahre alt und dachte daran, sich zur Ruhe zu setzen.

Er war es gewohnt, sein Leben von langer Hand zu planen, und so hatte er, obwohl selbständig, immer in die Rentenversicherung eingezahlt und dazu noch etwas gespart und außerdem günstig in der Türkei ein Häuschen gebaut, das von der Familie als Ferienhaus genutzt wurde. Wenn er sich erst einmal aus dem Geschäft zurückgezogen hätte, würde das Haus ihm und seiner Frau als Altersruhesitz dienen. In der Türkei wäre er mit der Rente aus Deutschland, dem Gesparten und einem eigenen Haus ein reicher Mann. Doch wer sollte ihm nachfolgen? Er hatte nur drei Töchter, alle gut verheiratet mit guten Männern, die für ihre Familien sorgen konnten. Die Töchter arbeiteten zwar in Mohammers Laden mit, aber das Geschäft an eine Frau weitergeben? Er wusste nicht recht. Die Töchter lachten ihn aus. Besonders die mittlere, sie war kinderlos, würde das Geschäft gern weiterführen. Ihre Schwestern könnten ihr schließlich helfen, auch mancher Neffe, manche Nichte war schon groß genug, um einzuspringen, wenn Bedarf wäre. »Sei doch nicht so altmodisch, du Pascha!« Das war halb scherzhaft, aber auch ein bisschen ernst gemeint. »Wir sind doch deine Kinder, wir sind auch geschäftstüchtig. Das haben wir schließlich von dir.« Nun, man würde sehen.

Sven fand, dass irgendetwas mit ihm nicht stimmte. Jeder Blick in den Spiegel überzeugte ihn noch ein bisschen mehr, dass er mit seinem Aussehen nicht eben »der Bringer« war. Ein bisschen zu klein, ein bisschen zu dick, ewig blass, und dann noch dünne, rötliche Haare – die Mädchen standen nicht gerade Schlange, um mit ihm etwas anzufangen. Um der Wahrheit die Ehre zu geben: Er hatte noch nie eine Freundin gehabt. Obwohl er vor Klassenkameraden mit erfundenen Liebesabenteuern prahlte. Falls sich mal welche fanden, die überhaupt hinhörten, durchschauten sie ihn sofort und lachten ihn aus. Schlimmer noch: Sie posaunten laut heraus, was für einen »Müll« Sven mal wieder von sich gegeben habe. Irgendwann ging er nicht mehr hin, schwänzte und verbrachte seine Vormittage in Internetcafés oder Fitnessstudios, wo er sich abmühte, seine dickliche Figur in eine überzeugendere Form zu trimmen, und versuchte an den Nachmittagen, der erdrückenden Fürsorge und Anteilnahme seiner Mutter, ihren Fragen nach der Schule, nach Freunden und nach »Mädchen« zu entkommen. Dann lieber ab in die Werkstatt des Vaters, wo er basteln konnte und in Ruhe gelassen wurde. »Aber Junge, hast du denn keine Hausaufgaben auf?« »Nein.« Verflucht und dreimal nein! Keine Mädchen. Keine Freunde. Keine Hausaufgaben. Nein und nein und nein.

Michel war von der Arbeitsagentur in die Werkstatt von Svens Vater vermittelt worden. Er hatte nichts gelernt, aber ein naturgegebenes Talent für Technik. Das erleichterte es Svens Vater, der Michels Aufmachung für äußerst gewöhnungsbedürftig hielt, ihm eine Chance zu geben. Er war sowieso der Auffassung, dass die meisten jugendlichen Verirrungen im Laufe der Zeit quasi von allein korrigiert würden. Michels Begabung schien ihm recht zu geben, Michel widmete sich seiner Arbeit mit geradezu kontemplativer Hingabe, begierig, unter Motorhauben zu schauen und zu ergründen, was sich da abspielte, und es zu beeinflussen. Er war offenbar zum Mechaniker geboren. »Begnadet«, wie Svens Vater ein ums andere Mal sagte. Er bot Michel eine Ausbildung an, aber der wollte lieber ungebunden bleiben, vor allem zeitlich. Hier und da mal ein paar Stunden aushelfen, aber nichts Festes, vor allem keine Berufsschule.

Sven machte nun im väterlichen Betrieb eine Ausbildung. Es war herausgekommen, dass er die Schule geschmissen hatte, und da bot es sich an, aus seinem Hobby seinen künftigen Beruf zu machen. Er war achtzehn und seit ein paar Monaten im Betrieb, als der ein Jahr ältere Michel in sein Leben, genauer: in die Werkstatt seines Vaters trat. Sven war wie vom Donner gerührt. Was der sich traute! So rumzulaufen! Und wie markant und athletisch er aussah! Und immer die lockeren Sprüche, und dann noch dieses Intuitive bei der Arbeit an den Autos – ein Gott, fand Sven.

Zu seiner Verblüffung beachtete Michel ihn und nahm ihn ernst. Sven hatte zwar bei aller Freude an Autos handwerklich viel weniger Talent als Michel, der aber konnte sich computertechnisch jede Menge von Sven abschauen. Außerdem hatte auch er niemanden, mit dem er sich verbunden fühlte, nur seine Kumpels aus Kneipen und Kiosken, und die bewunderten ihn kein bisschen. Bald verbrachten Sven und Michel den größten Teil ihrer Zeit zusammen, entweder in der Werkstatt oder bei Sven. Dessen Mutter sah diese merkwürdige Freundschaft nicht gern. »Dieser Fascho ist mir unheimlich«, sagte sie zu Sven. »Was ist bloß so toll an dem, dass ihr dauernd zusammensteckt?«

»Sei doch froh«, sagte ihr Mann. Er hatte sich mehr Sorgen darum gemacht, dass Sven nie jemanden mit nach Hause gebracht hatte, und fand nicht, dass sie als Eltern nun auch noch wählerisch sein konnten, wenn es um Svens Freunde ging. Endlich hatte er einen.

Die Freundschaft blieb. Die Ansichten von Michel auch. Seit er Michel kannte, merkte Sven erst, wie viele Ausländer durch seine Stadt liefen. Das waren schon richtig viele. Und so oft in kriminelle Aktivitäten verstrickt, Drogenhandel und so. Vor allem die Schwarzen. »Neger«, wie Michel sagte. Und die Türken, die brachen ja andauernd Autos auf und überfielen die deutschen Frauen. Und Raubüberfälle mit Messern. Jugendgangs, die ganze Stadtteile in Angst und Schrecken versetzten. Und wie frech die waren! Man konnte es ja tagtäglich in der Zeitung lesen – Sven las Zeitung im Gegensatz zu Michel –, dass die nicht ruhen und rasten würden, bis der Islam von Deutschland Besitz ergriffen hätte. Zumindest gehörten denen schon ganze Straßenzüge. Da konnte sich kein Deutscher mehr blicken lassen. Bald tauschten sich beide in den einschlägigen Blogs über die Bedrohung Deutschlands durch die Zuwanderung aus.

Sylvies Autohändler beauftragte Svens Vater jetzt mit Lackierarbeiten an Unfallwagen. So lernten Sylvie und Sven sich kennen, denn es gehörte zu Svens Aufgaben, die Wagen abzuholen und zurückzubringen. Sven hatte Glück: Sylvie mochte unbeholfene Männer.

Es war nicht einfach für Michel, dass Sven nun nicht mehr jeden Tag Zeit für ihn hatte. Aber er konnte ihm nichts nachsagen: Sven wusste, was er ihm schuldig war, und hielt ihm die Treue. Michel war nun zwar wieder öfter in Kneipen und an Kiosken zu finden, Bierflaschen schwenkend, grölend, Reden schwingend, doch fand er diese Art von Freizeitvergnügen zunehmend schal. Aber mindestens zweimal in der Woche trafen sie sich noch nach Feierabend, Sven und er. Und Sylvie – nun ja, sie war jung, blond, hübsch, nett zu ihm, zu Sven sowieso.

Dann zogen Sven und Sylvie zusammen, und Michel war von Anfang an Hausgenosse, schaute jeden Tag vorbei außer an den Wochenenden, denn Sylvie hatte sich irgendwann ausbedungen: »Ich will mindestens zwei michelfreie Tage pro Woche, und zwar samstags und sonntags.« Ansonsten fand sie es ganz in Ordnung, dass Michel immer da war. Er war nicht faul, ging zur Hand, und als das Kind kam, hütete er es schon mal abends. So konnten Sylvie und Sven, die ja auch noch jeder ein Elternpaar zum Babysitten aufzubieten hatten, oft ausgehen, manchmal sogar zusammen mit Michel. Und gelegentlich bekamen Sven und Michel sogar Ausgang ohne Sylvie. Dann gingen sie ins Stadion, machten auch schon mal bei Schlägereien zwischen rivalisierenden Fangruppen mit, meist folgenlos dank Svens Training im Fitnessstudio. Und dank der Gaspistole, die Michel sich zugelegt hatte. Einmal verfolgten sie im Pulk einen verängstigten Afrikaner, der ihnen aber entwischte. Sie hatten auch keinen rechten Plan gehabt, was sie mit ihm gemacht hätten, wenn sie ihn eingeholt hätten. Sven schämte sich hinterher und erzählte niemandem von dieser Aktion. Michel schämte sich nicht. Wie das Negerlein gebibbert hatte! Geil! Die würden schon sehen, was sie davon hatten, hierherzukommen und Deutschland zu überfremden.

Mohammer hatte die Woche fast überstanden. Es war Samstag, er hatte das Geschäft für ein paar Stunden seiner Frau und seiner mittleren Tochter überlassen und war mit dem Bus ins Einkaufszentrum gefahren. Nun hatte er seine Besorgung erledigt und saß an der Bushaltestelle. Es war schon Geschäftsschluss, er hatte sich beeilt, aber dennoch den Bus verpasst. Ärgerlich. Nun musste er zwanzig Minuten warten. Aber es war ein schöner, warmer Sommerabend, und an der Haltestelle gab es eine Bank. Das Herz wollte wirklich nicht mehr so recht, und so war er dankbar, sitzen zu können. Ob es vielleicht doch bald an der Zeit war, zurückzukehren in die alte Heimat? Sollte er sich jetzt doch zurückziehen und das Geschäft seiner Tochter übergeben? Tüchtig war sie ja, er konnte gegen ihre Geschäftsführung nichts einwenden. Die Abendsonne schien so schön und wärmte ihn. Sie ermutigte ihn auch. Die Welt war in diesem warmen Licht ein so ruhiger und friedlicher Ort. Vielleicht … Er sah auf. Da kamen noch späte Fahrgäste. Mohammer lächelte ihnen entgegen.

Der Verein von Sven und Michel hatte verloren. Ausgerechnet gegen Galatasaray Istanbul. Nachher waren sie noch auf ein Bier eingekehrt und hatten auf den Schiedsrichter geschimpft, auch der Trainer bekam sein Fett weg. Es wurden dann doch vier, fünf Bier, dann musste Sven zurück zu Sylvie und dem Kleinen. An der Bushaltestelle saß nur ein Fahrgast. Sah südländisch aus. Und grinste noch frech.

Das Letzte, was Mohammer in seinem Leben sah, war ein Glatzkopf mit eintätowiertem Spinnennetz, der ihm eine Pistole an die Schläfe drückte. Auf den Fingerknöcheln der Hand, die zur Faust geballt auf sein Gesicht zuflog, stand H-A-S-S. Das Letzte, was Mohammer in seinem Leben hörte, waren die Worte »Drück doch ab!«, dann ein keckerndes Lachen, dann das Klicken. Das Letzte, was er fühlte, war ein leichter Schwindel. Das Gefühl, zu fallen wie im Traum, ein Schreck des Herzens. Dann setzte sein Herz aus.

Sylvie kam zu mir, weil Sven wollte, dass sie mit dem Kleinen zu ihm ins Gefängnis kam. Umgangsrecht. Sylvie wollte die Scheidung und den Kleinen vor Sven schützen. Der aber hing an Sven. Was war richtig?

Zwischen zwei anderen Gerichtsterminen hatte ich etwas Zeit, Svens Strafverhandlung als Zuschauerin zu verfolgen. Sylvie war auch da, ich setzte mich zu ihr.

Sven, ein blasser, junger Mann. Offenbar von seinen Eltern in ein blaues Hemd und eine graue Stoffhose gesteckt. Ein Scheitel, wie am Morgen von der Mutter gezogen. Der andere, Michel (»Mischäll«, wie er den Vorsitzenden Richter korrigierte, als seine Personalien abgeglichen wurden), hatte niemanden, der ihn stylte. So blieb sein Kopf rasiert und mit Spinnennetz verziert, und auch die anderen Tätowierungen waren in ihrer ganzen Pracht zu bewundern, vermutlich weil niemand – auch sein Verteidiger nicht – ihm gesagt hatte, dass er vielleicht besser daran getan hätte zu verdecken, was sich verdecken ließ. Sven verfolgte den gesamten Prozess mit hängendem Kopf. Michel wirkte zwar unsicher, zeigte sich aber ausgesprochen meinungsfreudig, besonders, als er dem Richterkollegium erklärte, welche Gefahren für Deutschland durch die Ausländer und »Asylanten« ausgingen. Da müsse man sich wehren. Sonst drohten Überfremdung und Islamisierung. Der Adolf habe das schon ganz richtig gesehen, mit dessen Ideen sympathisiere er. Mich wunderte, dass sein Verteidiger ihn nicht stoppte.

Doch die Verteidiger von Sven und Michel wollten auf etwas ganz anderes hinaus: Sie bemühten sich redlich, nachzuweisen, dass der Tod Mohammers nicht auf die Scheinhinrichtung zurückzuführen war, wie es der Staatsanwalt annahm. Sondern auf Mohammers schwaches Herz. Damit kommen sie nicht durch, dachte ich mir, und sagte es auch Sylvie. Mohammer war nicht gestorben, weil er herzkrank war. Sondern weil er Türke in Deutschland war.

Sie kamen nicht damit durch. Sie mussten für fünf Jahre ins Gefängnis.

Sylvie war drei Monate später geschieden.

Sie entschloss sich, ihren Sohn nicht zu seinem Vater ins Gefängnis zu bringen. Vielleicht könnten sie sich in ein paar Jahren sehen, wenn Sven Freigang haben würde. Und wenn er sich geändert hätte. Auf keinen Fall sollte ihr Kind demselben Mann begegnen, dem Mohammer an jenem friedlichen Sommerabend begegnet war.

Der Wolf und die kleinen Frauen

Sie ging immer zuerst ins Schlafzimmer. Meist kam er ins Bett, wenn sie schon schläfrig war. Dann umarmte er sie und streichelte sie, eine wohlige Nähe für einen Augenblick. »Meine kleine Frau«, so sagte er zu ihr und drängte sich an sie. »Willst du mit mir schlafen?«, fragte er spätestens, wenn er unter ihrem Nachthemd ihre Brüste streichelte. Sie spürte seine Erektion. Meistens sagte sie gleich ja. Wenn sie nein sagte, ließ er sie ja sowieso nicht in Ruhe. »Du bist doch auch ganz geil, das spüre ich doch.« Oder: »Wir sind schließlich Mann und Frau, da kannst du mir den kleinen Gefallen ja wohl tun.« Also sagte sie irgendwann immer ja. So ging es Nacht für Nacht. Seit vier Jahren. Wie lange noch? Für immer und ewig, sagte er.

Morgens hinterließ er kleine Liebesbotschaften auf der Schiefertafel, auf der er auch seine Wünsche für den Einkauf notierte, bevor er zur Arbeit ging. »Meine kleine Geiß« nannte er sie darin. Und er dankte für die »schöne letzte Nacht«. Sina, Sinalein. Dein Wolf.

Abends kochte sie das Essen für ihn, wenn er heimkam.

Dazwischen kaufte sie ein und machte den Haushalt, wenn sie aus der Schule kam. Sie war fünfzehn Jahre alt. Er war ihr Vater. Die Mutter war vor vier Jahren gestorben. Da hatte er Sina ins Ehebett geholt.

Wenn sie etwas sage, komme er ins Gefängnis. Dann sei sie ganz allein auf der Welt. Sie glaubte ihm und wahrte das Geheimnis. Sie liebte ihn ja.

Aber nun gab es da einen Jungen, Benjamin, der sich für sie interessierte. Sina interessierte sich auch für ihn. Sie wollte mit ihm ausgehen, kleine Geschenke austauschen, sich an eine starke Schulter anlehnen, Herzklopfen haben. Eine rote Rose bekommen. Kuschelrock hören. Händchen halten. Händchen halten? Händchen halten war schwieriger. Küsse? Oh nein! Küsse gingen gar nicht. Und bitte keine Umarmung, am liebsten überhaupt keine Berührung.

Benjamin gab nach vier Monaten auf.

Alwin nicht. Er warb um Sina, war geduldig, auch nach einem halben Jahr noch. Ob sie ein Problem habe, ob sie darüber reden wolle? Wollte sie nicht. Wolfram hatte es ihr ja gesagt, dass er dann ins Gefängnis komme, und dann sei sie ganz allein auf der Welt. Dass Alwin sich nicht abschütteln ließ, nahm sie hin. Sie war ihm nicht dankbar dafür, sie ging nicht darauf ein, es änderte nichts. Hartnäckigkeit kannte sie von ihrem Vater. Womit sie nicht gerechnet hatte, war, dass Alwin ihr auf den Kopf zusagte, dass etwas mit ihrem Vater nicht stimme, nachdem er ihn kennengelernt hatte. Es war ihm nicht entgangen, dass Wolfram ihn, den neuen jungen Mann im Leben seiner Tochter, mit höchstem Misstrauen beäugt hatte. Er ging nicht auf Alwin zu, wirkte seltsam verschlossen, wenn er mit ihm sprach. Ständig schien er in grundloser Abwehr zu verharren. Und ständig suchte er Sinas Nähe, sein Blick hellte sich auf, wenn sie ihn beachtete. Es war eine eigenartige Atmosphäre, die selbst Alwin, den Gast, einschnürte. Wie eine dunkle Erwartung von irgendetwas, eine Bedrohung durch alles, was von außen kam. Wir beide hier drinnen, ihr alle da draußen.

»Was soll nicht stimmen, Alwin? Mit meinem Vater ist alles in Ordnung.«

»Er fasst dich an, stimmt's?«

Sina brach vollständig zusammen, praktisch sofort. Alwin brachte sie zum jugendpsychiatrischen Notdienst, der Arzt wies sie sofort in eine Klinik ein. Selbstmordgefahr.

Alwin begleitete Sina auch durch die Monate des Klinikaufenthaltes. Er hielt es aus, dass sie ihn mal anschrie, mal kein Wort mit ihm sprach, dann wieder weinte und weinte.

Er brachte ihr eine rote Rose.

»Was willst du? Hau ab!«

Er brachte ihr eine Kuschelrock-CD.

»Ich bin schlecht. Bleib doch weg.«

Alwin sagte nicht viel. Manchmal fragte er sie, ob sie in seine Arme wolle. Wollte sie nicht. Ob sie reden wolle. Wollte sie nicht. Sie wollte kotzen und schreien und weinen und schreien und kotzen. Alwin fragte sich manchmal, ob er das alles aushalten könne und wenn ja, wie lange. Er hatte aber, weil er sich für Sinas Zusammenbruch verantwortlich fühlte, seine eigenen Schuldgefühle, für die sich übrigens niemand besonders interessierte. Und er hatte ein treues Herz, mit dem er an Sina hing. Insgeheim hoffte er, dass Sina seine beharrliche Zuneigung eines Tages neu entdecken und wieder schätzen könne, vielleicht sogar erwidern. Also hielt er durch.

Nach ihrer Entlassung aus der Klinik kam Sina in eine Jugendwohngruppe. Nach Hause wollte sie nicht zurück. Es gab sowieso kein Zuhause mehr, denn die Staatsanwaltschaft ermittelte gegen Wolfram wegen seiner schweren Verbrechen, also saß er im Untersuchungsgefängnis. Und schließlich auf der Anklagebank.

Er war der Leiter einer privaten Einrichtung zur Wiedereingliederung erziehungsschwieriger, arbeitsloser Jugendlicher, eine in der Sozialarbeit seiner Stadt hochgeachtete Person. Alle mochten ihn, alle. Und alle hassten Sina. Man hielt ihre Anzeige für die Ausgeburt der Hysterie einer Pubertierenden, die sich aus unerfindlichen Gründen auf solch widerwärtige Art an ihrem Vater abarbeiten wollte. Dieser nette Mann, so freundlich zu jedermann? Ein Witwer zumal. Und was er alles für die Stadt und die Jugendlichen getan hatte! Nein, eindeutig, er war zu Derartigem nicht fähig. In Untersuchungshaft hatte Sina ihn mit ihren Lügen gebracht und stellte die Sache immer noch nicht richtig. Es war ja unerhört.

Der Prozess fand große Beachtung, die Zuschauerreihen waren überfüllt. Sina, inzwischen siebzehn, musste nicht vor diesen Zuschauern aussagen. Aber sie musste durch die feindselige, zischende Menge, die sich im Gerichtsflur versammelt hatte, in den Saal gehen. Es kam ihr vor, als kämpfe sie sich durch ein Schlangennest.

Und dann sagte sie es ihrem Vater ins Gesicht. Sagte

ihm, was er getan hatte, Nacht für Nacht, fünf Jahre lang. Und sagte es allen, die da waren, den drei Richtern, den beiden Schöffen, der Protokollführerin, dem Staatsanwalt, dem Verteidiger, der Gutachterin und mir, ihrer Anwältin. Leise sagte sie es. Stockend sagte sie es. Unter Tränen sagte sie es. In aller Ausführlichkeit sagte sie es. Ohne jede Bewertung sagte sie es. Genau so, wie sie es schon der Polizei, dem Jugendamt und der Gutachterin geschildert hatte, so sagte sie es. Bis selbst Wolfram, dem leugnenden Angeklagten, restlos klar war, dass er verurteilt werden würde. Bis ihm klar war, dass Sina jetzt nicht mehr seine kleine Frau war. Dass er ins Gefängnis gehen würde und sie dennoch nicht auf sich allein gestellt wäre.

Wolfram schaltete um. Sina sei eben sehr anziehend, wie ja wohl jeder sehen könne, und das habe sie weidlich eingesetzt, nachdem ihre Mutter verstorben sei. Ein Nymphchen eben. Alles habe sie daran gesetzt, ihn so weit zu kriegen, bis er endlich …

Dem Vorsitzenden entglitten die Züge, er war sichtlich abgestoßen, und nur mit Mühe gelang es ihm, rasch wieder einen neutralen Gesichtsausdruck aufzusetzen. Der Staatsanwalt und ich brauchten keine Fassade. »Sind Sie noch bei Sinnen, Mann?«, brüllte der Staatsanwalt los, und »Sie vergewaltigen Ihre elfjährige Tochter und faseln von Verführung? Das ist unerträglich. Unerträglich!«, fauchte ich gleichzeitig, bevor der Verteidiger dazwischenfuhr und um eine Unterbrechung bat. Sinas Gesicht war erstarrt, regungslos schaute sie mich an. Ihr Mund zuckte noch ein bisschen.

Ich konnte förmlich hören, was sie dachte. Ich bin schlecht. Lass mich doch.

»Er ist verantwortlich, nicht Sie. Bitte glauben Sie ihm nicht, nie mehr«, bat ich sie.

Die Verhandlung wurde wieder aufgenommen, und Wolfram gestand ohne Wenn und Aber. Er bat Sina um Verzeihung. Sie schaute ihn ausdruckslos an und schüttelte langsam, sehr langsam den Kopf, nur einmal. Kein Verzeihen. Nie mehr.

Wolfram musste für sechs Jahre ins Gefängnis, das hieß vier bei guter Führung. Sina war länger eingesperrt gewesen. Und würde noch lange eingesperrt bleiben.

Und dann blieb sie doch nur noch drei Jahre in ihrem Gefängnis aus Schmerz und Verlorenheit und Selbsthass. Sie baute es selbst von innen immer besser aus, mit Stacheldraht und Unrat. Sie begann damit, dass sie Alwin wegschickte. Danach setzte sie sich den ersten Schuss. Dann schmiss sie die Schule. Und am Ende war sie einfach eine weitere Zahl in der Drogentoten-Statistik.

Sie wurde zwanzig Jahre alt.

Zwei Jahre danach saßen mir verzweifelte Großeltern gegenüber. Ihre Enkelin Yasmin war noch nicht einmal vierzehn. Ihre Mutter war bei einem Verkehrsunfall ums Leben gekommen, ihr Vater war überfordert und hatte sich einfach aus Yasmins Leben gestohlen, unauffindbar. Nun sorgten ihre Großeltern für sie. Yasmin behauptete, Wolfram zu lieben, und war durch nichts davon abzubringen.

Wolfram hatte es tatsächlich nach vier Jahren aus dem Gefängnis geschafft und sich im ersten Jahr seiner Freiheit nacheinander mehrere Freundinnen zugelegt. »Die mussten immer jünger und immer dümmer werden, damit sie auf den Scheiß noch hereinfallen, den der labert«, hatte mir einige Wochen zuvor Wolframs ehemaliger Verteidiger gesagt, als ich ihn zufällig in der Gerichtskantine getroffen und auf seinen früheren Mandanten angesprochen hatte. Eigentlich hätte er mir gar nichts über Wolfram erzählen dürfen, aber wir waren alte Studienkollegen, duzten uns, und er war so angewidert, dass er sich kurz vergessen hatte. Nun rief ich ihn an, um mich zu erkundigen, ob er irgendeine Möglichkeit sah, auf seinen Mandanten einzuwirken. Doch er hatte es bereits abgelehnt, Wolfram zu vertreten. Denn auch er war, wie er andeutete, überzeugt, dass Wolfram Yasmin missbrauchte.

Aber Wolfram leugnete das, und auch Yasmin bestritt es. Den Behörden waren die Hände gebunden.

Ich konnte erst einmal nicht glauben, dass Wolfram damit durchkam. Ich krempelte die Ärmel hoch und ging in einem zweiten Gespräch mit Yasmins Großeltern alles durch, was man unternehmen konnte. Vielleicht gab es ja etwas, was unversucht geblieben war. »Haben Sie Ihre Enkelin ärztlich untersuchen lassen?«, fragte ich sie. Das hatten sie. Yasmin war keine Jungfrau mehr. Es gab aber auch keine verwertbaren Spuren. Vermutlich benutzte er also Kondome.

Ich schlug vor, ihm den Umgang mit Yasmin gerichtlich verbieten zu lassen. Doch das hatten sie schon getan. Es gab darüber einen Gerichtsbeschluss, der nichts wert war, denn Yasmin und Wolfram leugneten daraufhin, noch in Kontakt miteinander zu stehen.

Wohnungsdurchsuchung? Abgelehnt. Kein ausreichender Tatverdacht.

Gerichtliche Zwangsgelder? Zwangshaft? War alles schon beantragt und abgelehnt worden. Kein ausreichender Beweis.

Jugendamt? Heimunterbringung? »Alles schon versucht. Sie haut immer ab. Abgängig nennen die das.« Yasmins Großvater lachte bitter, seine Frau fiel noch ein bisschen mehr in sich zusammen.

Yasmin observieren lassen? Auch das hatten sie ausprobiert, ohne Erfolg. Wolfram hatte dazugelernt, er war nicht so leicht zu überlisten. Er merkte jedes Mal, wenn jemand Yasmin folgte, und ließ sie gar nicht erst ein. Auch Yasmin war geschickt, manchmal bekam auch sie mit, dass sie nicht allein unterwegs war, und lenkte ihre Schritte woandershin. Nach ein paar Tagen mussten die Großeltern aufgeben, länger konnten sie sich keinen Privatdetektiv leisten.

Jeder Weg eine Sackgasse, überall lief ich vor Mauern. Ich konnte es nicht glauben, aber er kam damit durch. Dieses Mal schien er tatsächlich durchzukommen.

Für ein paar Monate. Bis Yasmin sich mit ihm überwarf und ihn anzeigte.

Zahltag

Der kleine Mann, der mir gegenübersaß, Mehmet, war freundlich und lächelte die ganze Zeit. Er wollte niemandem etwas. Dafür erwartete er, dass niemand von ihm etwas wollte.

Das ließ sich nicht immer machen. Seine Frau wollte Unterhalt von ihm, für drei Kinder. Ich wollte Unterlagen von ihm. Beides lieferte er schleppend oder gar nicht ab. Wegen der ausbleibenden Unterlagen gerieten wir regelmäßig aneinander. Ich schimpfte mit ihm wie mit einem Kind. Sein Lächeln steigerte sich dann zu einem Grinsen, verschwörerisch, manchmal ein bisschen verlegen. Immer siegesgewiss. Er wollte doch keinem was. Und niemand konnte ihm was, dafür hatte er seine Anwältin. Widerreden, Zweifel wurden weggelächelt.

Er wurde in der Türkei geboren, stammte aus dem Osten, vom Lande, aus einer kinderreichen Familie. Er war das Älteste von acht Kindern. Sein Vater konnte weder lesen noch schreiben, verdingte sich hier und da und schlug Frau und Kinder. Immerhin trank er nicht.

Mehmet ging fünf Jahre lang zur Schule. Dann war er elf Jahre alt, wusste mehr als sein Vater und fing bei einem Bäcker an. Er buk Fladenbrot, Sesamkringel und Gebäck aus Nüssen und Blätterteig, getränkt mit Honig und triefend vor Fett.

Mehr hatte Mehmet in der Türkei nicht zu erwarten. Als er sechzehn wurde, reichte ihm das nicht mehr. Er wollte reich werden. Die Familie ernähren. Eine eigene Familie gründen. Vielleicht ein Haus bauen.

Also ging er nach Deutschland. Er hatte gehört, dass es da Arbeit, Geld und willige Frauen im Überfluss gäbe. Sein Onkel lebte in Deutschland. Der lud ihn ein, und, einmal da, blieb er gleich ganz. Die Wohnung war groß und komfortabel, alle Wohnungen in Deutschland waren das. Die Straßen waren sauber. Die Frauen trugen kurze Röcke und hochgeschnürte Busen, aus tiefen Ausschnitten quellend, und manchmal einen freien Bauchnabel.

Wenn man nicht wollte, musste man nicht einmal viel Deutsch lernen. Man konnte unter sich bleiben, bei den Landsleuten arbeiten und einkaufen und nur ab und zu einen Ausflug in die andere, neue Welt machen.

Aber Mehmet wollte Deutsch lernen. Wollte seine neuen Möglichkeiten richtig nutzen. Wollte viel Geld verdienen. Aushilfsbäcker zu sein war dafür nicht gut genug. Er ging in die Fabrik. Die Kollegen waren nett, lachten gutmütig über seine drolligen ersten Deutschversuche und verbesserten ihn. Bald konnte er sich verständigen. Das reichte nicht. Er wollte in Deutschland bleiben, sich zurechtfinden, das hieß, richtig gut Deutsch sprechen, lesen und schreiben lernen.

Mehmet war intelligent und sprachbegabt. Er machte Deutschkurse. Er suchte Kontakt zu Deutschen, um reden und verstehen zu üben. Gierig nahm er alles auf. Endlich lernen.

Als er fließend Deutsch sprach, mit einem reizenden Akzent, traute er sich an den Wochenenden in Clubs und Discos. Er war hübsch anzusehen, die Frauen fanden ihn »süß«, weil er klein war. Und er war kräftig, vielleicht vom Teigkneten, vielleicht von der Fabrikarbeit. Auch das beeindruckte sie. Er hatte ebenmäßige, feine Gesichtszüge, dichte, dunkle Locken, und seine dunklen, aufmerksamen Augen verhießen Gefühle von solcher Tiefe und Ernsthaftigkeit, dass die Frauen alle Träume und Sehnsüchte erfüllt glaubten.

Und sein Lächeln war einfach unwiderstehlich.

Manche Frauen waren so willig, wie es ihre Aufmachung versprach.

Marie war blond und nicht so willig. Sie arbeitete als Verkäuferin in einer Bäckerei, ein einfaches Mädel. Sie war anders als die anderen. Keine kurzen Röcke. Kein tiefer Ausschnitt. Keine Albernheiten. Nur T-Shirts und Jeans, ein wenig eng vielleicht, was ihn aber nicht abstieß. Sie lachte selten und lächelte nie. Zart und verletzlich sah sie aus und anständig.

Aber ins Bett ging sie dann doch mit ihm, irgendwann. Er konnte nicht genug davon bekommen, in ihre langen, glatten Haare zu greifen und zuzuschauen, wie sie durch seine Finger flossen.

Nach drei Monaten heirateten sie.

Sie fastete mit ihm während des Ramadan, und nie servierte sie ihm Schweinefleisch. Sie machte sich hübsch für ihn, Jeans und T-Shirts, vielleicht immer noch ein bisschen zu eng. Nicht ganz wie es sich für eine verheiratete Frau gehörte. Doch er war großzügig, wollte nicht altmodisch erscheinen. Er arbeitete weiterhin in der Fabrik und sorgte für sie. Schickte auch Geld an seine Eltern in der Türkei. Dazu sagte Marie nichts, sie war eine gute Frau. Abends Fernsehen oder Besuche bei Nachbarn oder ihren Eltern. Spaziergänge an den Wochenenden, zuweilen shoppen, er ließ sich nicht lumpen.

Discobesuche kamen natürlich nicht mehr in Frage. Er ging gelegentlich in eine Teestube. So sagte er jedenfalls immer, wenn er wegging. Treue war von ihm nicht zu erwarten. Kleine Freiheitsinseln brauchte er eben ab und zu.

Und so begann er sich auch zu fragen, was Marie eigentlich die ganze Zeit machte, während er auf Schicht war oder in einer Teestube. Also fragte er sie. Hatte sie heimlich einen anderen? Begehrte sie einen anderen? Machte sie einem anderen schöne Augen? Sie stritt alles ab. Er fragte wieder und wieder. Erst lächelnd. Dann drängend. Verbot ihr enge Jeans. Verbot ihr enge T-Shirts. Verbot ihr, einkaufen zu gehen. Verbot ihr, mit Nachbarn zu sprechen, jedenfalls mit den männlichen. Oder den weiblichen, wenn sie Deutsche waren.

War sie nicht rasch bereit gewesen für ihn? Zu rasch? Waren sie nicht alle gleich, die deutschen Schlampen? Vorsorglich machte er die Lebensmitteleinkäufe allein.

Sie wurde schwanger. Natürlich von ihm, er hatte gut auf sie aufgepasst. Hoffte er jedenfalls.

Es beruhigte ihn ein wenig, dass sie mit jeder Schwangerschaft sechs Kilo zunahm, denn die meisten Männer mochten Schlanke. So dachte er. Marie brachte es auf drei Töchter und fast zwanzig Kilo mehr Gewicht. Er wurde nur muskulöser.

Dann stellte die Fabrik, in der er arbeitete, Teile ihrer Produktion ein. Er gehörte zu denen, die nach Hause gehen mussten.

Nach Hause. Zu Marie und den drei Töchtern. Wie sollten die ihn noch achten, wenn er den ganzen Tag nutzlos auf dem Sofa saß?

Sie lächelte nie, wenn sie ihm das Essen hinstellte, sein Bad einließ, ihm Rücken oder Füße massierte. Ihre Jeans hatte sie seit langem schon durch Jogginghosen ersetzt, die modischen T-Shirts durch verwaschene Sweatshirts, weit, formlos, lappig. Ihre Haare waren nur noch stumpf und grau.

Das erste Mal schlug er sie, als sie eines Abends ein Fenster nicht sofort putzte, obwohl er es verlangt hatte. Überrascht stellte er fest, dass sie noch nicht ganz erloschen war. Sie wehrte sich und schrie ihn an. Sie drohte mit der Polizei. Drohte mit Trennung, wollte die Kinder mitnehmen. Verblüfft ließ er von ihr ab. Am nächsten Tag tat es ihm leid. Er weinte und bettelte, versprach Besserung.

Das nächste Mal war es eine Teigplatte, die sie nicht dünn genug ausrollte. Er packte das Nudelholz und schlug sie damit, bis es zerbrach. Die Kinder waren dabei und vor Angst und Entsetzen außer sich. Verstört schrien, weinten und bettelten sie. »Lass Mama los! Nicht schlagen, bitte, bitte nicht!«

Marie schrie nicht.

Als sie aus dem Krankenhaus zurückkam, sprach sie

nicht mehr von Trennung, sie sprach überhaupt kaum noch. Sie ging einfach zur Tagesordnung über, ernsthaft und konzentriert wie immer, bereitete für ihn zu, was er eingekauft hatte, ließ ihm das Bad ein, massierte ihm Rücken und Füße. Besuchte mit ihm ihre Eltern. Lächelte nie. Schien aber gestrafft und entschlossen. Er schöpfte Hoffnung und fasste vage Vorsätze.

Andere Frauen rührte er nicht mehr an. Ab und zu ging er in die Teestube und führte Männergespräche. Eines Abends, als er zurückkam, war die Wohnung leer, ganz und gar leer.

Er fragte die Nachbarn.

Nichts.

Er fragte Maries Eltern. Aber die lehnten es geradeheraus ab, ihm zu sagen, wo Marie war. Sie hätten, sagten sie, Marie nicht dazu erzogen, sich von ihrem Mann schlagen zu lassen.

Sie hatten Marie geholfen, heimlich wegzugehen. Nie wieder wollten sie mit ihm etwas zu tun haben. Und es war ihnen, wie sie gleich hinzufügten, völlig gleichgültig, dass er der Vater ihrer Enkel war und dass Marie die Töchter mit in ihre verborgene Existenz hatte nehmen müssen. Er hatte Marie geschlagen, das war entscheidend.

Darauf wusste er nichts zu sagen.

Was konnte er noch tun?

Er rief im Frauenhaus an.

Nichts.

Er meldete sie bei der Polizei als vermisst.

Nichts.

Die Stille in der Wohnung, diese Leere, dieses Nichts, es war nicht zum Aushalten. Er wanderte durch die Wohnung, unablässig. Sie würde zu ihm zurückkommen. Natürlich würde sie das. War sie nicht immer duldsam und freundlich gewesen? Hatte sie ihm nicht die Zeit und die Angst vertrieben? Hatte sie ihm nicht drei Kinder geschenkt? War sie nicht anständig gewesen? Ihre Entscheidung gegen ihn konnte nicht von Dauer sein.

Er musste sie finden. Sie zurückgewinnen, bevor diese Stille sein Herz in Besitz nahm. Musste sie überzeugen, dass er sich jetzt wirklich geändert hatte. Sich Arbeit suchen. Ihr schönere Kleidung kaufen.

Als er seinen Vater anrief, um zu gestehen, was ihm widerfahren war, dass er seine Frau nicht hatte halten können – hatte seine Familie nicht immer genau davor gewarnt? –, kam erst die Scham, dann die Wut, so überraschend und flammend, dass es ihn förmlich von innen versengte. So etwas machte eine Frau einfach nicht, jedenfalls keine anständige. Und schon gar nicht mit ihm. Er würde sie vernichten, wenigstens ruinieren. Ihr die Kinder wegnehmen. Dafür sorgen, dass sie sie nie wieder sah.

Aber es gab keine Adresse für seine Wut. Er fand Marie und die Kinder nicht.

Als ein Jugendamt in der Umgebung von ihm Unterhalt für die Töchter forderte, wusste er wenigstens, in welcher Stadt Marie jetzt lebte. Er fuhr Schulen ab, wartete davor.

Nichts.

Nachdem das Jugendamt jahrelang nichts erreicht hatte, meldete sich, fünf Jahre nach Maries Auszug, eine Anwältin für sie. Auch die verlangte Unterhalt für die drei Kinder. Er hätte zahlen können, denn er hatte lange schon neue Arbeit gefunden. Nicht so sauber, nicht so gut bezahlt. Aber gute, anständige Arbeit, eine Lebensgrundlage für sich und seine Familie. Doch zahlen wollte er nicht und kam zu mir.

Die Zeit hatte geholfen, Zorn und Schmerz zu besänftigen, und inzwischen war Marie ihm fast gleichgültig geworden. Nur wie sie die gemeinsamen Töchter erzog, wollte er sich lieber nicht vorstellen.

Durch Vermittlung seiner Familie hatte er in der Türkei eine Cousine, Müzeyyen, näher kennengelernt, in allen Ehren natürlich, und vor dem Imam geheiratet. Das war sowieso mehr wert als diese standesamtliche, deutsche Ehe, die noch auf dem Papier stand. Mit der neuen Frau, der ehrbaren Müzeyyen, konnte er reden, auch über Marie, die Verworfene, die ihm das Gesicht und die Töchter genommen hatte.

Er hatte die neue Frau nach Deutschland geholt, und sie hatten einen Sohn, schwarzlockig wie er. Der Liebe zu diesem Kind war Mehmet wehrlos ausgeliefert. Er brachte es manchmal mit zu unseren Besprechungen. Meist saß es auf seinem Schoß, und Mehmet wand die Locken des Kindes um seine Finger. Beide lachten.

Nebenbei erzählte er mir, dass Marie das Geld nur für sich wolle, für ihr lasterhaftes Leben, nicht für die Kinder. Ein Sparbuch wolle er einrichten für die Töchter und den Unterhalt darauf einzahlen.

Es kam auch vor, dass seine neue Frau mit zu unseren Besprechungen durfte. Sie sagte nie etwas. Lächelte nicht. Lachte nicht mit. Eine kräftige Frau mit düsterem Gesicht und dunklem, dickem Haar und stumpfem Blick. Sie konnte kaum Deutsch. Die Ausflüge zur Anwältin ihres Mannes waren Glanzpunkte ihres Alltags, dachte ich bei mir.

Mehmet sperrte sie sonst ein. Das verstand sie noch. Sie verstand aber nicht, warum er sie schlug. Er selbst verstand es auch nicht. Als er von seinem Vater geschlagen worden war, hatte er sich doch immer so fest vorgenommen, anders zu werden als der. Er wollte nicht schlagen, er wollte es ja nicht. Aber irgendwie war es ihm zur Gewohnheit geworden, das Ende seiner ersten Ehe konnte daran nichts ändern. Und Müzeyyen, so fügsam sie war, hatte zuweilen auch eine flinke, spitze Zunge, und dann wusste er einfach nicht mehr weiter. Er hatte nie gelernt, sich mit Worten zu verteidigen oder durchzusetzen. Das war auch so eine merkwürdige Eigenart der Deutschen: dass ihre Männer es duldeten und sogar ernst nahmen, wenn die Frau widersprach. Er verlangte Gehorsam, und wenn Müzeyyen sich dann nicht besann, wenn sie ihm vielleicht sogar Widerworte gab, dann ging es halt mit ihm durch. Warum musste sie auch immer so widerborstig sein und ihm das Gefühl geben, dass er sie und das Familienleben nicht im Griff hatte?

Müzeyyen wusste nicht, wie man sich in Deutschland bewegt, sie kannte sich nicht aus. Sie konnte auch keine richtige Vorstellung davon entwickeln, wie es wäre, Mehmet wegzulaufen und mit dem Sohn allein zu leben.

»Allein? Mit Köksal? Willst du deinen Vater umbringen?«, fauchte ihre Mutter, als sie ihr am Telefon das erste Mal andeutete, dass sie das Leben mit Mehmet nicht mehr aushielt. Allein zu leben, das gehörte sich schließlich nicht für eine Frau. Da könnte sie ja gleich in ein Bordell ziehen. Undenkbar. Ihr eigener Sohn würde auf sie herabschauen.

»Und wenn ich zu euch zurückkomme?«

Nein, nein. Die Schande würden ihre Eltern nicht überleben. Mehmet war doch ihr Mann. Da musste sie ihn schon so nehmen, wie er nun einmal war. So war es das Beste, ganz bestimmt.

Und dass er sie schlug? Dass sie dauernd Angst hatte? Dass sie es nicht mehr aushalten konnte vor Schmerz und Angst?

»Gut, dein Vater wird mit ihm reden. Er ist schließlich sein Onkel, auf ihn wird er hören. Vertrau mir.«

Ich verlor den Kontakt zu Mehmet. Wir hatten Wichtiges zu klären. Aber was ich auch unternahm, ich erreichte ihn nicht, und er meldete sich nicht zurück. Dann rief mich sein Onkel an. Müzeyyen war im Gefängnis. Köksal war bei Pflegeeltern. Mehmet würde nicht mehr kommen.

Wie so oft hatte Mehmet eines Abends ein Schlafmittel genommen. Er schlief sehr fest. Müzeyyen gab ihrem Kind auch ein wenig von dem Schlafmittel, damit es später in der Nacht, wenn die Mutter abgeholt werden würde, sanft in sein neues Leben ohne Eltern hinüberdämmern konnte.

Sie schnitt zwei Stücke von ihrer Wäscheleine ab. Nahm eines der beiden Stücke und knotete in jedes Ende eine Wäscheklammer, die sie gut umfassen konnte. Sehr sacht und sehr vorsichtig band sie mit dem anderen Stück Leine Mehmets Hände zusammen, dafür brauchte sie fast eine Viertelstunde. Dann brachte sie Wasser in einem Topf zum Kochen, dem größten, den sie finden konnte. Nahm das Stück Leine mit den beiden Klammern und den Topf. Ging zum Bett.

Sie hob den Topf und goss das kochende Wasser über ihn, über seine Augen zuerst.

Als er brüllend hochfuhr, blind, geschwächt durch rasenden Schmerz, die Hände gefesselt, packte sie die Klammern ganz fest, warf die Leine um seinen Hals und zog sie, so fest sie konnte, zu.

Dann ging sie zum Telefon.

Kinder

»Kann ich Samantha eben wickeln? Sie stinkt. Boah!«

Ich hatte schon die Mutter von Vanessa geschieden. Nun saß die mit ihrer Tochter aus eben dieser geschiedenen Ehe bei mir und war Großmutter geworden. Samantha, ihr Enkelkind, war etwas über ein Jahr alt, hatte die Windeln voll und krähte mich an, sehr vergnügt und irgendwie triumphierend. Vanessa war knapp neunzehn, eine bunte Erscheinung. Eine Art Punk-Darstellerin. Knallblau gefärbter Irokesenschopf und so viel Metall in Nasenflügeln, Brauen und Ohren, dass ich mich unwillkürlich fragte, warum sie nicht einfach vornüberkippte. Zerrissene Jeans mit riesigen Sicherheitsnadeln, eine knallenge, schwarze Lederjacke. Darüber ein blasses, zartes Gesicht, auf schwarz-weiß geschminkt, sehr kindlich.

Wir hatten keinen Wickeltisch. Also brachte ich Vanessa und Samantha zur Personaltoilette – Vanessas kettenverzierte Lederstiefel kamen zum Vorschein, und bei jedem ihrer Schritte klirrte ihre gesamte Gestalt –, schob die Klappbox, in der wir für gewöhnlich unsere alten Akten ins Archiv transportierten, umgedreht als provisorischen Wickeltisch in den Raum und überließ die beiden ihrem Schicksal. Während Vanessa Samanthas Windeln wechselte, unterhielt ich mich mit ihrer Mutter.

Es war ihr gut gegangen nach der Scheidung. Sie hatte

sich nicht mehr gebunden, seit wir einander zuletzt gesehen hatten. Ihre Tochter Vanessa war erwachsen geworden, »so was wie erwachsen!«, fügte sie augenverdrehend hinzu. Nun war Vanessa selbst Mutter eines Kleinkindes, das noch nicht lange dem Säuglingsalter entwachsen war. Das Kind war nichtehelich geboren, und die Eltern hatten keine Zeit mehr gehabt, zu heiraten, so schnell scheiterte ihre Beziehung. Da ging nun jeder seiner Wege. Und das Kind zwischen ihnen hin und her.

Vanessa war, anders als ihre kindlich-bunte Erscheinung vermuten ließ, sehr wohl in der Lage, ihr Kind zu wickeln. Und sie konnte auch, wie sie mir nach ihrer Rückkehr in mein Arbeitszimmer sogleich vorführte, für Nachschub von oben sorgen. Unmittelbar vor dem Termin bei mir hatte sie einen ausgedehnten Einkaufsbummel unternommen und keinen Zwischenstopp zu Hause eingelegt. So hatte das Kind ausreichend Zeit gehabt, seine Windeln zu füllen, bevor sie mit ihm meine Kanzlei betrat. Sie kam mit ihrer Mutter, weil sie noch nie bei einem Anwalt gewesen war. Samanthas Vater, Kevin, wünschte, dass das Kind bei ihm leben sollte. Er war gerade zwanzig.

Samantha hatte in ihren vierzehn Lebensmonaten schon einige Haushalte und Familienkonstellationen kennengelernt. Zu Anfang lebten Vanessa, Kevin und Samantha in einer eigenen kleinen Wohnung zusammen. Dann, nach wenigen Monaten, fand Kevin es praktischer, zu seinen Eltern zu ziehen. Die hatten ein eigenes Häuschen, und die obere Etage bot genug Platz. Finanziell war es auch auskömmlicher, denn Kevin war mitten in seiner Ausbildung und Vanessa bekam nur Erziehungsgeld. Davon ließ sich kaum die Miete bezahlen, und sie waren sowieso ständig darauf angewiesen, dass die Eltern ihnen etwas zusteckten. Da konnten sie doch ebenso gut gleich bei seinen Eltern leben, die sie mit offenen Armen aufnahmen.

Neunzehn Jahre, achtzehn Jahre, vier Monate in der oberen Etage. Mitte und Ende vierzig in der unteren Etage. Küche gemeinsam. Kevin den ganzen Tag außer Haus.

Seine Mutter konnte einfach nicht anders: Sie beobachtete Vanessa und erklärte ihr ebenso geduldig wie unentwegt, was zu tun sei. Und was zu unterlassen sei. Und wie alles zu tun sei. Und wie nicht. Sie nannte es Unterstützung. Vanessa nannte es Einmischung. Samantha war es egal. Sie liebte sie beide.

Vanessa entwickelte mehr und mehr innere Abwehr gegen das Regiment von Kevins Mutter. Aber sie neidete ihr Samanthas Zuneigung nicht, denn sie war von Natur aus gutmütig. Mit der Gutmütigkeit war Schluss, als sie Kevins Mutter dabei erwischte, wie sie Samantha heimlich ein Rosinenbrötchen zusteckte, das Vanessa dem Kind soeben verboten hatte. Das war zu viel. Vanessa erklärte Kevin, dass sie wieder ausziehen müssten. Aber Kevin wollte nicht. Seine Eltern befreiten ihn schließlich von allen finanziellen Sorgen. Und dank seiner Mutter fiel es nicht weiter auf, dass er mit der Versorgung von Samantha nicht viel am Hut hatte. Er musste das Kind nicht füttern, waschen, wickeln. Wenn er wollte, konnte er sich kümmern, aber er musste es nicht. Verlässlich versorgt wurde Samantha von Vanessa und von seiner Mutter.

Vanessa war nicht nur gutmütig, sondern auch zielstrebig. Hatte sie sich etwas vorgenommen, ruhte sie nicht, bevor sie es in die Tat umgesetzt hatte. Als Kevin es ablehnte, sich mit ihr gemeinsam wieder eine eigene Wohnung zu suchen, nahm sie sich eben allein eine, für sich und Samantha, und gab Kevin den Laufpass.

Die Wohnung, für die sie seit Monaten Miete zahlte – genauer gesagt zahlte das Amt –, hatte sie noch nicht bezogen, als sie zu mir kam. Kein Geld für Tapeten, kein Geld für Farbe, kein Geld für Teppichboden, kein Geld für Möbel. Ihre Zielstrebigkeit und Tatkraft hatten sich erst einmal bei der Trennung von Kevin verbraucht. Sie hatte für kurze Zeit Aufnahme bei einer Freundin gefunden und war schließlich in der Wohnung ihrer Mutter untergekommen, die Samantha ein kleines Zimmer abtrat und sich den Rest der Wohnung mit Vanessa teilte. Kevin unternahm vorerst nichts gegen den Weggang von Vanessa und Samantha. Er holte Samantha häufig zu sich, oder vielmehr zu seiner Mutter und sich, und fand sich mit der Trennung ab. Bis Vanessa sich in eine Punkerin verwandelte, weil Robin auf den Plan trat. Robin war achtzehneinhalb und Vanessas Neuer. Und Punk. Vanessa war entschlossen, den Rest ihres Lebens mit ihm zu teilen.

Robin fand Samantha niedlich und spielte immerzu mit ihr. Wie in seinem Elternhaus mit den jüngeren Geschwistern. Oder mit deren Meerschweinchen. Außerdem fand er, dass Kevin irgendwie störte. Und dann fand er noch, dass Vanessa ruhig mitbekommen könne, wie er sich kümmerte und sie beschützte, wovor auch immer. Mit der ganzen Weisheit seiner achtzehneinhalb Jahre und der Entschiedenheit, die ihm viel Metall und Haarfarbe verliehen, bat er Kevin also ganz höflich, sich zu »verpissen«. Als Kevin zu einer scharfen Erwiderung ausholte, forderte er ihn auf: »Mach den Kopp zu, du Opfer!« Wenn nicht, gäb's »was aufs Fressbrett, Alter!«. Von Missgeburt war auch die Rede, damit war Kevin gemeint.

Kevin seinerseits fand, dass seine Tochter nicht bei einem aufwachsen sollte, der potentiell gewalttätig war. Er teilte offenbar Vanessas Überzeugung, dass Samantha wirklich unter Robins Obhut aufwachsen würde. Um das zu verhindern, ging er zum Jugendamt. Wo in seinen Erzählungen aus Robins Auftritt vor ihm eine unmittelbar dem Kind drohende Gefahr wurde. Bestimmt würde Robin bei erstbester Gelegenheit gewalttätig werden. Weil Vanessa keine eigene Wohnung hatte und weil Samantha auch an Kevins Mutter hing und weil es bei Vanessa den hochgefährlichen Robin gab, schlug der sehr um Vermittlung bemühte Pädagoge vom Jugendamt vor, dass Samantha probehalber zu Kevin sollte. Vanessa war zu verblüfft, um ernstlich Widerstand zu leisten. Sie hatte außer mit den Behörden, die die Hartz-IV-Leistungen, das Elterngeld und das Kindergeld zahlten, keinerlei Erfahrungen mit Ämtern. Irgendwie dachte sie, dass man da besser nicht widerspricht. Schon gar nicht, wenn der vom Amt so viel mehr Ahnung zu haben schien als sie. Der war schließlich der Fachmann für ihr Kind. So ging

Samantha mit Kevin und der prompt zum Anwalt, um die Sache wasserdicht zu machen.

Vanessa indessen fand – nicht zuletzt in Folge der Vorhaltungen ihrer Mutter – rasch aus ihrer Widerstandslosigkeit heraus und forderte von Kevin, alles rückgängig zu machen. Also beeilte sich Kevin, der genau wie Robin jede Menge von gezielter Eskalationsförderung verstand, einen Sorgerechtsantrag zu stellen.

Heute war Vanessas Besuchstag, was mir die Bekanntschaft von Samantha einbrachte, und Vanessa saß bei mir, um sich, wie sie es ausdrückte, bei mir »hörig zu machen« und mich mit Gegenanträgen zu beauftragen. Sie wollte nun ihrerseits das Sorgerecht allein.

»Ist denn das überhaupt korrekt, was der vom Jugendamt gemacht hat?«, wollte sie von mir wissen. »Das ist doch eine – äh – Rechtswiderlichkeit!« Sie traute Kevin nicht zu, Samantha zu versorgen. »Der hat ja keine Ahnung von der Samantha«, erklärte sie mir. »Da steckt ja nur seine Mutter hinter.«

»Na ja … Sie sind schließlich auch mit Ihrer Mutter hier. Sie haben Ihre eigene Wohnung nicht bezogen. Das sieht auch nicht gerade nach Selbständigkeit aus.«

»So'n Quatsch! Sie haben doch selbst gesehen, dass ich Samantha wickeln und füttern kann, ganz ohne meine Mutter. Und das mit der Wohnung ist ja nur wegen dem Geld.« Die Mutter nickte dazu.

Ich stellte also die gewünschten Anträge, wobei mir zu meinem Pech einfiel, neben anderen Argumenten darauf hinzuweisen, dass Samantha ihr kurzes bisheriges Leben überwiegend in der Obhut von Vanessa verbracht hatte, weil Kevin tagsüber außer Haus war. Leichtsinnigerweise schrieb ich deshalb, dass das noch kleine Kind »zur Mutter gehört«. Ich sollte noch Anlass bekommen, diese Formulierung zu bedauern.

Auch Vanessa wusste, wie man eskalationsfördernd wirken kann. Kurz nach unserem Gespräch rief sie mich an: Sie habe sich nicht durchringen können, Samantha nach dem Besuch wieder zu Kevin zurückzubringen. Sie habe ja sowieso bereut, dass sie sich beim Jugendamt hatte überrumpeln lassen. Und jetzt habe Samantha so furchtbar geweint, als es zurückgehen sollte. Da habe sie es nicht fertiggebracht, sie herzugeben. »Kann mir da was passieren?«

Ich fragte sie, was sie denn befürchte.

»Der sagt, er holt die Polizei. Die kommen dann und holen die Samantha raus.«

»Nein, das passiert nicht. Aber beim Familiengericht wird man es nicht gern sehen, dass Sie Vereinbarungen einseitig brechen. Das Jugendamt haben Sie sich damit auch nicht zum Freund gemacht. Wir werden es also nicht gerade leichter haben.«

Ich fragte sie auch, ob sie sicher sei, dass der jetzige Zustand nun für ihr Kind besser sei. Dieses Hin und Her … Na ja, immerhin war der Gerichtstermin schon festgesetzt, etwa zwei Wochen später.

Vanessa hatte beschlossen, wie sie mir in einem späteren Telefonat mitteilte, Samantha bis dahin nicht mehr zu Kevin zu lassen. »Dieses Hin und Her!« zitierte sie mich. Und: Womöglich würde er ihr Samantha dann nicht wieder zurückgeben!

Zum Termin erschien Vanessa in fast vollem Putz, hatte aber in ihrem Gesicht ein wenig aufgeräumt – wenigstens keine Sicherheitsnadeln – und sich, vielleicht um den feierlichen Anlass zu würdigen und vielleicht auch um etwas fraulicher zu wirken, in einen superkurzen, superengen Jeansrock statt der zerrissenen Jeans gewandet. Sie sah dadurch nur noch kindlicher aus, auf rührende Weise fast niedlich.

Der Familienrichter war ein noch recht junger Mann, der selbst Vater geworden und vor kurzem aus der Elternzeit zurückgekommen war. Ein engagierter Vater also, fachlich ebenso engagiert und hochqualifiziert dazu. Auf andere Weise als Vanessa war auch er ein bunter Vogel: Wenn er mir außerhalb des Gerichtssaales begegnete, trug er zu seinem karottenroten Haar stets ein knallgrünes oder quietschgelbes Hemd. Im Gerichtssaal trug er natürlich seine Richterrobe. Seine Verhandlungen führte er mit fester Hand. In diesen Saal hatte er nun den Pädagogen vom Jugendamt geladen und eine Psychologin, die als »Verfahrensbeiständin« für das Kind sprechen sollte. (Als »Verfahrensbeistand«, ein Wort, das bei aller Umständlichkeit wenigstens den Vorteil der Verständlichkeit hätte, darf eine Frau offenbar nicht bezeichnet werden.) Die Verfahrensbeiständin hatte Vanessa, deren Mutter und Samantha am Vortag besucht und keine Mängel in der Versorgung und Betreuung feststellen können.

Der Richter eröffnete die Sitzung damit, dass er mir, der ungefähr fünfzehn Jahre Älteren, den Mund mit Seife auswusch: Was ich mir einbilde, zu schreiben, dass ein

Kleinkind zur Mutter gehöre, herrschte er mich an. Das sei ja wohl eine abenteuerliche Argumentation. Und wie ich, ein Organ der Rechtspflege, dazu käme, eine Mutter bei einer Kindesentführung zu unterstützen? Unerhört! (Wenigstens hatte er mich nicht als »Organin« der Rechtspflege bezeichnet.)

Als ich mit scharfen Worten seine Angriffe zurückwies, murmelte er in dem offenkundigen Bemühen, ein Stückchen zurückzurudern, irgendetwas von »... ist doch wahr – seit Sie hier aufgetaucht sind ...« vor sich hin.

Er hatte offenbar keine Lust auf das kindische Gezänk jugendlicher Eltern, wollte unbedingt einen Schuldigen für alles Ungemach dieses Falles ausmachen und kam überhaupt nicht auf die Idee, dass Vanessa sich erstmals seit Auftreten der Schwierigkeiten wieder stark und handlungsfähig fühlte, weil sie eine Anwältin an ihrer Seite wusste.

Dann waren Vanessa und Kevin an der Reihe. Der Richter bediente sich bei seinen Erfahrungen als junger Vater und fragte sie nach der Windelgröße und dem Lieblingsessen von Samantha. Kevin hatte von all dem keine Ahnung, Vanessa gab wie aus der Pistole geschossen die Antworten, die den Richter zufriedenstellten. Praxistest bestanden: Bei Vanessa würde das Kind nicht falsch ernährt und nicht falsch gewickelt werden.

Dann interessierte sich der Richter noch für Vanessas Leben mit Robin. Was machten die beiden denn so den ganzen Tag? »Wir sind immer zu Hause«, behauptete Vanessa. Der Richter musterte kurz ihre Aufmachung, die danach schrie, aus- und vorgeführt zu werden. »Keine Discoabende? Keine Clubs? Kein Abhängen mit Freunden, Partys, Alkohol?« »Nein! Echt nicht. Wir gehen nie aus. Der Robin, der hat da auch keine Lust drauf.« »Ein Achtzehnjähriger! Ich glaube Ihnen kein Wort«, sagte der Richter, und ich konnte es ihm nicht einmal verübeln. »Sie werden ihr glauben müssen, wenn Sie keine Anhaltspunkte für das Gegenteil haben«, erwiderte ich dennoch.

Der Pädagoge vom Jugendamt wurde auch nach seiner Empfehlung zu Samanthas weiterem Schicksal befragt. Vor lauter Verbitterung über Vanessas Wortbruch hatte er keine. Jedenfalls konnte ich keine ausmachen. Vanessa hatte die Vereinbarung und damit alle Regeln gebrochen. Und Punkt. Ja, fragte ich, aber Samantha? Was sollte nun aus Samantha werden? Er schüttelte den Kopf. Eine wortbrüchige Mutter ... So einer ein Kind anvertrauen? »Ich weiß nicht, ich weiß nicht.«

Die Psychologin wusste mehr beizutragen. Die Liste von Vanessas Verfehlungen war lang.

Sie war noch keine neunzehn. Sie hatte nie allein gelebt und lebte auch jetzt bei ihrer Mutter. Sie hatte ihre Wohnung in Monaten nicht fertiggestellt und bezogen. Sie war mit einem Achtzehnjährigen zusammen, der bedenkliche Verhaltensweisen an den Tag legte. (Und der ganz gewiss weder seinen derzeitigen Freizeitgenuss noch seine Zukunft darin sah, Vanessa dabei zuzuschauen, wie sie das Kind eines anderen großzog.) Sie hatte sich beim Jugendamt nicht abgrenzen können und Samantha mit dem Vater gehen lassen. Sie hatte die Vereinbarung dann wieder einseitig aufgekündigt und auch noch zu Lasten der Vaterbindung des Kindes den Kontakt unterbunden. Sie war unerfahren, unreif, untüchtig, unstet, unzuverlässig. Mir wurde angst und bange um Vanessas Anliegen bei so vielen Un-s.

Ich fragte die Sachverständige, ob wir in diesem Land nun allen 19-jährigen alleinerziehenden Müttern die Kinder wegnehmen? Nein. Natürlich nicht. Nur habe Vanessa noch keine Erfahrungen damit, ganz allein mit der Pflege eines Kindes betraut zu sein.

Also nehmen wir allen Alleinerziehenden, die zum ersten Mal Mutter werden, die Kinder weg? Wegen Unerfahrenheit? Nein. Natürlich nicht. Nur zeige sich die Unreife speziell bei Vanessa eben auch in dem Unterschlüpfen bei ihrer Mutter und dem Nichtbeziehen der bereits vor Monaten angemieteten Wohnung.

Aha. Nun nehmen wir also allen die Kinder weg, die mit diesen Kindern in ihrer eigenen Familie leben? Oder im Mutter-Kind-Heim? Wegen Unreife? Nein. Natürlich nicht.

»Können Sie mir sagen«, fragte ich, »was genau die Erwartung an die Kindesmutter ist, die man aus fachlicher Sicht formulieren kann? Soll Vanessa nun bei ihrer Mutter bleiben, um weiterhin zu demonstrieren, dass sie Samantha nicht ohne Unterstützung versorgen kann? Oder soll sie ihre Wohnung beziehen, um die Sorgen aller Anwesenden zu bekräftigen, dass sie dort dann nicht allein mit Samantha zurechtkommt? Und welche Grundlage haben all diese Sorgen – präzise: die Sorgen um das Kind! – überhaupt in der Realität?«

Am besten für Samantha wäre es vermutlich, bei Kevins Mutter betreut zu werden, hörte ich die Psychologin sagen.

Aha. »Noch einmal zu meiner Frage: Welche Gründe sehen Sie, an der Erziehungsfähigkeit meiner Mandantin zu zweifeln?«

»Sie hat eben keine Erfahrung. Und ihre Entschlüsse für das Kind wechseln.«

»Tun sie jetzt nicht mehr. Ihr Vorschlag ist also, ihr das Kind zu nehmen, damit es bei der Großmutter aufwächst?« »Ich würde es für das Beste halten. Die Bindung an die Großmutter ist vorhanden. Im Grunde muss man sich zwischen der Mutter und der Großmutter entscheiden.«

Letzte Sicherheit bei Gerichtsverhandlungen gibt es nie, aber damit schien mir einigermaßen klar: Genau so durfte der Richter eben nicht entscheiden.

Der Richter fragte Vanessa, ob sie freiwillig bereit sei, Samantha in den Haushalt von Kevin und seiner Mutter zu geben. Das kannte sie nun schon und lehnte ab. Tja, unerfahren war sie wohl, aber eben auch lernfähig. Woraufhin der Richter den Anwesenden erklärte, er dürfe nur, wenn beide Eltern erziehungsunfähig seien, einer anderen Person, zum Beispiel der Großmutter, das Kind anvertrauen. Ob das erforderlich sei, solle eine Sachverständige ermitteln. Bis dahin bleibe Samantha bei Vanessa, um ihr einen weiteren Wechsel zu ersparen. Kevin habe umfängliche Besuchsrechte in Abwesenheit von Vanessa. Das werde er, der Richter, alles durch schriftlichen Beschluss genau so anordnen, damit niemand –

strenger, jedoch schon deutlich milderer Blick auf Vanessa – es missachten könne. Vanessa möge sich doch bitte damit einverstanden erklären, dass das Jugendamt (der Pädagoge hatte immer noch an seiner Verbitterung zu kauen, lebte aber an dieser Stelle etwas auf) ihr eine Familienhelferin vermittle, die dann regelmäßig zu ihr käme, um ihr bei der Betreuung und Erziehung von Samantha beizustehen. Vanessa nickte. Super-Sache: 'ne Super-Nanny!

Ein Richter, zwei Anwälte, ein Pädagoge, eine Psychologin, eine psychologische Sachverständige und eine Familienhelferin. Man kann nicht sagen, dass diesem Fall staatlicherseits kein Gewicht beigemessen wurde. Nicht zu vergessen: Privat kamen noch zwei Großmütter hinzu.

»Puh, das war knapp!« Im Gerichtsflur riet ich Vanessa, in ihrem eigenen Interesse den Kontakt zum Jugendamt zu halten, außerdem allen Vorgaben der Sachverständigen, die sich bei ihr noch melden werde, zu folgen und schließlich mit der Familienhelferin zu kooperieren. »Und Robin?«, war ihr erster Gedanke, »muss ich Robin aufgeben?« »Robin«, sagte ich ihr, »Robin soll sich zuallererst mal schön zurückhalten. Keine Drohungen, kein Geschrei. Dann kann niemand von Ihnen verlangen, dass Sie ihn aufgeben.«

Und das war es für eine Weile. Ab und zu informierte mich Vanessas Mutter telefonisch, wie es Vanessa und Samantha ging. Vanessa hatte im Verwandtenkreis Helfer zusammengetrommelt und mit deren Unterstützung ihre Wohnung renoviert, mit Möbelspenden eingerichtet und bezogen. Die Familienhelferin war auch schon einige Male da gewesen, eine deutliche Entlastung für Vanessas Mutter.

Sechs Wochen nach dem Gerichtstermin rief Vanessa mich an, schluchzend, stotternd vor Verzweiflung. Ich konnte sie erst kaum verstehen.

»Frau Thomas, ich bin schwanger. Schwanger! Was soll ich denn jetzt machen? Die sagen alle, ich kann das Kind nicht kriegen. Wenn ich's krieg, nehmen die mir die Samantha endgültig weg. Die ist dann weg. Zwei Kinder, das geht gar nicht, sagen die. Was mach ich denn jetzt bloß?«

»Vanessa? Va-nes-sa! Können Sie mir kurz zuhören? Wer sagt das denn, dass Samantha wegkommt, wenn Sie noch ein Kind bekommen?«

»Alle. Alle sagen das. Meine Mutter. Und überhaupt alle, die ich kenne.«

»Und das Jugendamt? Die Familienhelferin? Was sagen die?«

»Ja, meinen Sie denn, ich hab denen was gesagt? Ich muss doch erst mit Ihnen reden. Stimmt das denn? Können die mir die Samantha wegnehmen, wenn ich noch ein Kind habe?«

»Wir sollten das nicht am Telefon besprechen, da bin ich immer unter Zeitdruck. Und ich muss darüber auch noch etwas nachdenken.« Ich bat sie, am nächsten Tag vorbeizukommen. »Machen Sie sich bis dahin bitte keine Sorgen, so schnell schießen die Preußen nicht.«

Fragendes Schweigen am anderen Ende der Leitung.

»Ich meine damit, morgen ist auch noch ein Tag, und dann finden wir schon eine Lösung.«

Vanessa war, als sie zu mir kam, noch eine Spur bleicher und schmaler als gewöhnlich. Sie war sonst eine Frau mit durchweg positiver Ausstrahlung, unter all dem Make-up und Metallschmuck sehr unverstellt. Die für ihre Jahre ungewöhnliche Kraft und Klarheit ihres Willens waren immer spürbar. Unser Umgang miteinander war ungekünstelt und von gegenseitiger Sympathie getragen, vielleicht bewirkte sie das durch ihr offenes Wesen, vielleicht lag es an einer gewissen Vertrautheit, die entstanden war, als sie mir als Kind bei der Scheidung ihrer Eltern begegnet war. Ich hätte ihre Großmutter sein können, und nun schaute sie mit dem ganzen Vertrauen ihrer Jugend auf mich, hing an meinen Lippen und wollte von mir wissen, ob sie ihre Schwangerschaft abbrechen sollte.

»Vanessa, was wollen SIE denn?« Sie war verblüfft. Offenbar hatte sie das noch niemand gefragt. »Ich? Ich will das Kind natürlich haben. Ich will es doch nicht umbringen. Es gehört doch zu mir.« »Und Robin – es ist doch von Robin? –, was sagt der?« »Klar, von wem denn sonst – also, Robin, der freut sich.«

Klar. Noch ein Meerschweinchen.

Ich hatte in schlafloser Nacht lange überlegt, was ich Vanessa anzubieten hatte. Und verfiel immer wieder auf dasselbe, das Einzige, das mir richtig erschien. Was außer Aufrichtigkeit sollte Vanessa helfen?

»Vanessa, ich kann Ihnen nicht versprechen, dass es gut ausgeht, wenn Sie das Kind bekommen. Vielleicht werden die Experten denken, dass Sie nicht mit zwei Kindern fertig werden. Vielleicht wird man versuchen, Ihnen eines oder beide wegzunehmen. Glaube ich aber nicht. Sie können das packen.« Nerven würde es aber vermutlich kosten, erklärte ich ihr, denn wir müssten damit rechnen, dass Kevins Anwalt die neue Lage ausnutzen und neue Anträge stellen werde, mit ungewissem Ausgang.

»Aber das ist alles nebensächlich. Denn wenn Sie das Kind wollen, können Sie es unmöglich aus taktischen Gründen abtreiben. Das verzeihen Sie sich nie. Und was fast noch schlimmer ist: Wenn Sie so ein Opfer für Samantha bringen, verzeihen Sie das auch ihr nie.«

Ich riet ihr also, nur auf sich selbst zu hören, nur ihrem eigenen Plan zu folgen, ungeachtet der möglichen Konsequenzen. Und dann mit den Folgen zu leben, die eintreten würden.

Und das tat sie. Das Kind wird bald kommen, ein Junge. Kevin hat sich bereit erklärt, Samantha für die Zeit der Niederkunft und noch einige Tage danach zu sich zu nehmen. Dann wird Samantha ihr neues Brüderchen kennenlernen.

Robin und Vanessa haben sich getrennt. Vanessas Mutter erzählte mir, als ich sie kürzlich zufällig auf der Straße traf, beinahe ein wenig verschämt, dass es da wieder eine gewisse Annäherung mit Kevin gäbe.

Die Familienhelferin findet, dass Vanessa gut zurechtkommt und ihre Ratschläge bereitwillig annimmt. Die Sachverständige findet, dass Samantha bei Vanessa gut aufgehoben ist und dass alle Beteiligten sich über den neuen Erdenbürger freuen dürfen, der unterwegs ist. So etwa, nur förmlicher, steht es in ihrem Gutachten, das sie dem jungen, engagierten Familienvater, unserem Richter, vorgelegt hat.

Wir dürfen wohl davon ausgehen, dass Vanessa weder Samantha noch deren Brüderchen verliert. Und Samantha nicht ihren Vater.

Kleine Füßchen

Das war nun aus ihrer Ehe geworden. Hartmut lebte mit den Kindern im ersten Stock. Er war Anwalt. Hannelore wohnte im Erdgeschoss, allein. Sie lebte von Hartmuts Zahlungen und kleineren Schreibarbeiten. Und sie klaute.

Sie war seine Sekretärin gewesen. Sie hatte ihn gesehen und gewusst: den oder keinen. Ihre Versuche, durch aufreizende Kleidung – mal tiefer Ausschnitt, mal kurzer Rock, mal Netzstrümpfe – seine Aufmerksamkeit zu gewinnen, scheiterten. Hartmut flog nicht auf so etwas, und die Blicke, die sie von ihm erntete, waren eher abschätzig als bewundernd oder wenigstens begehrlich (was ihr für den Anfang gereicht hätte). Vielleicht stand er auf Blondinen? Sie blondierte die Haare. Es änderte nichts. Locken? Sie verpasste sich welche. Es änderte nichts. Sonnenstudio, Lippenstift – immer dieselbe Wirkung. Nämlich keine. Sie verstand es nicht. Sie war doch attraktiv. Alle sagten das. Männer umwarben sie, so war sie es gewohnt. Warum nur wollte er sie nicht? Wie konnte sie ihn erobern? Bis sie das wusste, musste sie sich eben damit begnügen, von morgens bis abends seine Stimme vom Band zu hören, während sie tippte, was er diktiert hatte, und ihn anzuhimmeln.

Dann kam der Tag, an dem sie vertretungsweise an den Empfang musste. Da plötzlich hatte sie Hartmuts

Aufmerksamkeit: »So können Sie hier doch nicht sitzen! Ich kann ja fast Ihren Bauchnabel sehen. Würden Sie bitte nach Hause gehen und etwas Passenderes anziehen?« Vor Publikum. Sie biss sich auf die Lippen. Unter Tränen durchwühlte sie ihren Kleiderschrank. Sollte er doch sehen, was er von seinem Auftritt hatte. Wenn er eine Nebelkrähe an seinem Empfang wollte: bitte sehr – das konnte sie bieten. Sie wählte einen schwarzen Hosenanzug, den hatte sie zuletzt beim Bewerbungsgespräch getragen, eine cremefarbene Bluse – mit Schleife! Ha! – und wischte sich mit den Tränen der Einfachheit halber auch gleich das Make-up aus dem Gesicht. Haare im Nacken zusammengefasst, fertig.

Hartmut erkannte sie zuerst kaum wieder, dann bekam er einen Lachkrampf. »Sie können eine Anweisung wirklich konsequent umsetzen, das muss ich Ihnen lassen. Vielleicht irgendwo dazwischen, dann wär's perfekt.« Fortan hatte sie jeden Tag seine Aufmerksamkeit. Die ließ sich tatsächlich durch Styling erregen, genauer: durch Stil. Solche Männer hatte Hannelore bis dahin nicht gekannt. Hartmut gab bald jeden Tag einen kleinen Kommentar zu ihrem Erscheinungsbild ab, ein kleines Lob hier, ein Necken in Anspielung auf die alten, zum Glück überwundenen Zeiten da, gelegentlich auch nur ein anerkennendes Heben der Augenbrauen. Sie fing an, sich auf seine Beurteilung zu freuen. Sie traf jetzt praktisch immer seinen Geschmack: dezent, elegant, feminin, auf keinen Fall sexy. Höchstens mal ein bisschen verspielt.

Hartmut gewöhnte sich an, bevorzugt sie zu sich zu

bestellen, wenn er wichtige Mandanten empfing: um Kaffee oder Dokumente zu bringen, um etwas zum Kopieren abzuholen, irgendein Anlass fand sich immer. Er war unübersehbar stolz auf sie. Sie wertete ihn auf, und er fühlte sich wie der Star einer amerikanischen Anwaltsserie: so ein Partner-Anwalt, dem sich schon beim schwungvollen Betreten der Firma alle Anwesenden zuwenden und dem sofort zwei, drei attraktive Assistentinnen im Kostüm durch den Flur nacheilen, um ihm von rechts und links und hinten die anstehenden Termine zuzurufen. So einer war er jetzt also.

Hartmut engagierte sich in der Kommunalpolitik. Auch darin war er erfolgreich und saß bald im Stadtrat. Es standen Einladungen an. »Bitte bringen Sie Ihre Frau mit.« Irgendwann bat er Hannelore, ihn zu begleiten. Nur zu gern tat sie das, hoffte auf mehr. Und bekam mehr. Nur ganz anders, als sie es sich ausgemalt hatte. Nach zwei, drei Abendveranstaltungen fragte Hartmut sie einfach, ob sie sich vorstellen könne, mit ihm zu leben, ihn zu heiraten. Sie kannte sein Haus, er hatte mal alle Angestellten zu einer Weihnachtsfeier dorthin eingeladen. Und sie wollte ihn so sehr. Aber so? Kein Werben, kein Drängen, keine Schwüre, keine Begierde. Sie zögerte. Es war noch nicht einmal zu einem Kuss zwischen ihnen gekommen, als sie ja sagte.

Das erste Kind kam zu früh für seinen Geschmack. Hartmut hätte gern noch länger ein repräsentatives, gastliches Haus geführt, Abendessen mit Freunden, nichts Großes, nur drei, vier Gänge, auch mal größere Abendgesellschaften für Unternehmer und ihre Gattinnen, wichtig fürs Geschäft, wichtig für die nächsten Wahlen. Hannelore, inzwischen nicht mehr berufstätig, erwies sich als Glücksgriff. Sie managte das alles, kochte, dekorierte das Haus, den Tisch, sich und ihn, erschien strahlend bei Tisch, plauderte geistreich und witzig. Witzig war sie aus sich selbst heraus, genug Bildung für ein elegantes Tischgespräch hatten ihr ein paar Volkshochschulkurse verschafft.

Und nun ein Kind. Sehr erfreut war Hartmut nicht darüber. Freude kam erst auf, als er feststellen durfte, dass sich überhaupt nichts änderte. Hannelore managte alles wie immer, sie kochte weiterhin, dekorierte kreativ wie immer, erschien weiterhin strahlend und elegant bei Tisch, plauderte geistreich und witzig, trug sein Kind aus, stillte sein Kind und versorgte sein Kind. Er hatte viel, sehr viel zu tun. Wenn er abends, manchmal sehr spät erst, nach Hause kam, führte Hannelore ihm sein Kind zu und brachte es kurz danach ins Bett, dann war Ruhe. Oder Abendgesellschaft.

Bald kam das zweite Kind, wieder ein Mädchen.

»Kannst du vielleicht mal dafür sorgen, dass man sich hier noch bewegen kann? Was ist das denn für ein Saustall!« Hartmut war über den Buggy seines jüngsten, des dritten Kindes gestolpert, mitten im Wohnzimmer. Der Junge schaute ihn aus großen Augen an. So kannte er den Vater gar nicht. Bambi-Augen, genau wie ihre, dachte Hartmut flüchtig, bevor er sich wieder an Hannelore wandte: »Ist doch wahr. Guck dich doch bloß mal um hier!« Das tat sie und sah den Buggy, Bauklötzchen, Wäsche und Flecken auf Hartmuts Lieblingssessel, deren

Herkunft sie lieber nicht näher ergründen wollte. Sie schaffte es einfach nicht mehr allein. Es stimmte, was Hartmut immer wieder sagte, er arbeitete sehr viel, um das große Haus zu finanzieren, all die Abendgesellschaften und natürlich auch das Familienleben. Was davon noch übrig war. Natürlich konnte er da einen geordneten Haushalt erwarten, in dem er sich erholen konnte. Aber – sie war so erschöpft, so maßlos erschöpft.

Sie nahm ihren Mut zusammen: »Hartmut, ich kann das nicht mehr allein bewältigen. Wir brauchen ein Kindermädchen oder eine Haushaltshilfe, am besten beides.«

Hartmut hatte wenig Neigung, jemanden zu Hannelores Entlastung ins Haus zu holen. Er jedenfalls brauchte weder ein Kindermädchen noch eine Haushaltshilfe, er funktionierte. Hannelore funktionierte nicht. Aber das sollte sie. »Hör zu, ich erwarte, dass du deinen Job machst, ich mach meinen schließlich auch.«

Die Bambi-Augen füllten sich mit Tränen, und die gaben den Ausschlag, zumindest zum Teil. Hannelore bekam eine Haushaltshilfe, aber kein Kindermädchen. Meist verließ sie nun schon früh die Abendgesellschaften und zog sich zurück. »Die Kinder! Was soll man machen?« Ihr Blick war matt, ihr Gang träge.

»Aufmachen! Polizei! Hausdurchsuchung!« Es war fünf Uhr früh. Dauerklingeln an der Haustür. Schreiende Kinder. Hannelore und Hartmut vor Müdigkeit taumelnd. Und in Hannelores Kleiderschrank stapelweise Schuhkartons, haufenweise Kleider, Blusen, Röcke, Hosen, Mäntel, Jacken, Blazer, Kostüme, Hosenanzüge, es schien kein Ende zu nehmen, was die Beamten Stück für Stück ans Tageslicht zogen, alles noch mit Preisschildern, nichts davon bezahlt. Diebesbeute.

»Was soll das bedeuten, Hannelore?« Hartmuts Stimme überschlug sich. »Wie kannst du mir das antun? Ich bin Anwalt! Anwalt, verstehst du? Und im Stadtrat! Ich könnte dich –« Er hob die Hand und holte aus. Hannelore hatte sofort alles zugegeben und wehrte sich auch jetzt nicht. Hartmut besann sich im letzten Augenblick. Sie schwieg und schaute ihn an. Wie ihm dieser waidwunde Blick auf die Nerven fiel! Langsam ließ sie sich vor ihm auf die Knie nieder und umfing seine Beine. »Bitte, Hartmut! Ich tue alles. Ich mach das nie wieder.« Heftiger Widerwille regte sich in ihm, und in seinem Bein zuckte es. Er musste sich anstrengen, sie nicht einfach wegzutreten, am besten überhaupt zu zertreten. »Versorg jetzt bitte die Kinder. Ich muss in die Kanzlei. Wir sprechen uns noch.«

Das taten sie. Hannelore gestand, dass sie schon lange in Geschäften auf Diebestour ging und öfter ertappt worden war. Sie war mittlerweile polizeibekannt, hatte sogar schon einmal deswegen vor Gericht gestanden. Und nun hatten sich in letzter Zeit die Ladendiebstähle in der Umgebung wieder gehäuft. Das hatte ihnen am frühen Morgen die Durchsuchung eingebracht. Sie wusste selbst nicht genau, warum sie das tat. Aus Langeweile vielleicht? Irgendwie eingesperrt fühle sie sich. »Dann ist es eine richtige Erleichterung. Wie eine Befreiung, wenn ich endlich erwischt werde. Verstehst du?« Nein. Verstand er nicht. »Das muss aufhören, verstehst du?« Ja. Verstand sie. Hannelore versprach, das Klauen sein zu lassen. Hartmut versprach, es noch einmal mit ihr zu versuchen.

Doch Hannelore klaute weiter. Sie konnte nicht anders. Und kam ein weiteres Mal vor Gericht. Das war der Tag, an dem sich ein Journalist des örtlichen Kommunalblättchens ins Amtsgericht verirrte. Sauregurkenzeit. Dann stand es in der Zeitung: »EHEFRAU (33) VON STADTRAT O. (42) WEGEN MASSENHAFTEN DIEBSTAHLS VOR GERICHT! BEWÄHRUNGSSTRAFE!« In dem Artikel wurde auch erwähnt, dass Hartmut ein bekannter Wirtschaftsanwalt sei. Jeder, buchstäblich jedes Kind in der Stadt konnte ihn identifizieren. Die Parteifreunde sagten ihm höflich, aber bestimmt, dass sie seine Kandidatur für den Stadtrat bei den nächsten Wahlen nicht unterstützen könnten. Es sei besser, wenn er sein Amt schon jetzt niederlege. Und das tat er, was sollte er auch machen? Sein Nachfolger im Stadtrat war ein angestellter Anwalt seiner Kanzlei.

Abends ging er nach Hause und lebte weiter neben Hannelore in seinem still gewordenen Haus, das jetzt nur noch durch die Kinder belebt wurde. Nachdem er Hannelore ausführlich auseinandergesetzt hatte, was sie aus seinem Leben gemacht hatte, verlegte er sich aufs Schweigen. Das durchbrach er nur noch, wenn ihm irgendetwas nicht passte. Dann erinnerte er sie wieder daran, dass sie schwere Schuld auf sich geladen hatte. Sie gab sich dann noch mehr Mühe. Er schwieg weiter.

Er hatte ein für alle Male genug von diesem edlen, nervösen Reh, das ihm da angetraut war. Genug von Putz und Prunk und allen Äußerlichkeiten. Und von den Lügen, ihren wie seinen. Denn auch er war nicht aufrichtig. Er sagte ihr nicht, dass er sie nicht mehr wollte. Dass er sie längst aufgegeben hätte, wenn sie nicht die Mutter seiner Kinder wäre. Er gestand sich ja selbst kaum ein, was es bedeutete, dieses unbestimmte Sehnen nach einer Frau aus Fleisch und Blut, zupackend, geerdet, mit einem großzügigen, unbekümmerten Gemüt und einem festen Körper, gemacht für sein verzweifeltes Lieben.

Dann traf er Susanne, Justizbeamtin in der Geschäftsstelle seines Landgerichts.

»Und wenn schon«, entgegnete er, als Hannelore ihm auf den Kopf zusagte, dass er eine Freundin habe. Er leugnete es nicht einmal. Und damit nicht genug. Er wollte auch noch mit seiner Freundin oben im Haus leben.

Hannelores erster Gedanke waren die Kinder. Die Kinder hatten ihre Zimmer im Obergeschoss. Und da wollte Hartmut mit seiner Freundin hin? Vor den Kindern diese Dinge tun? Das ging ja wohl auf keinen Fall. Hartmut sollte natürlich ausziehen, ohne die Kinder. Das sah Hartmut anders. Hannelore klaute und wurde nicht mehr mit dem Haushalt fertig. Unmöglich, ihr die Kinder anzuvertrauen. Denn sie war ja wohl offensichtlich völlig »irre«, wie er sich ausdrückte. Sie dürfe aber unten wohnen bleiben, allein, und die Kinder jederzeit sehen. Hartmut würde mit seiner Freundin und den Kindern oben wohnen und deren Versorgung und alles, was sonst für sie zu regeln war, übernehmen. Als Hannelore weiter Widerstand leistete, darauf bestand, mit den

Kindern zu leben, holte Hartmut noch einmal aus und erinnerte sie daran, was er ihretwegen bereits verloren hatte. Es reichte doch wohl, dass sie seine politischen Chancen ein für alle Male verdorben hatte. Die Kinder sollte sie ihm nicht auch noch verderben.

Es erstaunte sie: Eigentlich fühlte sie gar nichts. Nahm es so hin. Das Leiden und Trauern setzte erst Tage später ein. Und eine Unruhe. Und ein Unbehagen, sie wusste nicht, wovor. Ihr Hausarzt gab ihr Beruhigungsmittel. Die nahm sie. Klauen beruhigte sie auch. Darauf war immer Verlass.

Der Tag, an dem sie Susanne das erste Mal begegnen sollte, war kein guter Tag. Susanne würde ins Haus kommen – vermutlich jung und schön und sexy und kultiviert und all das. Hannelore stand vor dem Spiegel. Es wurde Zeit, die Augenumgebung etwas straffen zu lassen. Den Busen auch. Und etwas Fett über dem Bauchnabel absaugen vielleicht.

Und dann kam Susanne: strahlend vor Herzlichkeit, voller Mitgefühl für die arme Irre, die man nicht aus dem Haus weisen konnte, voller Tatendrang, den Kindern endlich ein Zuhause zu bereiten, das diesen Namen verdiente. Susanne: ein fülliges, fleischiges Gesicht, eine dickliche, verbaute Figur und obendrein mit einem hautengen, kurzen Irgendwas bekleidet. Als sie den Mund aufmachte, prallte Hannelore zurück, so primitiv klangen Tonfall und Sprache.

Abends versuchte sie noch einmal, Hartmut umzustimmen. Diese Demütigung. Eine Beleidigung, ihr dieses ordinäre Weibsbild ins Haus zu schleppen. »Dazu drei Anmerkungen, liebe Hannelore«, sagte Hartmut. »Erstens: Es ist nicht dein Haus. Zweitens: Ich schleppe sie nicht dir ins Haus, sondern mir. Und drittens: Sie tut mir gut, ordinär oder nicht.« Was sagte er da nur? Sie verstand ihn nicht. Diese Frau, seine Neue, sah aus wie eine Qualle, sprach wie eine Qualle und hatte das Hirn einer Qualle, fand sie. Hartmut dagegen hätte jede haben können, er war immer noch eine blendende Erscheinung. Hätte er nicht wenigstens eine Freundin nehmen können, bei der sie verstanden hätte, dass er sie vorzog? Attraktiv, geistreich, sprachgewandt? Susanne habe andere Vorzüge, erklärte Hartmut ihr. »Sie hat ein großes Herz, sie wird auch den Kindern guttun. Mir ist noch nie jemand begegnet, der so lieb und gütig ist. Und durch und durch aufrichtig.« »Also alles, was ich nicht bin, oder was?« Hannelores Stimme überschlug sich, kreischte.

Sie warf ihr Glas nach Hartmut. Sie verfehlte ihn. Das Glas zerbrach an der Wand. Es war wertvoll gewesen, ein Erbstück. Sie hatte es sehr geliebt. Sie weinte hinter der Tür, die Hartmut geschlossen hatte, als er durch sie hindurch in sein neues Leben trat.

Hartmut und Susanne waren glücklich miteinander. Susanne, die Frau mit dem großen Herzen, versorgte Hartmut und die Kinder, wärmte und erheiterte sie alle. Sie gab dem Familienleben wieder eine Form, es fühlte sich jetzt beständig und sicher an. Und trotz der großen Leidenschaft, die Susanne und Hartmut füreinander empfanden, trotz all der starken Gefühle, blieben Erschütterungen aus. Hartmut wurde in Susannes Gegenwart ganz weich und nachgiebig und dachte immerzu darüber nach, wie er sie erfreuen könnte.

Susanne bemühte sich auch um Hannelore, war so lieb und fürsorglich zu ihr, wie sie nur konnte. Sie machte sogar ein paar Versuche, sie in das neue Familienleben einzubeziehen. So wie man eine alte Tante zu Weihnachten einlädt. Hannelore wehrte alles ab. Sie lebte für die Stunden, die die Kinder unten bei ihr verbrachten. Susanne war ihre Feindin.

So hielten sie sich alle irgendwie in einem fragilen Gleichgewicht.

Bis zu dem Tag, an dem die Dusche in Hannelores Wohnung nicht mehr funktionierte und Hartmut einen Handwerker zu ihr schickte. Sie öffnete dem Handwerker in dem Kimono, den sie jetzt so gut wie immer trug, wenn die Kinder nicht bei ihr waren. Wozu auch etwas anderes anziehen? Ein junger Mann, blonde Haarflusen, Aknenarben. Fast noch ein Kind, dachte sie, ein reifes Kind. Sie stellte ihm einen Kaffee hin. Sie zog ihren Kimono ein Stück auseinander. »Oh! Wie ungeschickt von mir!«, sagte sie. Der junge Mann starrte auf ihren Busen und wurde puterrot. Er beeilte sich, seine Arbeit zu beenden, und lehnte das Trinkgeld ab, das sie ihm in die Hand drücken wollte. Später kam Hartmut an die Tür, voller Zorn. Der Meister hatte ihn angerufen und ihm gesagt, dass er sich einen anderen Handwerker suchen solle. Er habe keine Lust auf Ärger. Hannelore kicherte, als sie die Tür hinter Hartmut schloss. Sie hatte ihn wütend gemacht, das war doch etwas. Sie hatte es geschafft, ihn eifersüchtig zu machen. Sie würde ihn zurückgewinnen.

Abends kamen Zweifel. Was war nur falsch an ihr? Sie verstand es nicht. Warum wollte Hartmut sie nicht mehr haben? Ab und zu hielt sie sich ganz still und lauschte. Da! Die Kinder! Trippelten mit ihren kleinen Füßchen durch die Wohnung über ihr. Aber – warum kamen sie nicht zu ihr herunter? Sie verstand es nicht. Nun sprangen sie die Treppe herunter. So niedlich! Wie junge Hunde. Sie lauschte. Nein – sie liefen an ihrer Tür vorbei. Einen Moment lang war sie versucht, ihre Tür aufzureißen. Aber – sie zögerte – wäre das recht? Vorbei, vorbei. Der Moment war verstrichen, die Kinder aus dem Haus. Wie immer.

Die Nacht senkte sich über das Zimmer. Hannelore machte kein Licht. Sie stand am Fenster. Eigentlich war Vollmond. Man sah ihn aber nicht. Es war bedeckt. Nun begann es zu regnen. Sie stand am Fenster und mochte den Regen. Er war so lebendig. Er trommelte gegen die große Scheibe, die Tropfen zerplatzten an ihr wie kleine Traumblasen. Dann nahm er an Kraft zu, ein Strömen und Stürzen. Die Scheibe verwandelte sich in eine Wasserwand. Dahinter der Garten, schweigend. Kaum konnte sie die Bäume erahnen. Sie schaltete die Stehlampe ein, der Schein fiel warm auf die Terrasse. Im Spiegel der Scheibe sah sie ihre beiden Töchter im Zimmer stehen. Sie mussten gerade hereingekommen sein, sie standen Hand in Hand gleich bei der Tür. Sie wollten ihr Gute Nacht sagen, waren schon im Nachthemd. Nachthemd – Totenhemd! Ein Schwindel erfasste sie. Sie wandte sich um. Da war nichts. Nichts. Die Kinder waren fort.

Der Regen hörte auf, als habe jemand ihn abgeschaltet. Es war immer noch warm. Der Himmel war aufgerissen und hatte den Mond freigegeben, groß und hell. In seinem stillen, unbeirrten Licht sah sie, dass ein Wind aufgekommen war. Sie stand und schaute und mochte den Wind. Er bog die Baumkronen. Er sang in den Blättern. Sie ließ ihren Kimono zu Boden gleiten und trat hinaus auf die dampfende Wiese. Der Dampf umhüllte sie wie ein Nebelkleid. Sie hob die Arme. Sie wurde eins mit den Kronen. Sie wiegte sich mit ihnen. Sie sang mit dem Wind. Sie tanzte.

Ein Wetterleuchten kam auf, kalt flackerndes Licht am Nachthimmel, undefinierbar. Die Kinder hatten Angst. Die Mädchen waren zu ihr gekommen, um Gute Nacht zu sagen, Hand in Hand. Dann waren sie wieder weggegangen, zu ihrem kleinen Bruder. Der Junge musste sich unter seiner Bettdecke verkrochen haben. Sie musste nach ihnen schauen. Sie war die Mutter. Sie hatte nicht viele Tabletten genommen. Sie hatte nicht so viel getrunken. Sie hatte im Garten mit dem Wind gesungen. Sie hatte getanzt. Sie konnte ohne weiteres die Treppe hochgehen und nach den Kindern schauen. Totenhemden – um Gottes willen! Sie schwankte ein bisschen. Sie war sehr müde. Sie war sehr entschlossen. Nur eine Treppe hoch, auf allen vieren würde es gehen.

Susanne war eine Morgenlerche. Sie holte früh die Zeitung herein. Sie fand Hannelore auf der Treppe liegend. Der Kimono stand offen, den Körper fast ganz freigebend. Ihre Haut war kalt. Susanne bat Hartmut, einen Arzt zu rufen. Sie band Hannelore den Kimono zu. Sie nahm sie in die Arme. Sie wiegte sie. Dann richtete sie sie auf, nahm sie in die Wohnung und flößte ihr einen Kaffee ein. Aber was nuschelte die nur immer von den Kindern? Und dass die Angst hätten? Und sie ihnen Gute Nacht sagen müsse? Totenhemden? »Sie schlafen alle noch, es ist grad halb sechs«, sagte Susanne. Sie war froh, als der Notarzt kam.

Hannelore kam wenige Wochen danach zu mir, weil sie von zwei Seiten angegriffen wurde. Hartmut hatte die Scheidung eingereicht. Der Staatsanwalt wollte sie in die Psychiatrie einweisen lassen, nachdem sich herausgestellt hatte, dass man sie für ihre Diebstähle nicht bestrafen konnte. Ein Gutachter hatte ihr bescheinigt, dass sie dem Drang zu stehlen nicht widerstehen konnte und dass sie deshalb für ihre Taten nicht verantwortlich zu machen war. Nun wollte er die Kaufhaus- und Ladenbesitzer und deren Versicherungen vor ihr schützen, indem er sie hinter den Mauern des »Maßregelvollzuges«, also in einer psychiatrischen Einrichtung, verschwinden ließ. Hannelore verstand das nicht, denn sie war ja bereits in einer psychiatrischen Klinik. Was also wollte der Staatsanwalt noch? Ich erklärte ihr, dass die Staatsanwaltschaft sich nicht darauf verlassen wollte, dass sie sich freiwillig stationär behandeln ließ. Sie sollte auf unbestimmte Zeit eingesperrt werden, in einer staatlichen Klinik, die ähnlich organisiert war wie ein Gefängnis. Durch gerichtliche Überwachung sollte sichergestellt werden, dass man sie erst entließe, wenn sie als ungefährlich für die Allgemeinheit gelte. Hier ging es also nicht um Hannelores Gesundheit, sondern um den Schutz fremden Eigentums.

Wir verhinderten den Maßregelvollzug gemeinsam. Wir trafen auf einen klugen, gütigen Richter, der auch fand, dass Hannelores Freiheit in diesem Falle schwerer wog als die Interessen von Geschäftsleuten. So groß war deren Schaden auch wieder nicht gewesen. Immerhin hatte man Hannelores Beute bei den zahlreichen Hausdurchsuchungen vollständig sicherstellen können, zum größten Teil unbenutzt. Als Hannelore dem Richter erklärte, dass sie freiwillig in einer psychiatrischen Klinik sei und dort auch bis zu ihrer Gesundung bleiben wolle, folgte er zwar dem Antrag der Staatsanwaltschaft, setzte die Einweisung in den Maßregelvollzug aber zur Bewährung aus. Sie klaute nie wieder.

Nach ihrer Entlassung aus der Klinik wurde Hannelore geschieden. In der Verhandlung hörte ich sie erstmals über ihre Kinder sprechen. »Sollen wir es wirklich nicht noch einmal versuchen, Hartmut? Um der Kinder willen? Es bricht mir das Herz, wenn ich sie so über mir trippeln höre mit ihren kleinen Füßchen.«

Jeder im Raum außer vielleicht ihr wusste, dass die Kinder längst halbwüchsig waren. Dass Hartmut sie verlassen hatte, war Jahre her. Ihre Welt war damals einfach stehengeblieben. Wie eine Uhr, die jemand angehalten hat.

Jedes Wort ist wahr

Anfang der neunziger Jahre wurde in einer westdeutschen Großstadt ein pensionierter Musiklehrer durch das Simon-Wiesenthal-Zentrum der zuständigen Staatsanwaltschaft für die Verfolgung nationalsozialistischer Verbrechen überantwortet. Man hielt ihn für den »Stutenkerl«, einen Aufseher im Konzentrationslager Auschwitz, »Stutenkerl« genannt wegen seiner Naschhaftigkeit.

Vor dem Schwurgericht des zuständigen Landgerichts begann einer der letzten Auschwitzprozesse. Aus aller Herren Länder reisten betagte Zeugen an, die den Angeklagten identifizieren und dem Gericht bei der Wahrheitsfindung helfen sollten: Hatte er die Morde, die man ihm vorwarf, tatsächlich begangen? Alle Zeugen waren wegen ihrer jüdischen Herkunft nach Auschwitz deportiert worden. Nahezu alle hatten nach der Befreiung nie wieder deutschen Boden betreten und nie wieder Deutsch gesprochen. Sie mussten nicht kommen, niemand konnte sie zwingen. Aber sie kamen. Der ermittelnde Staatsanwalt hatte sie bereits dort, wo sie wohnten, befragt und schließlich in seiner Anklageschrift aufgeführt, wen von ihnen man laden und vor Gericht aussagen lassen sollte. Alle, die etwas über den Stutenkerl und seine Taten wussten, eine lange Liste.

Das Landgericht und die Stadt arbeiteten zusammen, um den Zeugen den Aufenthalt, soweit es nur ging, erträglich zu gestalten. Dazu gehörte, dass sie nicht allein anreisen mussten, Reise- und Hotelkosten für eine Begleitperson wurden übernommen. Dazu gehörte auch, dass sie bei ihrer Ankunft im Hotelzimmer Blumen vorfanden und eine Karte mit einem Willkommensgruß und der Ankündigung, dass am Abend ein Anwalt oder eine Anwältin bei ihnen anrufen werde. Sie könnten, wenn sie wollten, auf Kosten der Stadt mit dem Anwalt oder der Anwältin essen gehen und sich über den Ablauf einer deutschen Strafverhandlung und ihrer bevorstehenden Zeugenbefragung informieren lassen. Der Anwalt oder die Anwältin stehe ihnen auch am Folgetag als Zeugenbeistand während ihrer Aussage zur Seite.

Der zuständige Dezernent, ein engagierter, sehr entschlossen wirkender junger Mann, rief mich in meiner Kanzlei an. Ob ich bereit sei, ehrenamtlich an diesem Projekt mitzuwirken?

Ohne sie je gesehen zu haben, erkannte ich Magdolna sofort, als ich die Hotellobby betrat. Sie saß da, rauchend, elegant, die Haltung aufrecht, die Gesichtszüge ernst, jedoch nicht düster oder verhärtet, nur ein wenig reserviert vielleicht. Die Zigarette hielt sie ganz vorn zwischen den Fingerspitzen und zog mit gespitztem Mund daran. Ihr Blick hatte etwas Unstetes, machte sich aber sofort, als ich auf sie zutrat, an meinen Augen fest, die Hand streckte sie mir entgegen wie zum Handkuss. Eine vornehme Frau, offenbar gewohnt zu dirigieren, eindeutig eine große alte Dame. Sie war von eigenartiger, zeitloser Schönheit. Aus der Nähe fielen vor allem die dunklen Augen auf, schwarz fast, glutvoll, aber auf ruhige, nicht auf lodernde Art. Die ausgeprägten Wangenknochen standen in verwirrendem Kontrast zu ihrem runden, weichen Kinn, das ihr wiederum etwas Mütterliches verlieh. Zartbraune, makellose Haut, die dicken, braunen, silbrig durchzogenen Haare locker und weich zu einem Knoten geschlungen. Als sie aufstand, um mit mir zum Restaurant zu gehen, entdeckte ich, dass ihr elegantes Kleid sich über einem wohlgerundeten Bäuchlein spannte.

Wir mochten einander von Anfang an.

Magdolna war Ungarin und zwanzig Jahre alt, als sie im Frühsommer 1944 in der ungarischen Provinz festgenommen wurde und nach Auschwitz kam. Sie überstand den Transport und, anders als ihre Eltern, die Selektion an der Rampe und wurde sofort zur Arbeit einem Bautrupp zugeteilt.

»Binnen weniger Stunden war ich verroht«, erzählte sie mir. »Wir mussten mit einem Rammbock gegen eine Mauer anrennen, und wer vorn war, wurde von den herabfallenden Brocken getroffen. Manche starben. Meine eigene Großmutter hätte ich nach vorn geschickt vor lauter Angst.«

Magdolna konnte sehr schön singen. Ihre Stimme war hell und rein, wie die eines Chorknaben, und doch warm und gefühlvoll, wie die einer reifen Frau. Manchmal, selten genug war Gelegenheit dazu, sang sie ihren Leidensgenossinnen vor. Von der Musik ging etwas Tröstliches aus. Als die SS-Leute jemanden wollten, der ihnen abends die Zeit mit Gesang vertrieb, nannte man Magdolnas Namen.

»Ich hatte nur noch Angst, ein Bündel Angst war ich«, sagte sie mir. Sie wusste überhaupt nicht mehr, wer sie eigentlich war. Sie hatte ihre Eltern verloren, die vor ihren Augen weggeführt worden waren, ins Gas. Sie hatte ihre Mithäftlinge unter Bautrümmern oder durch Schläge sterben sehen. Sie war keine behütete Tochter mehr, sie war niemandes Tochter, ganz allein auf sich gestellt. »Ich war kaum noch ein Mensch, nur Fleisch und Angst.« Was, wenn ihr die Stimme versagte? Was, wenn ihr Gesang missfiele? Aber er missfiel nicht. »Da war ein SS-Offizier, Erich, der war ganz ergriffen. Er weinte. Er sagte mir, dass er noch nie so einen schönen Gesang gehört hätte und dass er plötzlich verstanden hätte: Das ist ja ein Mensch, der da singt, ein Mensch. Er hat nie wieder einem von uns etwas getan.«

Erich sorgte dafür, dass Magdolna leichtere Arbeit bekam. Sie kam nach Kanada. Kanada lag in Birkenau, dem Vernichtungslager, drei Kilometer vom Stammlager Auschwitz entfernt. Kanada, so hieß im Lagerjargon das sogenannte Effektenlager, dort wurden die Habseligkeiten der Häftlinge für die Verwertung sortiert, der ankommenden wie der »aussortierten« Häftlinge, die ins Gas gingen. Manchmal, wenn das sehr viele waren, quollen die Kleidungsstücke aus dem Effektenlager, lagen in riesigen Haufen, haushoch, vor dem Gebäude.

Einen der Aufseher in Birkenau nannten sie Stutenkerl. Er labte sich gern an Süßem, an Musik und an den Qualen der Häftlinge. »Er schlug aus geringstem Anlass und ohne Anlass, einfach so, immer aus Leibeskräften. Mit seinem Stock. Und dann, wenn er genug hatte, ging er weg und sang aus voller Kehle. Einmal hat er einen Mann hinter einen Holzstapel getrieben. Den schlug er ganz furchtbar. Es hörte nicht auf. Dann verstummten die Schreie des Mannes, und der Stutenkerl ging weg, lachend und singend. Später wurde der Mann von zwei Häftlingen weggetragen. Der Stutenkerl hatte ihn erschlagen. Und sang noch dabei.« Magdolnas schwarze Augen schauten, als sie mir das erzählte, unruhig durch mich hindurch, als suchte sie etwas in irgendeiner Ferne. Und fände es nicht bei dem, was sie dort in diesem Augenblick sah.

Ab Mai 1944, etwa zwei Monate nach der Besetzung Ungarns, wurden die ungarischen Juden aus den Provinzen deportiert. Im Sommer kamen die Juden aus Budapest an die Reihe. Magdolna hatte eine ältere Schwester, Eszter, die in Budapest verheiratet war und zwei kleine Kinder hatte. Sie machte sich große Sorgen um sie. Mütter mit Kindern wurden in der Regel sofort an der Rampe »aussortiert« und direkt in die Gaskammern gebracht.

Und da, eines Tages, unerwartet, glitten vertraute Kleidungsstücke durch ihre Hände. Oh nein! Sie musste sich täuschen! Hektisch untersuchte sie die Stücke. Hoffte, ein Zeichen von Fremdheit zu finden, eine kleine Abweichung vom Vertrauten. Nichts. Es war nicht zu leugnen. Es war die Kleidung, die sie kannte. Kein Zweifel: Ihre Schwester und die Kinder waren im Lager und vermutlich auf dem Weg ins Gas. Panik sprang sie an. Erich! Wo war Erich? Sie hatte Glück. Er war in der Nähe, und es gelang ihr, ihn auf sich aufmerksam zu machen. Sie flehte ihn um das Leben ihrer Schwester und Nichten an.

»Meine Schwester! Eszter! Die Kinder! Schnell! Sie müssen sie zurückholen!«

»Das wird nicht gehen.«

»Sie müssen! Ich bitte Sie! Schnell!«

»Ich kann die Kinder nicht retten, sie sind nicht arbeitsfähig.«

»Bitte!«

»Nur die Schwester, vielleicht.«

»Und die Kinder? Ins Gas? Ganz allein?«

»Ich kann nichts dagegen tun. Wenn deine Schwester mitgeht, stirbt sie. Soll ich sie nun rausholen? Schnell, was willst du?«

Schnell, schnell. Marsch, marsch. Zack, zack …

Sie nickte. Eszter wurde von Erich zurückbeordert. »Die brauchen wir noch, das war ein Verwaltungsfehler.« Die Kinder mussten ohne die Mutter in die Gaskammer. Eszter kreischte und wehrte sich, schlug um sich, wurde aber mit grober Hand zurückgezerrt. »Sie gehen nur zum Entlausen und Duschen, in weniger als einer Stunde sind sie zurück.« Sie glaubte es nicht. Man wusste oder ahnte ja, was wirklich geschah. Wimmernd sank sie zusammen, vernichtet. »Solange sie lebte, hat sie mir das nicht verziehen.« Ich konnte in Magdolnas Gesicht keine Regung mehr erkennen, so starr war es. »Sie hatten übrigens aus ihrer Warte recht, sie fürs Gas zu selektieren. Sie war zu geschwächt, bekam Typhus und überlebte die nächsten Wochen nicht.«

Magdolna überlebte und wanderte aus, in die USA.

Heiratete einen Juden, der nie in Deutschland oder in den von Deutschland besetzten Gebieten gewesen war.

Wie lebt so jemand all die Jahre? Wie kann man so etwas erleiden und weiterleben? Ich traute mich kaum, Magdolna zu fragen. »Darauf gibt es keine Antwort«, sagte sie. »Oft weiß ich selbst nicht, wie ich lebe. Es gibt keine Therapie. Wer es nicht erlebt hat, kann es nicht mal ansatzweise nachvollziehen. Wer es erlebt hat, kann es nicht therapieren. Man nimmt sein Leben lang Antidepressiva, die helfen manchmal. Selbstdisziplin auch, und manchmal Zorn, heilloser Zorn.«

Sie hatte Kinder, die jetzt erwachsen waren, eine schöne Familie, die ihr viel Freude machte. Aber manchmal, wenn die Erinnerung sich nicht zurückweisen ließ, legte sich ein dunkles Tuch der Stille über die Welt, und Magdolna zog sich tief in sich selbst zurück. Dahin, wo ihre Seele einer schwarzen, verwüsteten Kammer glich. Dahin, wo nur noch dumpfe Trauer und stumme, tränenlose Verzweiflung herrschten. Diese Kammer hatte keine Tür für andere, auch nicht für ihre Familie. »Mein Mann hat es nie wirklich verstanden, und meine Kinder schon gar nicht. Wie sollten sie auch?« Ihr Mann missbilligte, dass sie sich entschlossen hatte, nach Deutschland zu fahren und in einem Auschwitzprozess auszusagen. Er fand, sie solle die alten Geschichten ruhen lassen und sich dem nicht mehr aussetzen. Sein Unwille war so groß, dass er nicht mitgekommen war. Ihre älteste Tochter hatte sie begleitet.

Als sie zu uns stieß, schien sie mir wie ein Wesen aus einer anderen Welt. Eine rundliche Frau, die mit weichen, fließenden Bewegungen auf unseren Tisch zukam. Man sah ihr noch ein wenig an, dass sie bis vor wenigen Minuten geschlafen hatte. Die Haare hatte sie einfach mit einem Schal zum Pferdeschwanz gebunden. Sie wirkte warmherzig und fürsorglich ihrer Mutter gegenüber. Mich, die Jüngere, behandelte sie mit etwas übertriebener Hochachtung. Das Gespräch glitt in ihrer Gegenwart sofort ins Konventionelle. Wir sprachen dann über die Abläufe im Gerichtssaal, die Magdolna am nächsten Tag erwarteten.

Ich schlief unruhig in dieser Nacht.

Mein Vater, Ende 1916 in Berlin geboren, war Soldat an der Ostfront gewesen, er wurde erst Anfang 1945 ins Feld geschickt. Wegen eines Augenfehlers hatte er davor nicht an der Front kämpfen müssen, sondern im Regenwurmlager in der Nähe von Meseritz in der Mark Brandenburg Dienst getan, einem Ausbildungs-, Reserve- und Ruhelager hinter der Front. Als Jugendlicher sympathisierte er mit den Kommunisten. Mit 16, 17 Jahren half er manchmal, Flugblätter oder Streuzettel zu verbreiten, aber festlegen ließ er sich nicht und sonderlich engagiert war er nie. Er war Pazifist, und Hitlers Krieg hielt er für verbrecherischen Wahnsinn. Als er ins Feld musste, ergab er sich mit seinen Leuten sofort den sowjetischen Truppen. Er hatte nicht gewusst, was sowjetische Kriegsgefangenschaft bedeutete. Er hatte nicht für möglich gehalten, dass er viele seiner Leute damit dem sicheren Tod überantwortete. Erschossen oder erschlagen wurde, wer – einem Befehl gehorchend – aus der Reihe trat oder wer – auf Frage – eine Beschwerde vorbrachte oder wer auf dem Marsch erschöpft zusammenbrach. Die Illusion vom guten Sowjet und von Väterchen Stalin, die mein Vater aus der Zeit seiner gelegentlichen Widerstandsarbeit bewahrt hatte, zerstob binnen weniger Stunden. Ebenso die Illusion, als Held, der sofort auf die richtige Seite gewechselt war, aus diesen letzten Kriegstagen hervorzugehen. Im sowjetischen Lager herrschte Terror, und viele starben an Hunger. Mein Vater konnte über diese Zeit nicht ohne zähneknirschende Wut sprechen, vielleicht hatte er Schuldgefühle zu überspielen. Solange er lebte, verdächtigte er alle Politiker allein wegen ihrer Position und Macht, einen bedenklichen, skrupellosen Charakter zu haben, und glaubte, dass sie ein schmutziges Geschäft betrieben. Das demokratische Nachkriegsdeutschland vermochte seine Meinung nicht zu ändern. Kommunisten verabscheute er für den Rest seines Lebens genauso wie Nazis.

Meine Mutter, Jahrgang 1922, stammte aus Meseritz. Sie war Sekretärin meines Vaters im Regenwurmlager, so hatte sie ihn kennengelernt. Während Magdolna im KZ zu überleben versuchte, bestellte mein Vater meine Mutter zum Diktat und fragte sie, als sie mit gezücktem Stenoblock und Bleistift auf seine Anweisungen wartete, ob sie am Abend mit ihm ausgehe. Als die Rote Armee näher rückte und mein Vater sich auf den Fronteinsatz vorbereitete, musste meine Mutter ihre schwerkranke jüngere Schwester aus Meseritz herausholen und mit ihr zusammen fliehen. Sie schlossen sich einem Flüchtlingstreck nach Norddeutschland an, wo meine Eltern sich für die Zeit nach dem Krieg verabredet hatten. Die

Flüchtlingstrecks, von Militärfahrzeugen begleitet, wurden von sowjetischen Kampfflugzeugen bombardiert. Am schrecklichsten war für meine Mutter, die Schreie der getroffenen und sterbenden Flüchtlinge und Pferde anhören zu müssen, während sie den Platz in einem Pritschenwagen verteidigte, den ein großherziger Mensch an ihre hochfiebernde Schwester abgetreten hatte, so dass er nun wie meine Mutter neben dem Wagen herlaufen musste. Über diese Erlebnisse, wie ihre Todesangst sich angefühlt hatte, wie das Schreien todeswunder Menschen und Tiere sich angehört hatte, wie all das gewaltsame Sterben ausgesehen hatte, wie schwer, konnte sie nur ein einziges Mal mit mir sprechen. Sie weinte dabei und hielt sich die Ohren zu. Silvesternächte konnte sie zeitlebens kaum aushalten. Die Abneigung meines Vaters gegen Politiker teilte sie nicht. Wenn sie Söhne gehabt hätte, sagte sie mir einmal, hätte sie alles darangesetzt, dass die den Dienst mit der Waffe verweigern.

Beide schworen mir, sie hätten nicht gewusst, was man den Juden angetan hatte. Aber hatten sie nichts von den Pogromen bemerkt? Mein Vater, Berliner, nichts von der »Reichskristallnacht« 1938? Nichts von organisierter und spontaner Gewalt? Er hatte doch, wie er sagte, Kontakte zu Kommunisten gehabt. Nein, hätten sie nicht bemerkt. In ihrer Umgebung nicht. Die Kommunisten hätten sich zu Anfang mit Hitlers politischer Linie, weniger mit seinem antisemitischen Wahn beschäftigt und mit der politischen Verfolgung. Aber die Nürnberger Rassengesetze von 1935? Die hatten doch ganz praktische Folgen mitten im Leben. Die Judensterne? Doch, die schon. Die Berufsverbote und die anderen gesetzlichen Ausschaltungsmaßnahmen? Die Festnahmen? Wohnungsräumungen? Geschäftsübernahmen? Ja, sicher, mehr und mehr Juden verschwanden. »Man sagte uns, die Juden werden umgesiedelt.« Umgesiedelt? Und das wäre in Ordnung? Man sagte? Und Hitlers Reden? War da nicht von Vernichtung der jüdischen Rasse in Europa die Rede gewesen? Hatte nicht die SS geschrieben, mit Feuer und Schwert müsse man das Parasitenvolk auslöschen? »Was sollten wir denn tun? Man durfte doch nichts sagen. Das war gefährlich. Wegen einer kritischen Äußerung konnte man zum Tode verurteilt werden. Wir hatten Angst und wollten nicht zu viel wissen. Du weißt ja nicht, wie es war.«

Das stimmte. Ich wusste überhaupt nichts. Und sollte doch helfen, Magdolnas Last zu tragen. Was ich dazu tun konnte, erschien mir plötzlich kümmerlich.

Der nächste Tag zeigte sich mit strahlend blauem Himmel. Die Sonne schien wie zum Hohn aus voller Kraft durch die hohen Fenster in den ehrwürdigen Schwurgerichtssaal. Sie nahm den dunklen, holzgetäfelten Wänden etwas von dem Schweren, Niederdrückenden. Sie schien auch auf den Angeklagten. Die Anklagebank befand sich den Fenstern gegenüber, und da saß er, auf einem wuchtigen Eichenstuhl vor der Holzvertäfelung, wie in einem gotischen Kirchengestühl. Ein mittelgroßer, hagerer, alter Mann mit schmalen Schultern und weißem Haar. Er sah nach nichts aus, weder nach einem harmlosen Rentner, der sein Leben der Musik geweiht hatte, noch nach einem gewalttätigen

Machtmenschen mit Killerinstinkt. Sein Gesicht war griesgrämig, scharfe Falten zogen sich von den Nasenflügeln zu den hängenden Mundwinkeln, sein Blick war wässrig-unstet, die Gestalt zusammengesunken und hinfällig. Von der Untersuchungshaft hatte man ihn verschont, weil er herzkrank war.

Er bestritt den Anklagevorwurf. Man habe den Falschen erwischt. Er sei nicht der »Stutenkerl«. Zwar sei er Aufseher in Auschwitz gewesen, aber er habe niemandem etwas zuleide getan. Nun ist es im deutschen Strafrecht so, dass niemand wegen Mordes verurteilt werden darf, weil er Teil eines mörderischen Systems war. Das Gericht musste dem Angeklagten jede einzelne Mordtat nachweisen, sonst hätte er freigesprochen werden müssen, weil alle anderen Taten, die er möglicherweise begangen hatte, verjährt waren.

Ich führte Magdolna zu ihrem Platz, einem einsamen Stuhl in der Mitte des Saales, dem Blick aller Prozessbeteiligten ausgesetzt, keine drei Meter vom Angeklagten entfernt. Ich setzte mich neben sie, zwischen den Zeugenstuhl und die Anklagebank. Außerdem war ihr ein Übersetzer zur Seite gestellt. Uns gegenüber saß die Kammer: drei Berufsrichter, zwei Laienrichter. Dem Angeklagten gegenüber, mit dem Rücken zum Fenster, saß der Staatsanwalt. Hinter uns, in Magdolnas Rücken, waren die Zuschauerplätze, alle belegt. Unter den Zuschauern war auch ihre Tochter. Magdolna kannte die Sitzordnung schon, ich hatte sie ihr am Vorabend erläutert.

Sie wurde von dem freundlichen Vorsitzenden gebeten, über ihre Zeit in Auschwitz und vor allem alles, was sie über den »Stutenkerl« wusste, im Zusammenhang zu erzählen. Während sie das tat, sonnenbeschienen, von dem mürrischen Angeklagten unentwegt angestarrt, saß sie sehr gerade und gestrafft. Ihre namenlosen Qualen jedoch teilten sich mir in Wellen mit, dass es mich schüttelte. Sie nahmen ganz und gar von mir Besitz, nicht nur von meinem Fühlen und Denken. Am eigenen Leibe, mit jedem Nervenende spürte ich Magdolnas Verzweiflung wie meine eigene.

Aus dem ansonsten totenstillen Saal war manchmal von hinten ein leises Seufzen zu vernehmen. Die Verteidiger – eine Kollegin und ein sehr jung aussehender Kollege – schrieben mit. Der Vorsitzende versuchte, mitfühlend und beruhigend auf Magdolna einzuwirken. Der Staatsanwalt, seiner Ausstrahlung nach offensichtlich eine rheinische Frohnatur, lächelte ermutigend. Der Angeklagte starrte.

Magdolna deutete, als man ihr eine Reihe von Fotografien von mehreren Auschwitz-Aufsehern vorlegte, sofort auf einige, die, wie sie sagte, den »Stutenkerl« abbildeten. In dem Angeklagten hatte sie ihn nicht wiedererkannt. Man teilte Magdolna mit, die Dienstnummer des Aufsehers, auf den sie soeben gezeigt habe, sei die des Angeklagten gewesen. Das habe man zuvor bereits festgestellt.

Der Staatsanwalt hatte keine Fragen, nun waren die Verteidiger an der Reihe. Ich hatte Magdolna schon darauf vorbereitet, dass Stressbefragungen, wie man sie aus amerikanischen Gerichtsfilmen kennt, bei uns unüblich sind, dass aber vermutlich der Verteidigung ein großer

Spielraum eingeräumt würde und dass die Verteidiger alles daransetzen würden, sie unglaubwürdig erscheinen zu lassen.

»Sie hatten also erlebt, wie Ihre Eltern für die Gaskammer selektiert wurden, richtig?«

»Das ist richtig.«

»Dieselben Leute, die Ihnen das angetan hatten, bestellten Sie zur Abendunterhaltung, Sie sollten singen, richtig?«

»Das ist auch richtig.«

»Wie konnten Sie das tun? Ich meine, die hatten Ihre Eltern ermordet, und Sie sangen für die?«

»Ist das Ihre Frage – wie ich das tun konnte?«

»Ja. Bitte beantworten Sie die Frage.«

Im Zuschauerraum wurde es unruhig. Magdolna, die bis zu diesem Punkt unentwegt geradeaus auf den Vorsitzenden geschaut hatte, wandte sich nun zur Seite und sah die Verteidigerin direkt an.

»Sie glauben, ich hatte die Wahl?«

Die Zuschauer atmeten hörbar aus. Die Verteidigerin beeilte sich, das Thema zu wechseln.

»Sie wurden also Erichs Geliebte, ist das richtig?«

»Nein, das ist nicht richtig. Er hat mich nicht angerührt. Das wäre Rassenschande gewesen.«

»Aber er hat doch viel für Sie riskiert, als er Ihre Schwester rettete?«

»Er wollte ein guter Mensch werden. Er hatte geweint, als ich sang.«

»Frau Aaron, ich habe hier das Protokoll Ihrer Zeugenaussage, die Sie in New York gemacht haben. Der

Staatsanwalt, der hier rechts von Ihnen sitzt, hat Sie aufgesucht und befragt. Erinnern Sie sich daran?«

»Ich erinnere mich.«

»Er hat Ihre Aussage protokolliert, und Sie haben sie unterschrieben, erinnern Sie sich auch daran?«

»Ja, das stimmt.«

»Hat er alles richtig aufgenommen, was Sie gesagt haben?«

»Ich glaube schon.«

»Wie kommt es dann, Frau Aaron, dass ich in dem ganzen Protokoll kein einziges Wort von dem Mann finde, der hinter einem Holzstapel von dem ›Stutenkerl‹ erschlagen wurde?«

Unruhe im Zuschauerraum. Wieder sah Magdolna der Verteidigerin direkt in die Augen.

»Als ich damals aussagte, habe ich mich wohl gerade nicht daran erinnert.«

»Sie haben sich … ist das immer so bei Ihnen, Frau Aaron, dass Sie sich an so etwas wie die Tötung eines Menschen manchmal ›gerade nicht erinnern‹?«

Magdolna straffte sich noch ein bisschen mehr, schaute wieder die Verteidigerin direkt an und schwieg einen Moment lang.

»Nein, Frau Anwältin, das ist bei mir nicht an der Tagesordnung. Das Grauen, das ich erlebt habe, ist auch nicht an der Tagesordnung. Ich wünsche Ihnen von Herzen, dass Sie so etwas nie durchmachen müssen. Denn dann wüssten Sie, dass man sich manchmal nicht erinnern will. Ich wollte mich nicht erinnern, als ich in New York aussagte. Ich bin über jede Sekunde des Vergessens froh. Aber wenn Ihre Frage ist, ob es die Wahrheit ist, was ich heute hier ausgesagt habe, dann sage ich Ihnen: Jedes Wort ist wahr.«

So leise ihre Worte waren, so bestimmt waren sie doch vorgebracht worden. Mindestens eine Minute lang herrschte vollkommene Stille. Niemand hatte noch eine Frage.

Als Magdolna mit mir aus dem Saal ging, hatte sie den schleppenden Gang einer Greisin. Ich bot ihr den Arm, und sie stütze sich, wie mir schien, mit ihrem ganzen Gewicht auf mich, um diesen Prozess so aufrecht und würdevoll wie möglich zu verlassen. Davon abgesehen konnte sie keine Berührung ertragen, auch die tröstende Umarmung ihrer Tochter, die uns nachgeeilt war, wehrte sie ab.

Ob Vergebung möglich sei, fragte ich sie, als wir uns alle bei einem Tee wieder einigermaßen in den Griff bekommen hatten. »Erst kommt die Strafe«, sagte sie. »Die Frage nach Vergebung stellt sich nicht, bevor er bestraft ist.«

Der Angeklagte litt sehr unter seiner Herzkrankheit. Er wurde für dauerhaft verhandlungs- und haftunfähig erklärt. Das Verfahren wurde eingestellt.

Alte Liebe

Robert war vierundsechzig und seit einem Jahr im Ruhestand, als seine Ehe endgültig zerbrach. Edelgard, seine Frau, war drei Jahre jünger. Sie hatten ihr Leben damit zugebracht, hart zu arbeiten, ein Haus zu bauen und vier Kinder großzuziehen. Ein Kind nach dem anderen war ausgezogen, und zum Schluss die Liebe auch. Da hatten sie schon über vierzig Jahre miteinander verbracht. Edelgard merkte es eher als Robert, der von ihrer Unzufriedenheit nichts wissen wollte. Er verstand nicht, was sie hatte. Er trank nicht. Er ging nicht in Kneipen. Er hatte keine anderen Weiber.

»Was willst du denn?«

»Leben.«

Dazu fiel Robert nichts ein. Sie lebten doch, und gut dazu. Die Kinder, gut verheiratet, gut ausgebildet, die Enkel, das Haus. Und gesund waren sie beide, wenn er auch inzwischen so zugelegt hatte, dass nur noch eine Spezialmatratze sein Gewicht trug. Edelgard war dagegen dünn, fast hager, ein wenig verhärmt geradezu. Aber nichts, was eine längere gemeinsame Reise nicht wieder in Ordnung hätte bringen können.

»Komm, wir gehen schön beim Spanier Mittagessen, und dann besprechen wir, wohin es genau gehen soll, und planen einen richtig feinen Urlaub.«

Zum Spanier gingen sie wohl, doch besprochen wurde

Edelgards Auszug. Als Robert die Prospekte und Reiseführer auf dem Tisch ausbreitete und sie eifrig hin- und herzuschieben begann, holte sie tief Luft. Sie hatte einen anderen. Sie würde Robert verlassen. Die größte Verwunderung löste bei Robert aus, wie wenig er bei dem Gedanken empfand. Einen anderen. Gut. Sie würde ausziehen. Auch gut. Alles gut.

Mehr als vierzig Jahre, und nun also das Ende.

Damals, als Edelgard in sein Leben getreten war, hatte er wirklich am Abgrund gestanden, weil ihn Waltraud, die große Liebe seiner Jugendjahre, verlassen hatte. Bergmann war er damals gewesen, ein Hauer, ein ganz kleines Licht. Waltraud kam fast um vor Angst, wenn er unter Tage war, fast eineinhalb Kilometer weit unten. Und das war er ja nun mal immer, jeden Tag, nur sonntags nicht. Immer wieder hatte es im Bergbau Grubenunglücke gegeben, auch auf seiner Zeche, auch mit Toten.

Nun wollte Robert sowieso nicht sein ganzes Leben unter der Erde verbringen. Die Arbeit war hart, sechs Tage, achtundvierzig Stunden die Woche. Schichtarbeit obendrein. Den ganzen Tag im Halbdunkel, manche Strebe so niedrig, dass er nur kriechend oder fast liegend und auf dem Arschleder rutschend bis zum Flöz gelangen konnte. Gearbeitet wurde auch oft im Liegen, immer nur das Stück Berg mit der Stirnlampe ausgeleuchtet, in das er gerade den Pickhammer schlug. Höhere Strebe erlaubten den Einsatz des Presslufthammers, doch der fraß sich unter ohrenbetäubendem Krach ins Flöz, das war sein Preis. Hitze, um die dreißig Grad. Lärm und Kohlestaub. Immer dieselbe, in Scherze gehüllte leise

Angst. Vor Schlagwetter. Vor Einsturz. In den Pausen rückte man zusammen und erzählte sich manchmal, in das Dunkel hinein und durch das Dunkel vor allen Blicken und aller Scham geschützt, Geheimnisse, die den Frauen, Eltern, Geschwistern, Freunden oben nie offenbart werden würden. Woran man glaubte. Wohin man noch wollte. Wovor man Angst hatte. Was Freude, was Lust, was Kummer bereitete.

Nach der Schicht schauten weiße Augen aus schwarzen Männern, und man brauchte in der Waschkaue eine Ewigkeit und Spezialseife, um die Haut vom fettigen Kohlestaub reinzuwaschen. Die Lungen wurden dadurch nicht rein, viele wurden früh krank: Staublunge. Das war dann das Urteil zu einem schleichenden Tod, was aber niemand wissen wollte und was man vor allem niemals sagen durfte.

Nein, eine Anstellung über Tage sollte es sein, wenn auch dafür eine weitere Ausbildung nötig war und wenn die auch viel schlechter bezahlt wurde.

Er hatte Waltraud, wie es sich gehörte, im Kirchenchor kennengelernt. Sie war die Tochter des Optikers im Stadtteil. Ein fesches Mädel war sie, so natürlich, quicklebendig und hübsch dazu, eine Dralle mit kindlich-runden, vergnügt und zuversichtlich in die Welt schauenden Augen. Er konnte sich aber auch sehen lassen, stattlicher Kerl, der er war. Athletische Figur, kantige Gesichtszüge, Elvistolle. Der Glaube und die Kirchenarbeit verbanden sie. In der Kirche konnten sie sich treffen, im Bibelkreis und im Chor und auf Gemeindefesten. Sie gingen auch zum Tanzen aus, in allen Ehren natürlich, oder sie trafen sich mit Freunden. Die Eltern waren mit der Wahl ihrer Kinder einverstanden. So konnten sie sich auch gegenseitig zu Hause besuchen, zum Kaffee mit den Eltern.

Sie waren glücklich, Robert plante den Heiratsantrag. Feierlich und romantisch sollte der werden. Er würde mit ihr ins Wäldchen fahren auf einen Spaziergang, und dann würde er an einer lauschigen Stelle, die er schon genau ausgesucht hatte, stehen bleiben, um den Verlobungsring hervorzuholen. Den würde er ihr überstreifen und in ihre vor banger Erwartung dunkler werdenden Augen hinein die Frage aller Fragen stellen. Mit zitternder Stimme würde sie ihr Ja hauchen, und dann würden sie sich sehr fest umarmen, in einem alles besiegelnden Kuss würden sie verschmelzen, und wer weiß, was noch alles möglich sein würde, denn dann waren sie ja verlobt. Mit Bedacht legte er das Ereignis auf einen heißen Sommertag, an dem kein Wölkchen am Himmel zu sehen war. Und die Uhrzeit auf die Abendbrotzeit, da war das Wäldchen verlassen und still.

Mit ihrem Vater hatte er schon gesprochen. Der hatte ihn als Schwiegersohn herzlich willkommen geheißen. Aber er sagte auch: »Waltraud ist verwöhnt. Es wird nicht einfach sein, sie von einem einfacheren Leben zu überzeugen. Aber fragen Sie sie, unseren Segen haben Sie.« Damit meinte er auch den seiner Frau, die sowieso immer fand, was er fand. Robert beschloss, Waltraud sofort zu fragen, aber geheiratet werden sollte erst, wenn er mit der Ausbildung fertig sein und eine Anstellung vorzuweisen haben würde.

Auf dem Spaziergang, der alles entscheiden sollte, erschien Waltraud ihm anziehender denn je, etwas Leuchtendes ging von ihr aus. Gleichzeitig jedoch wirkte sie seltsam abwesend und reserviert. Nun, der Heiratsantrag würde sie schon beleben.

Aber – sie lehnte ihn ab. Sie hatte einen anderen, Werner, der hatte den Konsum im Viertel. Sie sagte, sie könne ihn nicht heiraten, sie würden nicht glücklich miteinander werden. Sie wolle versorgt sein, Sicherheit haben. Sie wolle bald Kinder haben. Und er würde doch auf Jahre wenig verdienen.

Was er verstand, war, dass es aus war. Wozu also noch verstehen, warum? Er war nicht gut genug für sie, so viel hatte er verstanden. Ihr Vater hatte ihn ja gewarnt.

Er war zweiundzwanzig und allein und überzeugt, dass er es bleiben würde. Keine Frau, keine Kinder. Alles aus und nie wiederzubringen, mit keiner anderen. Er verbrachte seine Freizeit allein. Gemeindearbeit, Freundeskreis, das alles ging ja nicht mehr, da waren Waltraud und neuerdings auch Werner, der Konsumleiter. Er gewöhnte sich das Trinken an. Warum denn auch nicht? Das Leben hatte ihm übel mitgespielt. Waltraud weg, die Gemeinde weg, die Freunde auch, da sollte das Leben mal sehen, dass es immer noch Freuden für ihn gab, in Gaststätten zum Beispiel.

Ja, wenn er wenigstens noch mit den Kumpels unter Tage hätte sprechen können, im Schutz der Dunkelheit, über die Einsamkeit, über das Verlassensein, die alte Angst vor dem Alleinbleiben, über den Schmerz des Verlustes, der seinen Seelenfrieden und seine Selbstsicherheit in Fetzen riss, so dass er viel Bier und Korn als

Flickzeug brauchte. Aber er hatte schon gekündigt und fuhr nur noch ein paar Tage ein, und für seine Kumpels gehörte er schon jetzt zu denen da oben von der Verwaltung.

Mit seinen Eltern mochte er nicht mehr darüber reden. Sie waren empört über Waltrauds Entscheidung und hielten damit nicht hinterm Berg. Empörung jedoch half ihm nicht weiter. Über Waltraud den Stab zu brechen erschien ihm ganz und gar nicht wichtig. Von Bedeutung war nur, wie er weitermachen sollte ohne sie. Tag für Tag. Aufstehen. Weiter atmen. Weiter trinken.

Erst einmal begann er die Ausbildung, seinen Traum, der ihn den anderen seiner beiden Träume, ein Leben mit Waltraud an seiner Seite, gekostet hatte. Keine Schicht mehr. Morgens hin, nachmittags zurück, achtundvierzig Stunden die Woche, sechs Tage. Über Tag. Tageslicht. Kein Lärm. Keine Hitze. Arbeit im Sitzen. Keine Angst. Keine Kumpels. Keine Gespräche. Abends Bier und Korn.

Bis Edelgard ihn etwa ein Jahr später fragte, wie lange er eigentlich so weitermachen wolle und wann er mal wieder normal werden würde. Edelgard machte dieselbe Ausbildung wie er, nur hieß das bei Frauen nicht so. Frauen wurden angelernt und legten keine Prüfung ab, weil sie ja sowieso irgendwann heirateten und Kinder bekamen. Aber genau wie er durchlief Edelgard die verschiedenen Abteilungen der Zechenverwaltung und lernte alles, was auch ein männlicher Bergbau-Angestellter wissen musste. Edelgard fiel ihm zu wie eine Himmelsgabe, und sie schien ihm geeignet, die Fetzen seiner

Seele wieder zusammenzusammeln und in eine neue Ordnung zu bringen. Ernsthaft war sie und langmütig. Stundenlang hörte sie sich seine Waltraud-Erzählungen an, kommentierte sie sparsam und immer mitfühlend, ohne einfach auf Waltraud herumzuhacken.

Liebe? Was war schon Liebe, was hatte die ihm schon eingebracht? Edelgard war einfach gut, sie tat ihm gut, die Liebe würde kommen. Sie nahm seinen Heiratsantrag an. Irgendwann, recht bald sogar, stellte er fest, dass er sie tatsächlich in sein Herz aufgenommen hatte, sie, die Spröde, die so still, ernst und selbstverständlich an seiner Seite, in seinem Zuhause wirkte. Streit kannten sie nicht, allenfalls mal eine vorübergehende Verstimmung.

Vierzig Jahre, vier Kinder und ein Haus später erklärte Edelgard ihm nun, dass sie künftig mit einem anderen leben werde.

Leben.

Robert verstand sie nicht. Was war nur falsch mit ihrem Leben? Er mochte, wie sie lebten. Er ließ Edelgard beim Spanier zurück und ging nach Hause. Er informierte die vier Kinder, telefonisch. Dann nahm er, wo er schon einmal dabei war, das örtliche Telefonbuch und suchte nach Waltrauds Namen, dem, den sie durch ihre Heirat mit Werner, dem Konsuminhaber, erhalten hatte. Und da war er: W. Dräger. W Punkt? Hieß das Werner? Oder Waltraud? Er atmete durch, rauchte eine Zigarette, atmete noch mal durch. Dann wählte er.

»Dräger.« Eine Frauenstimme.

»Spricht dort Waltraud Dräger?«

»Mit wem bin ich bitte verbunden?«

»Ich – hier spricht Robert Ströhmel.« Er ärgerte sich. Wieso drückte er sich so gespreizt aus? Spricht dort … hier spricht … Das war doch dummes Zeug. Obwohl – er lachte in sich hinein – »Mit wem bin ich verbunden?«, das klang auch nicht gerade locker. Irgendwann fiel ihm das Schweigen am anderen Ende der Leitung auf. »Äh … ich dachte, nach all den Jahren, wir könnten uns vielleicht mal wieder treffen? Sehen, wie es uns so ergangen ist?« Oh Gott! Mit der Tür ins Haus! Ich Idiot! Statt erst mal am Telefon zu fragen, ob sie noch weiß, wer ich bin und wie es ihr geht.

»Wann?« Das war eindeutig Waltrauds Stimme, einen Ton dunkler vielleicht als früher.

»Wie bitte?«

»Ich fragte, wann wir uns sehen sollen. Einen Ort zu bestimmen wäre außerdem auch nicht verkehrt. Sonst könnten wir uns verpassen.«

»Wie wäre sofort?«

»Prima. Das passt mir gut. Bei mir. In einer Stunde. Die Adresse hast du ja vor dir.«

Duschen, Haare zurückkämmen über die kahle Stelle am Hinterkopf, vorn die Elvistolle befestigen, dafür gab es neuerdings so ein merkwürdiges Gel. Früher hatte man Frisiercreme verwendet oder, wenn gar kein Geld da war, Zuckerwasser. Machte die Haare bretthart und klebte furchtbar.

Hemd aussuchen. Hose war klar: Jeans. Er war schließlich erst vierundsechzig. Aber das Hemd? Bunt?

Zu gewollt jugendlich. Weiß? Zu brav. Schwarz? Er hatte da so eines aus Leinen mit Seidenanteilen, das sah sehr edel aus, weil es ganz leicht schimmerte. Schwarz ging, passte gut zu Jeansblau und machte schlank – obwohl ein kritischer Blick in den Spiegel ihn belehrte, dass er jede Hoffnung fahren lassen konnte, schlank zu wirken. Er war nun mal mit einem massigen Körper ausgestattet, da ließ sich nichts machen. Früher hatte er die sensationellen Hemden aus dem neuentwickelten Nylongewebe, Nyltest genannt, so eine Art Plastikfaser, getragen. Das Deodorant war noch nicht überall bekannt, und so stank man binnen kurzem wie ein Puma. War aber hochmodisch. Und billig.

Rasierwasser? Lieber zur Feier des Tages Eau de Toilette von so einem Modedesigner, Geschenk seiner Kinder. Diese Wässerchen waren ja heutzutage viel edler und teurer als zu seiner Zeit. Da hatte man an Sonntagen Old Spice genommen, denn alles Amerikanische war sehr gefragt in der Nachkriegszeit.

Du liebe Güte: Duschen statt waschen, Deo, Leinen-Seide-Gemisch statt Nyltest, Gel statt Frisiercreme, Designer-Parfüm statt Old Spice – im Grunde führte er sich auf wie in seinen jungen Jahren vor einem Rendezvous oder, wie man damals sagte, Stelldichein, nur eben in der teuren Variante. Zumindest das Teure daran erschien ihm angebracht, schließlich hatte er es noch bis zum Abteilungsleiter in einem Energieunternehmen gebracht, bevor er in den Ruhestand ging. Außerdem wollte er Waltraud Eindruck machen.

Dann fuhr er zur Adresse, die er aus dem Telefonbuch hatte. Eine hübsche Reihenhaussiedlung, gepflegte Vorgärten, sauber gestrichene Häuschen mit blank geputzten Haustüren und Fenstern und blank gefegten Stufen. Einen kurzen Moment lang dachte er, dass sein freistehendes Haus im Vorort, etwas zurückgesetzt von der Straße, in einem großzügigen Garten mit schmiedeeisernem Tor und gepflasterter Auffahrt, die zuweilen mit herabgefallenen Blättern dekorativ bestreut war, weitaus nobler wirkte als das, was Konsum-Werner zuwege gebracht hatte. Doch das triumphale Überlegenheitsgefühl flackerte nur kurz auf, und die Beklommenheit nahm ihn wieder in Besitz.

Die löste sich, als Waltraud die Tür öffnete. Beide stutzten, beide fingen gleichzeitig an zu grinsen, und beide riefen wie aus einem Mund: »Gott, bist du auseinandergegangen!« Da stand er, weniger eine athletische als eine kolossale Erscheinung, mit schütterem Haar und Doppelkinn und jeder Menge Lebenslinien im Gesicht. Und da stand sie, die Figur so breit wie hoch, das dünner gewordene Haar grau durchzogen, das Gesicht voller Lachfältchen, die aber, wie er auf den zweiten Blick feststellte, ausgesprochen gut zu ihren runden, immer noch vergnügt blitzenden Augen passten, die genauso klar wie damals waren. Die Augen und die modische Kurzhaarfrisur nahmen Waltrauds Erscheinung alles Matronenhafte. Und plötzlich, noch bevor sie ihn hereinbitten konnte, war genau dieses Damals wieder da, alles war wieder da, zum Greifen da, samt Frisiercreme, Old Spice und Nyltest.

Und er griff zu. Und sie ließ es geschehen und griff

ihrerseits zu, mit – wie er in einem Anflug von Verblüffung feststellte – durchaus kundiger Hand. Ganz einfach war es nicht, Koloss und Kugel zusammenzubekommen. Aber sie fanden höchst befriedigende Lösungen, und es machte auch nichts, dass ihr Luststöhnen eher klang wie das Schnaufen zweier Walrösser.

»Sag mal, wo ist eigentlich Werner?«, fragte Robert bei der Zigarette danach.

»Werner lebt nicht mehr.«

Robert schüttelte sich vor Lachen, seine Fleischmassen kamen erneut ins Wallen, wenn auch auf andere Weise als zuvor. Bis zu diesem Moment hatte er geglaubt, Werner so richtig und nach allen Regeln der Kunst Hörner aufgesetzt zu haben. Und jetzt war der tot. Unter der Erde. Da, wo Waltraud doch damals ihren künftigen Mann auf keinen Fall haben wollte.

Beim Kaffee erfuhr Robert, dass Waltrauds Ehe kinderlos geblieben war. Seine Heiterkeit erstarb, ja, er wurde richtig zornig. Waltraud hatte doch damals Wohlstand und Kinder gewollt. Sie hatte ihn verlassen, weil er in Ausbildung war und beides so rasch nicht zu bieten hatte. Und nun war sie eine kinderlose Witwe im Reihenhaus. Wie anders hätte ihr Leben an seiner Seite ausgesehen.

Für Waltraud war es die richtige Entscheidung gewesen. Sie hielt ihre Motive im Nachhinein für nicht sehr ehrenwert, jedenfalls nach ihren jetzigen Maßstäben nicht, das gab sie zu. Sie war auch nicht stolz darauf. Aber sie hatte mit Werner eine gute, glückliche Zeit gehabt.

»Ich wäre mit dir vielleicht auch glücklich geworden,

wer kann das sagen? Aber ganz bestimmt nicht in den ersten Jahren, während deiner Ausbildung. Ich wollte nicht auf das Glück warten. Und Werner bot eben alles, was ich mir damals wünschte, vor allem Sicherheit. Sicherheit war mir damals am allerwichtigsten.«

»Und Kinder. Kinder hatte er aber dann offenbar doch nicht zu bieten.«

»Robert, auch du hättest mit mir keine Kinder gehabt.«

Er hatte in den vielen Jahren alles bekommen, was er gewollt hatte, dachte er auf dem Heimweg. Sein Leben war glücklich und reich gewesen. Und nun, kaum dass Edelgard ihn verlassen hatte, hatte er sogar eine neue Chance bekommen mit Waltraud. Plötzlich verstand er selbst nicht mehr, warum er es nach über vier Jahrzehnten immer noch darauf angelegt hatte, mit Werner zu konkurrieren. Warum ihm so viel daran gelegen hatte, Waltraud Vorhaltungen zu machen und die Bitterkeit über das vergangene Leid und über alles, was das Schicksal ihm nicht sofort und kostenlos verschafft hatte, aus der Mottenkiste hervorzuholen.

Die beiden wurden wieder ein Paar, und Waltraud zog zu Robert auf die Spezialmatratze. Edelgard hatte offenbar erwartet, dass Robert den Rest seiner Tage um sie trauern würde. Vielleicht hätte sie auch gern gesehen, dass er Anstrengungen unternahm, sie zurückzugewinnen. Jedenfalls erklärte sie jetzt Robert den Krieg. Sie überhäufte ihn mit Vorwürfen, Schmähungen und Prozessen. Robert brauchte einen Scheidungsanwalt. So lernte ich alle drei kennen, auch Waltraud, denn sie kam gelegentlich mit, wenn Robert sich zur Besprechung in meiner Kanzlei einfand.

»Meine Güte – Edelgard!«, sagte sie ein ums andere Mal und verdrehte die Augen. »Was will die bloß?«

Einmal berichtete sie mir, dass Edelgard das Haus nicht besonders in Schuss gehalten habe. »Geschämt hätte ich mich für den ganzen Dreck in den Ecken. Ich habe tagelang geputzt, um das wegzukratzen. Mit der Zahnbürste. Aber wenn einem so was nicht wichtig ist ... Manche sind ja so nachlässig, um nicht zu sagen, faul.«

Die Prozesse um Unterhalt, das Haus, das Vermögen, sie dauerten jahrelang. Robert und Edelgard blieben über sie verbunden. Erstmals seit sie ein Paar geworden waren, stritten sie, und jetzt umso unversöhnlicher und gründlicher. Robert war erstaunt, wie viel es ihm ausmachte, zu lesen, wie Edelgard alle alten Kränkungen ans Tageslicht zerrte und wie sie alles, was er je in dieser Ehe gewesen war oder getan hatte, umdeutete und herabsetzte. Und noch mehr befremdete ihn, wie viel ihm selbst dazu einfiel, wie viele seiner Verletzungen unausgesprochen, nicht verwunden waren. Alles musste nun hervor, sie hauten es sich um die Ohren, schlugen Schlacht um Schlacht, nutzten das Gericht als Feld der Ehre und ihre Anwälte als Fahnenträger oder Trompeter.

Aber es half alles nichts. Sie wurden nicht zufriedener dadurch.

Waltraud hielt natürlich zu Robert, empörte sich über Edelgards Forderungen und noch mehr über ihre

Anwürfe – »Das bist du nicht, Robert!« –, und sie wertete Edelgard in jedem Punkt ab, der ihr nur einfiel, zum Beispiel ihre mangelnden hausfraulichen Fähigkeiten. Und dieses Mal war es Robert sehr recht, dass ihm jemand half, den Stab zu brechen. Über Edelgard. Aber auch er und Waltraud wurden dadurch nicht zufriedener in ihrem gemeinsamen Leben. Denn in diesem Leben gab es bald fast nur noch ein beherrschendes Thema: Edelgard. Irgendwann fragte sich Waltraud, was Robert eigentlich in ihr sah. Nahm er sie überhaupt wahr? Sie – Waltraud? Hatten sie noch andere Gemeinsamkeiten außer einer Vergangenheit, die mehr als vier Jahrzehnte zurücklag, und dem Krieg gegen Edelgard?

Noch etwas – nicht nur die Art, wie die Vorgängerin beurteilt wurde – unterschied Waltraud von Edelgard: Waltraud ließ Kränkungen nicht alt werden, die starben alle jung. Das kannte Robert nicht: Klärungen, auch um den Preis ungerechter Ausbrüche und Streitereien, statt der unentwegten Harmonie, die Edelgard und er vierzig Jahre lang verteidigt hatten und die ihre Ehe zusammengehalten hatte bis zum Schluss. Robert war siebenundsechzig, als es in einer Besprechung unvermittelt aus ihm herausbrach: »Sie ist so zänkisch. Manchmal kann ich ihr nichts recht machen. Dann habe ich regelrecht Angst vor ihr. Sie können sich nicht vorstellen, wie sie schimpfen kann.«

Ich fragte mich, ob Robert alles in allem nun am Ende bekommen hatte, was er sich vorgestellt hatte. Sicher war ich jedoch, dass in seinem Gesicht immer, wenn Waltrauds Name fiel, sogar in dem Moment, als er sich über Waltrauds zänkisches Wesen beklagte, für einen Sekundenbruchteil ein Leuchten reinen Glücks erschien und sogleich wieder erlosch.

Erbarmen

Manchmal verliert man, obwohl man gewinnt.

Moritz trank zu viel. Er konnte es gar nicht mehr lassen, in keiner Situation. Anna hatte ihn deswegen verlassen. Trotzdem trank er weiter. Nicht trotzdem, gerade ihretwegen, sagte er. Sie sagte, dass er die Kinder nur sehen dürfe, wenn er nüchtern komme und während seines Besuchs bei den Kindern nüchtern bleibe. Das schaffte er nicht. Er kam schon angetrunken. Dann schickte sie ihn wieder weg. Einige Male durften die Kinder zu ihrer Schwiegermutter, wo Moritz sie dann besuchen konnte. Aber die Schwiegermutter war Moritz gegenüber schwach, sie konnte irgendwann seinem Betteln und Beteuern nicht widerstehen, und so ließ sie ihn mit den Kindern allein wegfahren. Obwohl er getrunken hatte, setzte er sich ans Steuer, um mit den Kindern ins Phantasialand zu fahren, die ganz große Nummer.

Die Kinder waren begeistert, Anna entschloss sich, die Besuche zu unterbinden. Nur unter Aufsicht des Jugendamtes oder des Kinderschutzbundes dürfe er die Kinder sehen. Das lehnte Moritz empört ab. Er war doch kein Kinderschänder! Keiner, der den Kindern schadete. Sondern ihr Vater. Er kam sehr gut mit ihnen klar.

»Wir brauchen keine Aufsicht.«

Anna versuchte, durch den Nebel aus Alkohol und Verleugnung zu ihm durchzudringen. Sie hatte genug mit ihm erlebt, um zu wissen, dass er seinen Alkoholkonsum schon lange nicht mehr kontrollieren konnte. Vor allem musste sie ihre Kinder schützen, da konnte sie es nicht zulassen, dass er mit ihnen betrunken Auto fuhr oder dass sie ihm dabei zusehen mussten, wie er sich volllaufen ließ.

Aber er wollte nichts begreifen, außer dass es da eine unbestimmte Bedrohung gab und dass er Anna von seiner Sichtweise überzeugen musste. Er trank nicht zu viel, er hatte alles im Griff. Und man konnte ihm bedenkenlos die Kinder anvertrauen.

»Ich trinke ja nur, weil du mich verlassen hast, Anna.«

Genau! Das war es! Es war nur vorübergehend, das mit der Trinkerei. Jederzeit konnte er es sein lassen, nur jetzt gerade war er aus der Bahn geworfen, ihretwegen. Er wartete auf ihre Reaktion. Anna schwieg eine Weile und musterte ihn nachdenklich. Dann schüttelte sie den Kopf. Was sagte sie da? Er solle sich Hilfe suchen? Das war doch …

Und dann noch Umgang unter Aufsicht!

Das hätte sie wohl gern. Wollen wir doch mal sehen! Diese rachsüchtige Kreatur, die arbeitete sich an ihm ab, auf Kosten der Kinder! Er würde ihr schon zeigen, wie er kämpfen konnte, ihr blaues Wunder sollte sie erleben.

Zu Moritz' Erstaunen schlug auch das Jugendamt ihm begleiteten Umgang vor, flankiert von Elterngesprächen. Jedenfalls für den Anfang, dann würde man weitersehen. Ob er Annas Meinung teile, dass er professionelle Hilfe oder zumindest eine Selbsthilfegruppe bräuchte? Nein! Natürlich nicht! Mit ihm war alles in Ordnung.

Nur Anna war es nicht genug, die Ehe zu zerstören, jetzt wollte sie ihm auch noch die Kinder entfremden. Wieso sah das niemand? »Ich rieche Ihre Fahne bis hierher«, sagte die Pädagogin vom Jugendamt, »und wir haben drei Uhr.«

Ein Bierchen zum Mittagessen, das war ja wohl nicht verboten. Die hatte sie doch nicht mehr alle! Moritz brauchte dringend Verstärkung und suchte einen Anwalt auf. Der war von der vernünftigen Sorte, einer, der sich nicht als Kumpan seiner Mandanten betrachtete. Der Anwalt beobachtete Moritz aufmerksam, während der ihm sein Problem vortrug. Wie zuvor Anna, ließ er ein paar Sekunden verstreichen, bevor er zu sprechen begann. Dann riet er Moritz, zu tun, was Anna und das Jugendamt verlangten, und sich um betreuten Umgang zu kümmern. Von Geduld sprach er und davon, dass Moritz erst einmal nehmen solle, was man ihm anbot. Moritz konnte es nicht fassen. Dann regte sich Trotz. Lieber wollte er die Kinder gar nicht sehen, als sich solche Bedingungen aufzwingen zu lassen. Der Anwalt blieb ruhig und freundlich. Aber auch bestimmt. Er wies Moritz darauf hin, dass auch er den Alkohol riechen könne, und riet ihm, eine Suchtberatung oder die Anonymen Alkoholiker aufzusuchen. Moritz traute seinen Ohren nicht. Der Anwalt hielt ja überhaupt nicht zu ihm. Der hatte ja nicht mal richtig zugehört, schließlich hatte er ihm doch erklärt, dass er nur trinke, weil Anna ihm so übel mitgespielt hätte. Und dass seine Hände nur vor Aufregung zitterten.

Aber irgendetwas hielt ihn bei diesem Anwalt, vielleicht dessen Aufrichtigkeit, vorerst. Er ging wieder hin und stimmte sich mit ihm ab: Er würde zu den Anonymen Alkoholikern gehen und in die Elternberatung des Jugendamtes. Einstweilen würde er den begleiteten Umgang beim Jugendamt wahrnehmen. Stolz verkündete er diese Neuigkeiten Anna und der Pädagogin vom Jugendamt. Zum ersten Elterngespräch erschien er nicht. Bei den Anonymen Alkoholikern wurde er auch nie gesehen. Er hatte doch alles im Griff, sagte er sich wieder und wieder. Er konnte jederzeit aufhören. Hilfe brauchte er dafür nicht. Auch keinen, der ihm vorschrieb, wie er mit seinen Kindern umzugehen hatte.

Stattdessen wechselte er den Anwalt, und der neue Anwalt (»Unerhört, was man mit Ihnen treibt!«) machte sofort ein Umgangsverfahren beim Familiengericht anhängig. So kam Anna zu mir. Sie schien mir eine vernünftige, engagierte Mutter zu sein. Für einfache Lösungen war sie nicht zu haben, und so blockierte sie nicht bloß, sondern überlegte, was unter den nun einmal gegebenen Bedingungen zu tun sei, um ihren Kindern den Vater zu erhalten, ohne sie zu gefährden. Uns beiden fiel nichts mehr ein, was unversucht geblieben war, es hing letztlich daran, ob Moritz sich doch noch bewegte oder nicht. Wir sprachen außerdem darüber, wie Anna ihre Kinder in dieser kummervollen Lage stabilisieren konnte, und ich empfahl ihr eine gute kinderpsychologische Beratungs- und Therapieeinrichtung. Dann formulierte ich meine Gegenanträge.

Der Richter, ein erfahrener Mann kurz vor der Pensionierung, mit gütigem Gesicht und Augen, die Gewitztheit und Humor verrieten, hatte in den langen Jahren am Familiengericht seine Beobachtungsgabe geschärft und viel über die Unzulänglichkeiten und Verirrungen der Menschen gelernt. Die Menschen, die mit ihren Trennungsstreitigkeiten zu ihm kamen, waren in einer Ausnahmesituation, die sie extrem unter Druck setzte. Er wusste, dass schon ein gewöhnliches Gerichtsverfahren enormen Stress bedeutete. Umso schwerer lastete der Druck auf jenen, die ihr größtes Glück verraten sahen und alle Verheißungen dahin. Getroffen und zutiefst verletzt von dem einst geliebten Menschen erwarteten sie nun Schützenhilfe von ihm. Und er ahnte, dass es sie noch hilfloser machte und je nach Mentalität in Wut oder Panik versetzte, einem System überantwortet zu sein, das sie nicht verstanden und schon gar nicht kontrollieren konnten. Er bemühte sich deshalb um eine ungezwungene Atmosphäre, eine persönliche Ansprache in freundlichem Ton und um allgemein verständliche Erklärungen für alle Vorgänge. Jeder wusste bei ihm zu jeder Zeit, wo er stand, was der Richter von seinem Anliegen hielt und wie es weitergehen sollte.

Er sah Moritz' Händezittern (»von der Aufregung«), die blutunterlaufenen Augen (»vom Weinen und vom Schlafmangel«) und roch den Alkohol (»weil man mir jetzt auch noch die Kinder wegnehmen will«) und sagte Moritz, dass auch er die Kinder bei ihm gefährdet sehe. Offensichtlich habe Moritz ein Alkoholproblem. Erfahrungsgemäß wirke sich das auf den Umgang mit den Kindern aus. Weil er aber nicht einfach den Kontakt unterbinden wollte und um Bewegung in die verfahrene Situation zu bringen, ordnete der Richter ein Sachverständigengutachten an. Der Sachverständige sollte nicht nur dem Gericht Vorschläge machen, sondern versuchen, mit den Eltern gemeinsam eine Lösung für die Kinder zu finden, die alle mittragen konnten. Für die Zwischenzeit legte auch der Richter Moritz nahe, begleitete Umgangskontakte beim Jugendamt in die Wege zu leiten.

Einstweilen waren die Fronten aber verhärtet, und weil beide Eltern behaupteten, im Interesse der Kinder zu handeln und für sie zu sprechen, ordnete der Richter den Kindern einen eigenen Anwalt bei. Der sollte ausschließlich Partei für die Kinder ergreifen. Er wusste bald zu berichten, dass sie es am liebsten sähen, wenn alle wieder zusammen leben könnten, und dass sie den Vater furchtbar vermissten, es aber gar nicht mochten, dass er so nach Alkohol stank und neuerdings auch so komisch sprach und immer über die Mama herzog. Ob die einen »neuen Lover« habe, wollte er immer wissen. Und dass sie alles kaputtgemacht hätte, erzählte er ihnen. Damit wussten sie nichts anzufangen.

Der Sachverständige endlich drang zu Moritz durch, und Moritz ging zur Entgiftung ins Krankenhaus und danach in eine ambulante Therapie. Aber so, wie er nach und nach aus dem Alkoholnebel auftauchte, platzten auch, eine nach der anderen, die Schutzschichten, die seine bedürftige Seele umhüllt hatten. Er hatte seine Frau, Anna, vertrieben. Er verstörte seine eigenen Kinder. Er hatte seine Freunde verloren. Er wusste mit seiner Freizeit nichts mehr anzufangen. Er hatte keinerlei Interessen. Alkohol fiel als Abendunterhaltung neuerdings ja aus. Ihm fiel nichts mehr ein, was er vom Leben erwarten sollte und was er mit seinem Leben anfangen wollte. Außer dass er Anna und die Kinder zurückhaben wollte.

Dennoch blieb er dabei, nicht zu trinken.

Als er Anna fragte, ob es noch eine Chance für sie beide gäbe, wenn er ihr beweise, lange genug, dass er trocken bleiben werde, ging sie kurz in sich und stellte fest, dass es da kein Gefühl mehr für ihn gab, das irgendeinen gemeinsamen Plan vom Zusammenleben als Mann und Frau hätte tragen können. Sie hatte ihre gesamte Liebe zu Moritz (und es war eine Menge gewesen) vollständig in der Ehe mit ihm verbraucht, unwiederbringlich. Sie hatte versucht, einen Eisberg mit ihrem Körper und ihren Gefühlen und mit ihrer unablässigen, bedingungslosen Fürsorge zum Schmelzen zu bringen, und war dabei am Ende selbst ausgekühlt. Als sie angefangen hatte, Bedingungen für ihren Einsatz zu stellen, war es vorbei gewesen. »Es ist vorbei, Moritz«, sagte sie ihm, nicht einmal unfreundlich, denn sie verstand sehr wohl, dass Moritz schwerkrank war. Und heimatlos. Aber einen gemeinsamen Weg gab es nicht mehr für sie beide, außer als Eltern.

Und das war es dann. Moritz ging nicht mehr zur Arbeit, und ihm wurde gekündigt. Dann stellte er die Unterhaltszahlungen für die Kinder ein, und nun reichte es Anna. Sie hatte genug von Verständnis und Geduld und Sachlichkeit und Vernunft. Jetzt war sie es, die vor Gericht zog.

Als Anna und ich zum angesetzten Termin erschienen,

waren wir mit dem Richter allein. Moritz kam nicht, seinen neuen Anwalt hatte er erst gar nicht informiert, wie uns der Richter mitteilte. Stattdessen hatte er dem Richter, zu dem er offenbar in der letzten Verhandlung Vertrauen gefasst hatte, einen Brief geschrieben, den der Richter uns vorlas:

Sehr geehrter Herr Richter!
Ich kann nicht zu der Verhandlung kommen, ich schaffe es nicht. Meine Frau hat vermutlich recht mit allem, was sie von mir will, aber ich schaffe es nicht, zur Arbeit zu gehen. Und deswegen habe ich kein Geld für Unterhalt. Ich weiß auch nicht mehr, wie es jetzt weitergehen soll. Ich mache schon eine Therapie, aber seit ich nicht mehr trinke, geht es mir viel schlechter. Mein Therapeut sagt, das ändert sich schon noch, wenn ich gut mitarbeite. Ich arbeite wirklich hart daran. Vielleicht kann ich ja einen kleinen Aufschub bekommen, bis es mir wieder besser geht. Oder Sie verordnen mir nur ganz geringe Zahlungen. Sie wissen ja sicher selbst noch aus der letzten Verhandlung, was mit mir los ist. Bitte haben Sie doch nur ein wenig Erbarmen!
Hochachtungsvoll, Ihr Moritz W.

Wir reagierten alle sehr unterschiedlich auf den Brief. Ich mit Abwehr und Verhärtung, Anna mit deutlicher Unruhe und der Richter mit kaum bemäntelter innerer Bewegung. »Was machen wir nun aus unserer schönen Verhandlung?«, fragte er. »Wollen Sie die Anträge stellen?« Er erklärte Anna: »Dann muss ich Ihren Mann genau so verurteilen, wie Ihre Anwältin es heute beantragt, und zwar schlicht und ergreifend, weil er nicht gekommen ist. Er hat dann aber noch Einspruchsmöglichkeiten. Oder sollen wir uns vertagen?« »Natürlich nicht«, entgegnete ich. »Ich stelle den Antrag …« Anna zupfte mich am Ärmel: »Können wir uns mal kurz besprechen, ich meine, allein?« »Selbstverständlich«, antwortete der Richter an meiner statt und verließ den Saal. Das ist auch so eine Eigenheit von ihm, dachte ich flüchtig, der schickt nicht immer alle anderen aus dem Saal, der geht selbst schon mal raus in den Flur, damit man sich in Ruhe ohne ihn über eine Weichenstellung klarwerden kann.

Anna wollte nicht, dass dieses Verfahren an ihrem Mann vorbei geführt würde. Es interessierte sie nicht, dass er es selbst in der Hand gehabt hatte zu kommen. Sie wirkte bedrückt. »Ich will das nicht auf die Spitze treiben. Ich rede lieber noch mal mit ihm.«

Ich kam aus meiner harten Haltung nicht heraus. Überzeugt, dass Moritz die Sache nur verzögern wollte, bat ich Anna, sich doch nicht manipulieren zu lassen. »Ich meine: ›Erbarmen‹ – hat er's nicht ein bisschen kleiner? Dieses demonstrative Leiden soll Sie doch nur einknicken lassen.«

Doch Anna hielt an ihren Bedenken fest. Sie wollte Moritz nicht fertigmachen, ihn lieber in einem persönlichen Gespräch an seine Verantwortung erinnern. Ich fand das ungewöhnlich großmütig, und das sagte ich ihr auch.

»Ach, wissen Sie, Frau Thomas, das ist keine Leistung. Großmut ist wohlfeil, wenn man sich aus einer unglücklichen Ehe befreit und das eigene Leben im Griff hat, und der andere eben nicht. Im Grunde gucke ich doch auf ihn herab, vielleicht ist das, was Sie Großmut nennen, nur eine andere Form von Hochmut.«

Große Worte, dachte ich, in diesem einen Punkt passen die beiden eigentlich ganz gut zusammen. Ich enthielt mich aber eines Kommentars. Stattdessen bat ich den Richter wieder herein und beantragte Vertagung. Anna empfahl ich, mich zu dem Gespräch mit Moritz hinzuzuziehen (»Nein danke, dann kommt es erst gar nicht dazu.«) und auf keinen Fall etwas zu unterschreiben, jedenfalls nichts, was man in irgendeiner Weise so auslegen konnte, dass sie und nicht Moritz künftig für die Kinder ganz oder teilweise aufkommen müsse. Das versprach sie.

Anna rief Moritz an. Sie verabredeten ein Treffen in Moritz' neuer Wohnung. Moritz suchte seinen neuen Anwalt auf und erfuhr, dass er nur Chancen hatte, sich gegen den geforderten Unterhalt zu wehren, wenn ein weiterer, vom Gericht beauftragter Sachverständiger zu dem Ergebnis kam, dass er zurzeit körperlich oder psychisch ganz und gar außerstande sei zu arbeiten. Und selbst dann würde er alle seine Mittel einsetzen müssen, um wenigstens den gesetzlichen Mindestunterhalt aufzubringen.

Als Anna zur verabredeten Zeit bei Moritz klingelte, öffnete er nicht. Er hatte sich erhängt, wenige Minuten zuvor. Für Anna hatte er einen Brief geschrieben:

Liebe Anna, geliebte Frau!
Ich habe mein Leben verpfuscht. Ich krieg das nicht mehr gerade gebogen. Du bist immer geduldig und entgegenkommend gewesen, selbst jetzt im Unterhaltsprozess. Ich dagegen kriege nichts hin. Ich schaffe es nicht, über Dich hinwegzukommen. Ich schaffe es nicht, den Unterhaltsprozess durchzustehen. Was mich aber am meisten fertigmacht, ist, dass ich es nicht mal mehr schaffe, mit Dir zu reden. Ich bin Dir nicht gewachsen. Ich habe schreckliche Angst vor Dir, Anna. Bitte erklär es den Kindern so, dass sie es verstehen. Sag ihnen, dass es mir leidtut. Ich bin sicher, Du wirst sie richtig erziehen und zu glücklichen, freien Menschen machen. Dass ich sie selbst nicht mehr groß werden sehe, ist das Einzige, was mich in meinem Entschluss zögern lässt, sag ihnen das auch, sobald sie es verstehen. Jetzt zögere ich nicht mehr. Es hat eben doch nicht gereicht. Ich wünsche Dir ein glückliches Leben.
Moritz

Ich hatte mit Moritz kein Erbarmen gehabt, nicht ein bisschen. Bis heute wünschte ich, ich könnte etwas anderes sagen. Um meiner selbst willen wünschte ich das, nicht um Moritz' willen. Denn so wie er sein Leben empfand und beurteilte, hätte wohl nichts ihn noch auffangen können. Auch Erbarmen nicht.

Wir setzen uns mit Tränen nieder

Im Haus von Martha und Konrad waren die Spiegel verhängt und die Uhren angehalten.

Martha glaubte manchmal, an ihrem verzweifelten Schmerz zu ersticken. Dann drückte sie die Faust gegen den Mund, um nicht laut aufzuschluchzen. Zuweilen biss sie sich auf die Handknöchel, bis es weh tat. Das gab ihr das Gefühl zurück, dass sie weiterlebte, für eine Weile.

Konrad brannte innerlich in zornigem Schmerz, die dunklen Flammen wurden genährt von maßloser Empörung gegen die unergründlichen Ratschlüsse des Herrn. Die sollte er einfach hinnehmen? »Dein Wille geschehe«? So einen Gott wollte er nicht, dessen Wille doch nichts anderes war als Willkür und Ungerechtigkeit.

Beide wünschten sich, stumpfe, gefühlskalte Menschen zu sein. Vielleicht hätte sie das bewahrt vor dieser alles überlagernden, alle Lebensfreude, alle Zuversicht abtötenden Trauer, die sie umklammerte, die sie vom Treiben der Welt abschloss und die zugleich ihr Innerstes besetzte, jede Faser des Körpers, jeden Winkel der Seele und jede Regung des Geistes.

Warum er? Warum unser Sohn? Warum? Warumwarumwarum?

»Warum nicht?« Der es wagte, eine solche Frage zu stellen, war ihr Pfarrer. »Warum haben Sie erwartet, verschont zu werden?«

Es hatte ihnen nichts gesagt, dass das Schicksal, das sie geschlagen hatte, von ungezählten Eltern geteilt wurde, die Kinder durch Krankheiten, Unfälle, Verbrechen, Hunger und Kriege verloren hatten. Aber auch Gott selbst, daran erinnerte der Pfarrer sie, hatte seinen einzigen Sohn verloren. Dass Gott den Schmerz des Verlustes kannte, dass auch sein Sohn ein grausames Sterben durchlitten hatte, war – wenn schon kein Trost – doch immerhin etwas, woran sie sich festhalten konnten. Was eine unbestimmte Ahnung aufkommen ließ von Gehaltenwerden und Geborgensein, irgendwo. Doch die Frage nach dem Warum blieb.

Die Tage vor Sebastians Tod waren Tage des Abschieds auf Vorrat gewesen. Niemand wusste, wann der Tod in ihr Haus treten würde, nun da Sebastian aus der Klinik zum Sterben nach Hause gekommen war. Diese letzten Tage waren ein ständiges Warten und Bangen gewesen, ausgefüllt mal mit dem Besprechen letzter Dinge, mal mit einfachen Verrichtungen, die dem Sterbenden Erleichterung verschaffen sollten, mal mit der Routine des Alltäglichen, immer in größter Furcht vor dem Unausweichlichen, die Nerven bis zum Äußersten angespannt und nur mühsam zusammengehalten, damit sie nicht einfach rissen. So als seien es Violinsaiten, und als drehe eine unbekannte Kraft immerzu die Wirbel noch ein Stückchen weiter. Immerzu, in jeder Stunde, die verrann, noch ein bisschen mehr. So hatten sie auf das Reißen der Saiten gewartet. Und auf den Tod ihres Sohnes.

Und als er dann ging, ihr Sohn, und sie nichts mehr

für ihn tun konnten als ihn zu begraben und zu betrauern, waren sie beide für kurze Zeit erleichtert, weil die Wirbel sich lockerten und die Saiten an Spannung verloren und das Gefühl nachließ, bis zur Atemnot, bis zum Herzflimmern gestreckt, gezogen, gevierteilt zu werden. Von diesem flüchtigen Gefühl der Entlastung erzählten sie einander nichts. Sie schämten sich für dieses, wie ihnen schien, unangebrachte Empfinden. Über ihre Trauer redeten sie auch nicht. Darüber gab es nichts zu sagen.

Sebastian war neununddreißig Jahre alt geworden. Er war verheiratet gewesen und hatte zwei Kinder hinterlassen, Lukas und Miriam, neun und sechs Jahre alt. Seine Frau hieß Yvette. Alle zusammen hatten auf Marthas und Konrads Grund und Boden gelebt, in zwei Häusern, die dicht nebeneinander standen und durch einen Gang aus Glas miteinander verbunden waren. Es waren kühne, gradlinige, luftige Häuser voller Licht. Konrad hatte sie selbst entworfen, er war Architekt.

Martha und Konrad mochten Yvette nicht so besonders. Um es ungeschminkt zu sagen: Sie hätten sich eine bessere Schwiegertochter vorstellen können. Sie schien ihnen flach, substanzlos und ein bisschen ordinär, nicht gerade das Richtige für ihren feinsinnigen, gebildeten Sohn, der Kunsthistoriker gewesen war und Yvette als Aushilfssekretärin des Museums, das er leitete, kennengelernt hatte.

Und jetzt, während Yvette schwarze Kleidung aus dem Schrank holte und anprobierte und sich vor ihrem unverhüllten Spiegel drehte, lächelnd, und ihre Schwiegereltern fragte, ob sie so zur Beerdigung gehen könne, ob das so »okay« sei, musste Martha das Bedürfnis unterdrücken, sie zu ohrfeigen, und Konrad das Bedürfnis, sie mit dem Kopf gegen den Spiegel zu schlagen.

Und mitten in all diesen Gefühlswogen die Kinder. Denen sie hatten sagen müssen, dass der Vater sterben werde. Dass sie ihn dann nicht mehr sehen und hören könnten. Dass sie sich ihm aber mit allem anvertrauen dürften. Dass er beim lieben Gott sein und aus dem Himmel auf sie herabschauen und sie beschützen werde wie ein Schutzengel. Dass er in einem anderen Sinne lebendig bleibe, solange sie sich an ihn erinnerten. Martha schüttelte es bei diesen Gesprächen, denn sie sah, wie in den kindlichen Gesichtern das Vertrauen in die Erwachsenen und in die Ordnung der Dinge langsam überlagert wurde durch Unglauben und Zweifel. Und sie teilte den Unglauben, teilte die Zweifel.

Die Kinder glaubten an die Allmacht Gottes und der Erwachsenen. Wie konnte da ihr Vater sterben? Wie konnte Gott ihren Vater zu sich rufen, wo sie alle ihn doch viel nötiger brauchten?, fragte Lukas. Wieso konnte nicht einmal die Oma ihn gesund machen?, fragte Miriam. Ach, es war zu früh für die Kinder, wie konnte das Unsägliche, das Unverstehbare, ihnen vermittelt, von ihnen verstanden werden? Sie, die ohnmächtigen Erwachsenen, verstanden es ja selbst nicht.

Als Martha und Konrad nach der Trauerfeier begannen, sich einem Leben ohne Sebastian zu stellen, mussten sie erst einmal mit ihrer Verstörung darüber fertig werden, wie Yvette die Beerdigung als Bühne für ihre Selbstdarstellung als schöne, tragische Witwe genutzt hatte. So sahen sie es jedenfalls. Gerade noch hatten sie den weiß lackierten, goldverzierten Sarg verhindern können, den Yvette ausgesucht hatte. Aber Yvette selbst konnten sie ja nun schlecht verhindern. Wie sie sich aufgeführt hatte! Geziert gedreht hatte sie sich, hüftschwenkend war sie zum Grab gestöckelt, wo sie so lauthals schluchzte und sich an den armen Kindern festhielt, dass Martha und Konrad sich genötigt sahen einzugreifen, die Kinder sanft wegzuziehen und tröstend im Arm zu halten. Und auch jetzt waren die Kinder überwiegend bei ihnen, denn Yvette lief überhaupt nur noch mit verquollenen Augen jammernd umher und war den Kindern ganz sicher keine Stütze.

Keine Haltung, keine Selbstdisziplin, kein Stil, keine Form.

Martha und Konrad waren sich darin einig, dass Haltung das Wichtigste war, wollte man die Wechselfälle des Lebens bestehen. Haltung gab auch der Seele Halt, ordnete das Innere wie das Äußere und sorgte für eine passable Erscheinung auch in Zeiten tiefster Erschütterung. Das hatten sie beide schon immer so gesehen, es bedurfte keiner Verständigung.

Worüber sie sprachen, war, was sie, nachdem sie ihren Sohn verloren hatten, noch Lohnendes finden konnten, worauf sie ihr Leben gründen konnten. Und es war doch viel. Einander hatten sie, das war ein ruhiger Gleichklang innigen Verstehens. Ihren Glauben hatten sie, wenn er auch durch ihr verzweifeltes Flehen und Hadern etwas verschlissen war, wie ein viel genutzter Lieblingssessel. Sie hatten die Kunst, die Literatur und die Musik.

Konrad beschäftigte sich vor allem mit Baukunst, Martha mit Lyrik.

Freunde hatten sie natürlich auch, viele davon seit Jahrzehnten. Das trug.

Und vor allem hatten sie die Enkelkinder. Immer öfter sogar, denn Yvette bekam nur Halbwaisenrente für die Kinder und eine schmale Witwenrente. Sie musste arbeiten gehen, und Lukas und Miriam gingen dann durch den Glasgang zu Oma und Opa. Oder sprangen durch den Glasgang. Oder tobten hindurch. Es kehrte Normalität ein, mehr und mehr.

Die Gegenwart der Kinder ihres Sohnes, ihre Lebendigkeit, ihr erwartungsvoller Blick auf das Leben und die Zukunft belebten auch Martha und Konrad. Konrad hatte sein Architekturbüro an Jüngere übergeben und war nur noch Ehemann und Großvater. Er saß im Ohrensessel, Lukas an seine Seite gekuschelt, und las ihm vor. Obwohl Lukas natürlich längst selbst lesen konnte. Aber so war es viel gemütlicher. Martha buk Plätzchen mit Miriam, lehrte sie Kinderlieder, gab ihr Kinderrätsel zu lösen. Was hängt an der Wand, gibt jedem die Hand? Alle zusammen hörten sie Musik. Die *Kindersinfonie*. Oder *Peter und der Wolf*. Rasch lernten die Kinder, die Instrumente zu unterscheiden. Die Großeltern gingen ins Kindertheater mit den Kindern und einmal sogar in die Oper, als es die *Zauberflöte* gab, die war so schön bunt, spielerisch, märchenhaft. Als sich Pa – Papa in Papageno und Papagena auflöste, hatten sie alle vier ihren Spaß. Sie hörten auch geistliche Musik. Von Bach ging für Martha und Konrad der größte Trost aus. Seine überirdische Musik, ihm offenbar aus himmlischen Sphären zugefallen, besänftigte für den Moment die schlimmsten Aufwallungen und gab ihnen einen Begriff davon, was gemeint war mit der Verheißung *Ich will euch erquicken.*

Yvette lag in ihrem Haus auf dem Bett mit rotgeweinten Augen und viel Wein und hörte Kantaten und Rezitative herüberwehen. Was fanden die nur an diesem Gedudel und Gesinge? Und die Texte: *Wir setzen uns mit Tränen nieder* – wer um alles in der Welt drückte sich denn so aus? Und *Mein Herze schwimmt im Blut,* direkt brutal. Das konnte man doch nicht in Gegenwart der Kinder abspielen. Sie ging durch den Glasgang und holte die Kinder da raus. Zum Essen, wie sie sagte. Obwohl sie kein Essen vorbereitet hatte. »Meine Leber schwimmt im Sekt« – dachte sie und grinste innerlich. Martha und Konrad starrten ihr nach.

Ein Jahr später verliebte sich Yvette in Marvin. Lukas ging nun schon auf die weiterführende Schule – eine Gesamtschule, kein Gymnasium, wie es Martha und Konrad bevorzugt hätten. »Ich will kein Gymnasium, der soll sich erst gar nix einbilden.« »Aber Kind, er …« »Ich bin nicht dein Kind, und Lukas kommt auf die Gesamtschule, und basta.« »Aber sieh mal, er ist so begabt, er könnte doch …« »Ende der Durchsage, kapierst du's nicht? Ich bin die Mutter, und ich sage, er geht zur Gesamtschule.« Und dabei blieb es.

Marvin trank, wenn auch nur abends und an den Wochenenden. Unter der Woche arbeitete er tagsüber als Elektriker. Da konnte er sich keine Nachlässigkeiten erlauben. Aber er war unberechenbar, wenn er zu viel intus hatte. Yvette ging darüber hinweg. Sie war verliebt. Dennoch konnten Martha und Konrad die beiden manchmal streiten hören, so laut war ihr Geschrei. Als Konrad eines Tages beim Gang zur Mülltonne auf Yvette traf und sah, dass sie eine Prellung am Jochbein hatte, begannen sie, sich ernsthaft Sorgen um die Kinder zu machen.

Marvin fand diese Etepetete-Ex-Schwiegereltern seiner neuen Flamme etwas merkwürdig mit all ihrem Chichi. An Wochenenden und manchen Abenden fand er sie mit steigendem Alkoholpegel einfach nur »zum Kotzen«. Was ihn nicht gehindert hatte, sich auf ihrem Grund und Boden breitzumachen, wenn auch nur in Yvettes Haus. Als Martha, sehr sanft, Yvette auf die Prellung ansprach und ihre Vermutung äußerte, dass Marvin wohl der Urheber dieser Verletzung war, mussten Martha und Konrad fortan außen herum gehen und klingeln, wenn sie Yvettes Hausteil betreten wollten. Der Glasgang war versperrt. Wann sie die Kinder sahen und ob überhaupt, war nun mit Marvin abzustimmen. Der schrieb ihnen bald auch vor, was sie mit den Kindern machen durften und was nicht. Keine Hausaufgaben zum Beispiel. Keine klassische Musik. Keine Gedichte. Mit diesem ganzen überkandidelten Kram sollten die Kinder nicht vollgestopft werden. Die regulierten Besuche der Kinder wurden seltener und, was schlimmer war, freudloser.

Martha und Konrad ahnten, dass es unklug sein könnte, aber sie fühlten sich derartig gedemütigt, dass sie nur eine Möglichkeit sahen, wieder etwas mehr Macht über Yvette zu erlangen: Sie verlangten Miete von ihr. »Solange Sebastian lebte, konntet ihr kostenlos wohnen. Aber jetzt ist das ja wohl nicht mehr einzusehen, wenn wir dein Haus noch nicht einmal betreten dürfen.«

Daraufhin zogen Yvette und Marvin aus. Mit den Kindern. Die kamen zwar noch öfter vorbei, aber so wie früher, so unbefangen und heiter, waren diese Besuche nicht mehr.

Und dann, als Miriam einmal bei ihnen badete und liebevoll von Martha trocken »gerubbelt und geschubbelt« wurde, entdeckte Martha mehrere großflächige blaue Flecken auf Miriams Rücken. Da gingen Martha und Konrad zum Jugendamt, heimlich. Sie wollten Yvette und Marvin lieber nicht vorwarnen. Beim Jugendamt erzählten sie von zu viel Alkohol, zu viel Gezänk und Geschrei und einem vermutlich gewalttätigen Stiefvater.

Yvette reagierte sofort, als das Jugendamt sich bei ihr meldete und sie und Marvin zum Gespräch einlud. Sie verbot den Kindern, die Großeltern zu besuchen. Klingelte dafür eigens bei Martha und Konrad an: »Die Kinder seht ihr nie wieder, das könnt ihr vergessen.« Irgendetwas Bedenkliches wurde bei den Nachforschungen des Jugendamtes nicht zutage gefördert. Und das sagte man Martha und Konrad auch.

Sie hatten nun nichts erreicht. Und durften die Kinder nicht mehr sehen.

Da fiel ihnen der Kredit ein, den sie vor vielen Jahren ihrem Sohn und Yvette gegeben hatten. Zwanzigtausend Euro zinslos für die Einrichtung im neuen Haus. Sebastian und Yvette hatten dafür unterschrieben, aber solange Sebastian gelebt hatte, war zwischen allen Beteiligten unausgesprochen klar gewesen, dass der Kredit praktisch nur aus einem zufälligen Lottogewinn hätte zurückgezahlt werden müssen. Die Ablösung galt stillschweigend als unbegrenzt aufgeschoben. Diesen Kredit kündigten sie nun und forderten Yvette zur Rückzahlung auf. Insgeheim hofften sie, dass Yvette jetzt einknicken würde.

Aber das Gegenteil war der Fall. Yvette war der Meinung, dass sie das Geld geschenkt bekommen hatte. »Verklagt mich doch!«, sagte sie.

Und das taten sie. Verklagten Yvette.

Zu mir kamen Martha und Konrad, weil sie überlegten, die Vormundschaft für Lukas und Miriam zu beantragen. Und zwar, weil die Kinder vom Stiefvater geschlagen und von der Mutter nicht geschützt wurden. Nur konnten Martha und Konrad das nicht beweisen, es gab lediglich die blauen Flecken an Miriams Rücken, die sie einmal entdeckt hatten, als sie die Kinder noch hatten sehen dürfen. Und außerdem war es alles andere als sicher, dass die Kinder, voraussichtlich bestens präpariert, gegen den Freund der Mutter vor Gericht aussagen würden. Also beschlossen die Großeltern, sich erst einmal um die Wiederaufnahme des Kontakts zu bemühen und dafür vor das Familiengericht zu ziehen.

Wir fanden keine Unterstützung, von niemandem. Die aber wäre bitter nötig gewesen, denn Großeltern, die geregelten Kontakt zu ihren Enkelkindern wollen, müssen plausibel machen, dass der Kontakt für die Kinder wichtig ist. Dafür sprach zwar die enge Beziehung von Geburt an, und auch dass die Kinder in ihrer schlimmsten Leidenszeit maßgeblich von den Großeltern aufgefangen worden waren. Sonst aber nichts und niemand, nicht einmal die Kinder. Denn die, von der Richterin angehört, wollten einfach nur, dass die Erwachsenen aufhörten zu streiten, und waren ansonsten verzweifelt über das plötzliche Auseinanderbrechen von allem, was ihnen Halt und Sicherheit gegeben hatte. Mehr war aus ihnen nicht herauszubringen, vor allem nicht, ob sie nun die Großeltern sehen wollten oder nicht. Sie weinten mit gesenkten Köpfen, als sie aus dem Gerichtssaal kamen und von Marvin in Empfang genommen wurden.

Als die Richterin dann noch vom Jugendamt erfuhr, dass Martha und Konrad mit ihrer Schwiegertochter wegen eines Kredits vor dem benachbarten Landgericht lagen, wies sie unseren Antrag ab. Die Konflikte der Erwachsenen würden die Kinder zu sehr belasten, dabei sei gleichgültig, wer daran die Schuld trage. Man müsse den Kindern jetzt Ruhe gönnen.

Yvette war mit Marvin und den Kindern nur ein paar Straßen entfernt untergekommen. Martha und Konrad begegneten den Kindern manchmal zufällig, blieben stehen, luden sie auf ein Eis oder eine Schokolade ein. In ihrer Not baten sie die Kinder, davon zu Hause nichts zu verraten. Aber Yvette fand es rasch heraus. Miriam war ja noch klein und nicht so geschickt. Sie verplapperte sich. Yvette ließ ihren Anwalt auf Martha und Konrad los. Sie hätten die Kinder nicht »abzufangen«.

»Sie kann uns ja wohl nicht verbieten, auf öffentlichen

Straßen spazieren zu gehen, wie es uns beliebt.« Doch, das konnte sie. Das Gericht erließ eine einstweilige Anordnung. Die Mutter habe das Sorgerecht und dürfe den Umgang der Kinder bestimmen. Komme es zu einer zufälligen Begegnung, hätten Martha und Konrad von sich aus den »erforderlichen Abstand« herzustellen.

Woraufhin die beiden, in ihrer noch größeren Not, Wege außerhalb der Schulwege abgingen, die auch die Kinder häufig benutzten, zum Beispiel um zu Freunden oder zum Sport zu gelangen. Trafen sie dann auf eines der Kinder, grüßten sie freundlich und wechselten die Straßenseite, wie das Gericht es ihnen auferlegt hatte. Von dort winkten sie ihren Enkelkindern zu. Traurig sahen sie zu, wie beide Kinder von Begegnung zu Begegnung ihre Zuneigung und Freude immer mehr verbargen, sich scheuer gaben, sich angstvoll an ihnen vorbeidrückten, den Blick zu Boden gerichtet. So ging es drei, vier Male.

Marvin bemerkte eher als Yvette eine Veränderung bei den Kindern. Ein Wispern hier und da, eine gewisse Aufgeregtheit, manchmal mehr Zuversicht und Lebensmut. Marvin war schlau und fuhr den Kindern nach. Beobachtete, was sich abspielte, und sorgte dafür, dass Yvettes Anwalt wieder von der Kette gelassen wurde. Martha und Konrad wurden nun Zwangsgelder angedroht.

Sie gaben auf. Sie sahen ein, dass sie die Kinder indirekt aufstachelten, vor der Mutter Heimlichkeiten zu haben oder sich gar gegen sie zu stellen. Sie sahen ein, dass sie durch die künstlich herbeigeführten Begegnungen die Kinder immer wieder mit der verfahrenen Familiensituation konfrontierten. Sie sahen ein, dass sie dadurch immer weniger Freude und immer mehr Leid über die Kinder brachten. Es brach ihnen beinahe das Herz, aber sie sahen es ein und handelten danach.

Lukas war fünfzehn, knapp sechzehn, als er in Begleitung von Martha in meine Kanzlei kam. »Der hat mich geschlagen, ich musste da weg.« Es war nicht Marvin, von dem die Rede war. Marvin war kurz nach dem letzten Scharmützel vor dem Familiengericht aus Yvettes Leben verschwunden. Es folgten ein Martin (»Da musste sie nicht viel austauschen«, warf Martha an dieser Stelle ein), ein Frank, ein Thomas, alle mehr oder weniger nett zu den Kindern, alle mehr oder weniger herrisch. Ausnahmslos alle jedoch legten die Regeln des Zusammenlebens allein fest, und die anderen, auch Yvette, richteten sich danach. Die Zeit von Thomas, der Lukas gern demütigte und herabsetzte als »Null« und »hohle Nuss«, erlebte Lukas auf dem Höhepunkt der Pubertät. Er opponierte, was ihn den Platz im Herzen seiner Mutter kostete. Sie sprach einige Monate nicht mit ihm. Den Kontakt zu ihren eigenen Eltern hatte sie längst abgebrochen, als diese bei Lebensgefährte Nummer drei gefragt hatten, ob es sich lohne, sich seinen Namen zu merken. Sie durften die Kinder nun auch nicht mehr sehen.

»Das müssen Sie sich mal vorstellen«, sagte Martha, »alle Großeltern hat sie aus Eigennutz den Kindern weggenommen. Dass sie irgendeinem ihrer Männer mal irgendetwas entgegenzusetzen hat, mag man ja schon gar nicht mehr von ihr erwarten.«

Als Thomas aus dem Leben von Yvette verschwand

und durch Jonas ersetzt wurde, begann Yvette wieder, mit Lukas zu sprechen. Sie hatte nun aber an ihm nur noch einen mürrischen, verschlossenen Hausgenossen mit zumeist finsterer Miene, der sich, soweit es ging, aus dem Familienleben zurückzog. Und dann, eines Morgens, Yvette war noch nicht aufgestanden, vermisste Jonas zwanzig Euro und verdächtigte Lukas, der den Verdacht empört von sich wies. Da er verächtlich hinzufügte: »Du kannst mich mal, Alter«, holte Jonas zu einer Ohrfeige aus. Die saß, und Lukas schnürte sein Bündel und schellte an dem modernen, kühnen, luftigen, lichtdurchfluteten Haus an, in dem seine Großeltern wohnten.

»Ich hab erst meine Mutter geweckt und ihr gesagt, dass der mich geschlagen hat«, berichtete Lukas mir stockend. »Sie hat mir nicht geglaubt. Sie hätte den sowieso nicht weggeschickt«, fügte er mit bitterer Miene hinzu. Martha streifte, kaum wahrnehmbar, mit einer kleinen Streichelbewegung seinen Unterarm.

Es war schon ein junger Mann, der sich da bei mir eingefunden hatte, blond gelockt, fast einen Kopf größer als seine Großmutter, ein bisschen ungelenk, aber das würde sich auswachsen. Ebenso wie die Spuren von Babyspeck, die seinen Körper eher schwer als kräftig erscheinen ließen und seine Bewegungen zwar weich, aber nicht anmutig. Auch das Gesicht war noch ein wenig rundlich und trug einen Ausdruck von kindlichem, verzweifeltem Trotz zur Schau, gemischt mit ebenso verzweifelter Hoffnung. »Mir reicht's jetzt«, sagte er mir, »ich will nicht zurück, und ich will mit der nichts mehr zu tun haben.« »Und Miriam?« »Meine Schwester muss selbst wissen, was sie will. Sie ist dreizehn, die können sie nicht festbinden. Vielleicht kommt sie ja nach. Ich geh da jedenfalls nicht mehr hin.«

Er wird sich mit seiner Bitterkeit vergiften, dachte ich. Er weiß noch nicht, dass man sich nicht einfach von seinen Eltern lossagen kann. Nichts wird dadurch gelöst, nichts besänftigt. Ins Gleichgewicht wird er erst kommen, wenn er einen erwachsenen Umgang mit seiner Mutter findet, ausgesöhnt und abgegrenzt zugleich. Obwohl mir bewusst war, dass es zu früh dafür war, wollte ich das gern noch anbringen, denn ich wusste ja nicht, wie oft ich noch Gelegenheit haben würde, mit ihm zu sprechen. »Lukas, darf ich Ihnen einen persönlichen Rat geben?« Ich wartete, bis er nickte.

Lukas weinte, während er mir zuhörte, erst stille Tränen, dann die dicken, runden Tränen eines Kindes. Das ganze Unglück seiner Kindheit stürzte aus seinen Augen.

»Es war so furchtbar«, brach es aus ihm heraus. »Wir hatten so ein schlechtes Gewissen, Miriam und ich. Wir haben Oma und Opa verraten. Aber – wir durften doch nichts sagen. Was hätten wir denn tun können?«

»Hattet ihr Angst, eure Mutter auch noch zu verlieren?« Lukas nickte. »Und es ging nicht, dass ihr allen gleichzeitig die Treue hieltet, eurer Mutter und euren Großeltern, war es so?« Statt einer Antwort weitere Tränen, jedoch allmählich versiegend. Seine Großmutter nickte ihm zu, sie verstand ihn ja auch. »Junge, du musst nicht denken, wenn du jetzt bei uns bist, dass du deine Mutter nicht mehr liebhaben darfst. Wir wollen einfach nur, dass es dir gutgeht, und wir unterstützen dich in allem, glaub mir.«

In der Gerichtsverhandlung fand die Richterin deutliche Worte für Yvette. Besonders als sie hörte, dass Yvette mittlerweile ihrem Sohn das Haus verboten hatte. »Hausverbot für Ihren eigenen Sohn? Was soll das? Wollen Sie mit Gewalt die Beziehung zu Ihren Kindern zerstören? Müssen Sie sich immer und immer wieder gegen Ihre Kinder entscheiden, wenn es darum geht, sich mit einem Ihrer Männer zu verbünden? Wollen Sie wirklich weiterhin alle Konflikte durch Kontaktabbruch regeln – erst mit Ihren Schwiegereltern, dann mit Ihren eigenen Eltern, nun sogar mit Ihrem Sohn? Wenn Sie so weitermachen, verlieren Sie über kurz oder lang beide Kinder.« Lukas saß dabei, zu verwirrt und niedergeschlagen, um zu triumphieren. Das Jugendamt erhielt die Vormundschaft und ließ Lukas bei Martha und Konrad. Eine Zeitlang kümmerte sich ein Kinder- und Jugendtherapeut um ihn und bezog Yvette ein, so dass Lukas jetzt wieder mit seiner Mutter redet.

Lukas wechselte auf ein Gymnasium mit musischem Zweig. Er erhält Klavier- und Querflötenunterricht. Er will Orgel und Gesang studieren und Organist und Kantor werden. Miriam ist bei ihrer Mutter geblieben. Sie besucht Martha und Konrad und Lukas oft, fast täglich nach der Schule. Sie macht ihre Hausaufgaben dort, sie darf das jetzt.

Sie will vielleicht Architektin werden. Wie ihr Großvater.

Das andere Geschlecht

Paula prallte zurück und warf die Tür zu, sofort nachdem sie einen Blick in ihr Schlafzimmer geworfen hatte. Was sie gesehen hatte, wollte sie nicht glauben. Vielleicht träumte sie nur? Aber sie wusste, dass sie wach war, nur zu wach leider. Martin – wie konnte er das tun? Wie konnte er nur? Sie ging in die Küche, mechanisch machte sie sich einen Kaffee. Sie zog den Stuhl heran und setzte sich. Sie rührte den Kaffee um. Sie nahm einen Schluck. Verwundert, wie all das gelang. Wie immer. Sie starrte aus dem Fenster. Die Kinder spielten im Garten, ahnungslos, sie hatten es gut.

Irgendetwas war erloschen, vielleicht der unbekümmerte Glaube an das Immerwährende, an ihr gegenseitiges, ewiges Versprechen. So etwas also war gemeint mit den schlechten Tagen? Sogar so etwas?

Martin erschien in der Küchentür, sie fuhr hoch, und fast hätte sie ihm ins Gesicht geschlagen, in dieses Gesicht, das eben noch …

»Wir müssen reden«, sagte Martin heiser. Er räusperte sich. Seine Schultern hingen. Noch nie hatte sie seinen Körper so gesehen, so wehrlos, so offen in der Haltung, so ohne jede Spannung.

»Was gibt es da zu reden?«

»Es hat nichts mit dir zu tun, ich meine …«

»Ach nein? Spinnst du? Du machst alles kaputt, alles,

und es hat nichts mit mir zu tun?« Paulas Stimme überschlug sich.

Sie waren beide Ende zwanzig. Sie waren seit sechs Jahren verheiratet. Sie hatten zwei Kinder, fünf und drei Jahre alt. Und jetzt war alles, ihrer aller Leben ins Trudeln geraten.

Sie kannten sich seit ihrer Kindheit, waren in demselben kleinen Örtchen groß geworden, hatten miteinander die Schulbank gedrückt. Martin war ein zarter, hübscher Junge gewesen, von einer eigenwilligen Schönheit, die auf Kontrasten gründete: dunkle Haare, blaue Augen, Sommersprossen. Paula war ein Mädchen wie aus einem Kinderbuch entstiegen, mit einem herzförmigen Gesicht, roten Wangen und dicken, blauschwarzen Zöpfen. Sie war immer zu Späßen und Streichen aufgelegt. Martin dagegen war eher still und in sich gekehrt.

Vielleicht ist er so, dachte Paula später, weil sein Vater früh gestorben ist. Er lebte mit seiner Mutter allein, war ein Einzelkind und fühlte sich früh verantwortlich für das Lebensglück seiner Mutter. Tag für Tag. Die Mutter musste arbeiten gehen, was blieb ihr auch übrig, Witwenrente und Halbwaisenrente waren schmal. Martin wurde ein Schlüsselkind, als er zehn Jahre alt war. »Essen steht im Kühlschrank, du musst den Herd ganz niedrig stellen.« Oder: »Kannst du bitte heute staubsaugen?« Oder: »Bitte hol noch rasch sechs Eier, bin nicht dazu gekommen.« Das stand auf den Zetteln, die er vorfand, wenn er nach Hause kam. Eine Schicksals- und Arbeitsgemeinschaft, eingespielt, verschworen.

Paula lebte in einer großen Familie, sie hatte drei Geschwister. Als ihre Eltern von dem Schlüsselkind Martin hörten, beschlossen sie, ihn mindestens zweimal wöchentlich zum Essen in ihr Haus zu bitten. Auf einen weiteren Esser bei Tisch kam es nicht an. Martin fühlte sich wohl in dieser lebhaften Familie, in der während der Mahlzeiten einer den anderen zu übertönen versuchte bei den Erzählungen über die Ereignisse des Vormittags, in der es Eifersüchteleien gab und Gezänk. Meist sagte er kein Wort, trug nichts zur Unterhaltung bei, beobachtete nur, ließ sich treiben durch all diese fröhlichen Turbulenzen. Niemand störte sich an seinem stillen Dabeisitzen, alle nahmen ihn so, wie er war. Nachmittags machte er mit Paula Hausaufgaben.

Als sie von der sechsten in die siebte Klasse versetzt wurden, sagte man ihnen, dass die Klasse aufgelöst werden müsse und die Schüler auf die anderen beiden Klassen desselben Jahrgangs verteilt würden. Martin und Paula wurden getrennt. »Wir machen alles so weiter. Wir sehen uns.« »Ja, wir sehen uns.« Und das war es. Sie fanden andere Schulfreunde, verloren sich aus den Augen. Wenn sie sich im Schulflur oder auf dem Pausenhof zufällig begegneten, waren sie jetzt ein wenig beklommen und schuldbewusst. Ein etwas verhuschtes »Hi!«, dann war der Form auch schon Genüge getan, und sie waren aneinander vorbei.

Es wurden sowieso andere Dinge wichtig. Bei Paula waren es Schwärmereien, zunächst für eine Lehrerin, dann für eine Schülerin der Oberstufe. Paula gewöhnte sich an, diese Schülerin regelmäßig abzufangen, mit

Bauchgrimmen und in dem Bestreben, ihr irgendwie zu imponieren, durch eine Frage, eine Bemerkung. Wenn sie es geschafft hatte, eine Begegnung mit der Angebeteten herbeizuführen, wenn sie ihre Frage oder ihr Sprüchlein losgeworden war, legte sich die Nervosität ein wenig, machte einem aufgeregten, triumphalen Gefühl Platz und einem noch größeren Verlangen als zuvor, sie wusste nicht, wonach.

Martin hatte keinen Schwarm. Er hatte mit sich selbst genug zu tun, vor allem mit seinem Körper. Seine Mutter hatte ihm irgendwann, beiläufig und mit allen Anzeichen der Verlegenheit, eine Art Erklärung für die verstörenden körperlichen Vorgänge gegeben, die es da seit einiger Zeit gab. Seine Phantasien und Vorlieben entdeckte er, indem er sich selbst befriedigte. Zweimal tat er das mit seinem besten Freund Hans zusammen, sie fassten sich gegenseitig an, wollten erfahren, wie es ist, wenn fremdes Fleisch, fremde Haut die Lust steigert. Es gab danach keine Wiederholung. Auch kein verschwörerisches Grinsen, kein Prahlen. Und erst recht waren diese Stunden zwischen ihnen kein Gesprächsthema, nie. Martin wurde den Verdacht nicht los, dass er den Vorfall – so nannte er bei sich dieses Erlebnis – anders empfunden hatte als Hans. Der hatte das Zusammensein mit einem Jungen wie einen Ersatz für das Eigentliche, das wahre Was-auch-immer erlebt, so hatte er es jedenfalls angedeutet. Ganz okay. Aber eben nur ein Ersatz. Aber für ihn, für Martin, hatte es sich falsch angefühlt, mechanisch irgendwie, als sei er gar nicht richtig dabei. Anders, als es sein sollte. Fremd. Ein unverdauliches Gefühl, er schloss es lieber ein und beachtete es nicht weiter.

Paula schwärmte bald für Jungen statt für ältere Schülerinnen und hatte dann eine Reihe von Beziehungen, die in erster Linie dazu dienten, herauszufinden, was sie sich wünschte und was sie fordern und geben konnte.

Martin hatte seine erste Freundin mit achtzehn.

Nach dem Abitur machten beide, Paula und Martin, eine Ausbildung und sahen sich während dieser Zeit überhaupt nicht mehr. Martin wurde Tischler und beschäftigte sich mit ökologischem Möbelbau und Feng Shui. Paula ging in den öffentlichen Dienst.

Dann begegneten sie sich zufällig auf einer Party. Die Zeit und ihre verschiedenen Wege hatten für so viel Fremdheit zwischen ihnen gesorgt, dass ihr Begehren entfacht war, kaum dass sie einander erblickt hatten. Sie redeten den ganzen Abend miteinander, blendeten alle anderen Gäste aus und fühlten sich unvertraut und nah zugleich. Sie wurden ein Paar, dann ein Ehepaar und dann eine Familie. Ihr gemeinsames Leben war heiter, Paulas Fröhlichkeit färbte auf Martin ab, und wenn sie Paulas Eltern und Geschwister besuchten, fühlte Martin sich in seine Schülertage zurückversetzt, damals, als diese Familie ihn so freundlich und selbstverständlich aufgenommen und gewärmt hatte.

Nun saßen sie mir gegenüber, weil sie sich scheiden lassen wollten. Martin hatte den Termin vereinbart, und ich klärte als Erstes Paula darüber auf, dass ich seine, nicht ihre Interessen zu vertreten hätte. Beide nickten.

Martin war auch als erwachsener Mann ungewöhnlich

schön, auf eine verträumte Weise, mit feinen Gesichtszügen. Die langen, glänzenden Haare standen ihm sehr gut, er war der Typ dafür. Nur die erstaunlich blauen Augen waren vielleicht etwas zu stechend. Paula wirkte noch immer ein wenig jugendlich, sie war schmal und flachbrüstig, eine kindliche Figur, ein kleines reizendes Gesicht mit schwarzen Mandelaugen, die Haare lose zu einem dicken Pferdeschwanz zusammengefasst. Wie das Lisei im Pole Poppenspäler, dachte ich.

Ich hatte des Öfteren Ehepaare bei mir, die eine einvernehmliche Scheidung wünschten. Sie hatten ihre Trennungszeit gemeinsam mit oder ohne juristischen Beistand durchgestanden und sich gegenseitig leben lassen. Sie hatten sich in ihren neuen Rollen als getrennte Eheleute zusammengerauft, trotz all der Verletzungen und Schmerzen, die mit jeder Trennung einhergehen, und wollten nur noch den juristischen Schlussstrich ziehen. Allerdings hatte ich noch nie ein Paar erlebt, das mit einem Scheidungswunsch zu mir kam und sich, wie Martin und Paula, die ganze Zeit an den Händen hielt. »Sind Sie sicher?«, fragte ich daher. »Es geht nicht anders«, sagten sie beide.

»Wie lange geht das schon so?« Paula hatte die Frage voller Zorn hervorgestoßen. »Seit Jahren«, antwortete Martin. »Seit Jahren!«, echote Paula. Ihr wurde übel.

Er hatte im Schlafzimmer vor dem Spiegel gestanden. Sich von drei Seiten betrachtet. Ein paar tänzerische Schritte gemacht und sich gedreht. Er hatte Frauenkleidung angehabt. Er hatte auf High Heels gestanden. Er war sorgfältig geschminkt gewesen. Keine Drag-Queen, sondern eine dezent zurechtgemachte Frau. Zurechtgemacht auf eine Weise, der man ansah, dass es hier nicht um ein Spiel ging. Zurechtgemacht auf eine Weise, die außer Geschmack vor allem Übung verriet, viel Übung, lange Übung. Seit Jahren diese Neigung, und er hatte ihr kein Wort gesagt. Noch nie in ihrem Leben hatte Paula sich so verraten gefühlt. Ihre Ehe ein Witz, alles auf Betrug und Täuschung aufgebaut. Ihr war, als habe Martin ihr den Boden unter den Füßen weggezogen und darunter täte sich ein abgrundtiefes Loch auf.

Und es sollte noch schlimmer kommen. Martin eröffnete ihr, er müsse eine Frau werden.

Er musste das jetzt einfach klären und regeln, sofort. Er war todtraurig und erleichtert zugleich, dass es nun heraus war. Dass es keine Umkehr mehr gab. Dass er nicht länger in Verstellung leben musste. Im Laufe seiner Pubertät war ihm mehr und mehr klargeworden, dass er eigentlich als Frau zur Welt hätte kommen müssen, nur hatte eine launige Natur sich einfallen lassen, ihm einen männlichen Körper mitzugeben. Der musste nun weg, endgültig. Lange hatte er es nicht wahrhaben wollen. Dann hatte er dagegen angekämpft, hatte geheiratet, eine Familie gegründet. Er hatte Frauenkleider gekauft, versteckt, angezogen, weggeworfen. Und wieder gekauft und wieder versteckt und wieder angezogen und wieder weggeworfen. Und wieder und wieder versucht, diesen Drang zu bezwingen. Und doch wieder und wieder dem Drang nachgegeben. Jetzt war es entschieden.

Als die beiden zu mir kamen, hatte er bereits einen

klinischen Spezialisten für die psychiatrische und körperliche Diagnostik und eine Psychologin für das erforderliche Gutachten aufgesucht. Die Psychologin sollte auch den Umwandlungsprozess begleiten.

Paula und Martin erklärten mir, das Gesetz verlange von ihnen die Scheidung. Unabhängig von ihrem Willen, eine Ehe zu führen und eine Familie zu bleiben. Ich wusste das. Zwei Frauen durften nicht verheiratet sein, auch nicht, nachdem die Lebenspartnerschaft für gleichgeschlechtliche Paare eingeführt worden war. Das war eben immer noch etwas anderes als eine Ehe. Weniger.

Die beiden hatten, nachdem Martin seine Wünsche und Absichten einmal kundgetan hatte, eine kriegerische Zeit miteinander gehabt, geprägt von Auseinandersetzungen, haltlosen Vorwürfen, Ultimaten, verletztem Schweigen und immer wieder neuen Kränkungen. Martin ging jetzt ab und zu in Frauenkleidung aus dem Haus. Er würde sowieso nach Erstellung des Gutachtens im öffentlichen Leben immer als Frau auftreten, denn er musste nach dem Gesetz eine mehrmonatige Erprobungsphase des Rollenwechsels durchlaufen. »Durchstöckeln, meinst du wohl«, korrigierte Paula. Sie sah sich das alles an, von außen, befremdet, verstört, abgestoßen. Dieser Mann – diese Frau da – gehörte nicht zu ihr.

Doch Martin ging seinen Weg unbeirrt weiter. Er war sich sicher in seiner Entscheidung, jetzt endlich. Er war sich aber auch sicher in seiner Entscheidung für Paula, damals, als sie geheiratet hatten. Er liebte sie, er liebte die Kinder (»Die Kinder!«, rief Paula, höhnisch), er liebte sein Familienleben so, wie es war. Für ihn hatte sich ja auch gar nichts geändert. Alles, was verkraftet werden musste, lag bei Paula. Und würde bei den Kindern liegen, irgendwann.

Er rief seine Mutter an und informierte sie. Sie reagierte wie erwartet. »Junge! Was du mir antust!« Wenn doch wenigstens sein Vater noch wäre, dass sie nicht mit all dem allein fertig werden müsse. Dann wollte sie wissen, ob sie ihn jetzt nicht mehr mit Martin anreden dürfe. Ein weinerlicher Tonfall. Martin war versucht, aufzulegen. Stattdessen erklärte er ihr, dass er nach der Erprobungsphase – »Frauenkleider! Um Gottes willen!« – einen Antrag auf Namensänderung stellen werde. Er werde dann Romana heißen, Romana Molitor. »Ich habe doch keine Romana geboren!« Martin konnte die Ausrufezeichen praktisch mithören und hatte Mühe, seine Mutter nicht mit scharfen Worten zurechtzuweisen. Stattdessen sagte er, so sachlich er konnte, sie könne ihn ja einstweilen Martina nennen, als Arbeitsname sozusagen.

Dann legte er auf, sammelte sich und rief meine Kanzlei an. Es war Zeit für die Scheidung.

Als Paula hörte, dass es nun unwiderruflich so weit war, dass Martin, ihr Mann, ihre Frau, Martina, Romana, sich scheiden lassen werde, war sie empört. Sie wunderte sich selbst darüber, dass ihre Empörung auf einmal gar nicht Martin galt, sondern einem Gesetz, das in einer so persönlichen Angelegenheit nicht nach ihren und Martins Wünschen fragte, sondern ihnen die Scheidung einfach abverlangte. So als hätten sie da gar nichts mitzubestimmen. So als gäbe es sie und die Kinder gar nicht. »Ich will mich gar nicht scheiden lassen«, sagte sie zu Martin, staunend, mit sich selbst fremdelnd. Doch Martin war ihr nicht fremd, er blieb derselbe – dieselbe – unabhängig von seiner – ihrer – äußeren Erscheinung.

Sie kamen wieder ins Gespräch, sehr vorsichtig.

Sie baten einander um Verzeihung und verziehen einander nach und nach, erleichtert. Sie versuchten, die gemeinsame Zukunft in die Hand zu nehmen. Den Kindern musste man es irgendwann sagen. Wann wäre ein guter Zeitpunkt? Freunde mussten informiert werden. Paulas Eltern und ihre drei Geschwister waren schon ins Bild gesetzt worden. Sie hatten nach dem ersten Schock und dem Schulterschluss mit Paula doch nach und nach Verständnis für Martins Lage entwickelt. Martin musste seine Zeit des Rollenwechsels vorbereiten, zum Glück war er selbständig und musste wenigstens keinem Arbeitgeber etwas erklären. Wohl aber seinen Handwerkern und Kunden. Und dann das Eheleben – wie sollte das aussehen? Was würde geschehen, wenn Martin im Körper einer Frau zu Paula ins Bett kam? Paula war nicht lesbisch. Wie sollten sie es schaffen »umzuschalten«? Die Zukunft, wenn es eine gemeinsame Zukunft geben sollte, bestand aus Fragezeichen. Letztlich hatten sie keine Ahnung, was auf sie zukommen würde. Sie wussten nur, dass sie es gemeinsam versuchen wollten. So gewiss, wie Wissen sein kann in einer solchen Situation.

Und nun mussten sie sich scheiden lassen. Doch das Gesetz verlangte diese Scheidung erst nach der operativen Geschlechtsumwandlung, als Vorbedingung für die Personenstandsänderung von »männlich« in »weiblich«. Wollten sie nicht so lange noch warten?, fragte ich.

Denn beim Bundesverfassungsgericht ging gerade ein neunundsiebzigjähriger Familienvater gegen diese Regelung an. Er hatte sich zur Frau operieren lassen und war nicht willens, sich scheiden zu lassen. Gut möglich, dass die Scheidung sich als entbehrlich erweisen würde, wenn das Gericht diesem Familienvater recht gab. Doch Martin wollte nicht warten. Seine Psychologin habe Zweifel an der Ernsthaftigkeit seines Ansinnens, solange er verheiratet bleibe. Er brauche aber nun einmal deren Gutachten. Paula schloss sich an. Sie war sichtlich bemüht, Martin in all seinen Entscheidungen und Schritten bedingungslos zu unterstützen. Es war wohl ihre Möglichkeit, sich solidarisch mit ihm zu zeigen, nachdem sie so lange gegen ihn gewütet hatte.

Zum Scheidungstermin ein halbes Jahr später kam Martin in Frauenkleidung. Er sah männlicher aus, als ich erwartet hatte. Das knallblaue Kostüm, die Pumps mit maßvoll hohen Absätzen, das zurückhaltende Make-up und die leicht ondulierten Haare betonten trotz all seiner offensichtlichen Bemühungen seine Körpergröße und ließen seine Gesichtszüge eckiger erscheinen als zuvor in der männlichen Rolle. Dass er die Sommersprossen überschminkt hatte, wohl in dem Bestreben, auf keinen Fall irgendwie lustig zu wirken, machte sein Gesicht etwas maskenhaft, fast beliebig.

Paula hätte seine jüngere Schwester sein können, immer noch war sie ein mädchenhafter Typ. Die Haare hatte sie sich zum Pagenkopf schneiden lassen, und mit ihrer hautengen Hose und kurzen Jacke über dem Tanktop wirkte sie wie eine Mangafigur. Die Linien ihres

Gesichts traten allerdings inzwischen ein wenig schärfer hervor, und doch erwartete ich fast, sie an Martins – Romanas! – Hand hüpfen zu sehen.

Sie passen nicht zusammen, fuhr es mir durch den Kopf. Aber sie hatten bis hierhin durchgehalten.

Martin bat mich gleich nach der Begrüßung, ihn mit Frau Molitor anzusprechen. Dann erzählte sie mir, während wir auf den Beginn der Verhandlung warteten, von den Schwierigkeiten, den Rollenwechsel durchzuhalten. Im Ausweis stand ja noch der männliche Vorname, der konnte erst nach der Erprobungsphase geändert werden. »Wenn ich ein Einschreiben abhole, Sie können sich nicht vorstellen, was da am Schalter los ist. Ich komme da so hin wie jetzt und lege meinen Ausweis vor – furchtbar.« Doch, ich konnte es mir sehr gut vorstellen, das unterdrückte Prusten, das Feixen hinter vorgehaltener Hand. So einen Paradiesvogel sah ein Schalterbeamter vermutlich nicht alle Tage.

Im Saal bat dann ich den konsternierten Richter, nicht nur Paula, sondern auch Romana Frau Molitor zu nennen. Dann ging alles ganz schnell: Anhörung, nur wenige Minuten. Formelle Erörterungen, an den Eheleuten vorbei. Scheidung.

Im Juli 2008 erklärte das Bundesverfassungsgericht das Gesetz, das vor die Personenstandsänderung in Fällen wie dem von Romana Molitor die Scheidung gesetzt hatte, für verfassungswidrig.

Einige Jahre später kam Romana Molitor wieder zu mir. Ich war erschrocken über ihre Veränderung. Die einst glänzenden Haare waren stumpf, der Blick aus den blauen Augen nicht mehr stechend, nicht einmal mehr klar, sondern vage, unbestimmt.

Sie hatte alles geschafft, Gutachten, Namensänderung, Operation, Personenstandsänderung. In ihren Papieren stand jetzt »weiblich«. Dann war ihre geschiedene Ehe gescheitert, auch in Wirklichkeit. »Es war wohl eine Illusion«, sagte sie mir. Beide, Romana und Paula, hatten geglaubt, ihre Liebe und ihr Familienzusammenhalt seien stärker als alle Widrigkeiten. Sie hatten auf die gemeinsame Vergangenheit vertraut und sich vorgestellt, einfach so weitermachen zu können wie vorher, heute mit männlichen Geschlechtsmerkmalen bei Martin und morgen mit weiblichen Geschlechtsmerkmalen bei Romana. Sie hatten geglaubt, es komme auf die Persönlichkeit an. Auf die inneren Werte. Auf die gewachsene Verbundenheit. Und dann stellten sich die Störungen und Verstörungen durch all diese Veränderungen im Äußerlichen und Geschlechtlichen doch als stärker heraus. Stärker als ihre Liebe, nicht mehr verkraftbar. »Mit den Kindern ging es noch ganz gut«, berichtete Romana. Erstaunlich unbeeindruckt hätten die die Änderungen hingenommen, sicher manchmal mit fragendem Blick, aber alles in allem ohne nennenswerte Beeinträchtigung. Viel Kontakt habe sie allerdings seit der Trennung nicht mehr, Paula lasse nicht viel zu. Das wolle sie aber lieber selbst regeln, ohne Anwalt, Jugendamt oder Gericht. Sie hat nicht mehr viel Energie übrig, dachte ich.

Romana war zu mir gekommen, weil Paula Unterhalt für die Kinder wollte. Die Sache war schon vor Gericht gegangen, ein Termin stand an. Doch Romana konnte nicht zahlen, sie hatte ihren Betrieb aufgeben müssen. Sie war nach einer weiteren gescheiterten Beziehung – zu einem Mann – depressiv geworden. Nun lebte sie von den Leistungen derselben Behörde, für die Paula halbtags arbeitete.

Im Gerichtstermin erlebte ich eine ganz andere Paula. Streitbar, wachsam, vor allem äußerlich verändert, nicht nur durch die Kurzhaarfrisur, die sie jetzt trug. Sie hatte einen verkniffenen Zug um den Mund bekommen, Falten zogen sich von den Mundwinkeln zu den Nasenflügeln, ihr Gesicht hatte jetzt etwas Hartes. Das ließ sie erwachsener wirken. Doch ich konnte mich des Eindrucks nicht erwehren, dass sie nur das Bittere mitgenommen hatte in dieses Erwachsenendasein. Und nicht etwa Gelassenheit.

Im Termin wurde eine Lösung für den Unterhalt der Kinder gefunden. Romana erhielt noch etwas Zeit, sich um ihre Gesundung und um eine berufliche Neuorientierung zu kümmern. Dann sollte sie mit den Zahlungen beginnen.

Als ich in die Kanzlei zurückfuhr, ließen mich die äußeren Veränderungen von Romana und Paula noch eine ganze Weile nicht los: glanzlose Haare. Ein unbestimmter Blick. Ein verkniffener Mund. Ein hartes Gesicht.

Romana und Paula hatten viel eingesetzt, um es miteinander zu schaffen. Ihr Traum, als Frau und Frau glücklich zu werden, hatte ihnen sehr viel abverlangt, schließlich zu viel. Am Ende standen Fremdheit, Bitterkeit und Depression. Und dabei hatten sie es wirklich versucht, mit allem, was sie hatten.

Brautschau

Es gibt Mandanten, die mich nicht sofort entflammen. Dieter war so einer. Er schien ziemlich viel zu trinken, wenn ich meiner Nase und meinen Augen trauen konnte. Wie sich herausstellte, konnte ich das. »Ich bin Alkoholiker«, krähte er direkt nach der Begrüßung, »und bei mir haben alle Therapien versagt.« Das klang irgendwie stolz, und tatsächlich hielt er es für eine Leistung, allen Ärzten und Suchttherapeuten zu widerstehen. Mehr Lebensleistung hatte er auch schon kaum vorzuweisen. Die Fahne, die ihm voranflatterte, kündete vom Genuss härteren Stoffs, die roten Augen, die rote Nase, das teigige Gesicht und die vorgealterte Haut verrieten ein beachtliches Training, offensichtlich langjährig.

Dieter hatte drei Anliegen: Er wollte die Scheidung von seiner Frau, die ihn wegen des Alkohols verlassen hatte. Dann wollte er die zehn Euro Praxisgebühr von ihr zurück, die der Sozialleistungsträger versehentlich an sie ausgezahlt und die sie einbehalten hatte, weil sie genau wusste, dass er es mit einem solchen Betrag niemals bis zur Arztpraxis schaffen würde, wie er mir verschmitzt und wiederum mit unverhohlenem Stolz zuraunte. Auf dem Weg dahin seien jede Menge Kneipen. Und schließlich hatte er ein Strafverfahren am Hals. Da sollte ich ihn »raushauen«.

Dieter dachte offenbar ununterbrochen an Sex, und

Verstellung war seine Sache nicht. Als ich zum Beispiel meine Sekretärin bat, mir einige Formulare zu bringen, konnte ich förmlich sehen, wie Dieter das Wasser im Mund zusammenlief, und prompt fragte er mich: »Kommt jetzt die mit den Stiefeln? Geile Braut!« In der Tat hatte die Sekretärin an diesem Tage kniehohe Stiefel als Schuhwerk gewählt, derlei verfehlte bei einem wie Dieter seine Wirkung natürlich nicht.

Dieter also wollte die Scheidung von seiner Frau. Und zehn Euro. Und außerdem hatte er eine Freundin, mit der er zusammenlebte und die ihn angezeigt hatte. »Aber das Tollste ist: Ich liebe meine Frau noch immer, Sie werden's nicht glauben.«

»Ach, Sie ahnen ja gar nicht, was ich alles glauben kann, wenn's drauf ankommt, Herr Rudolph.«

»Nee, ich meine, sie hat mich ja zuerst betrogen, und dann hat sie den Stecher in die Wohnung geholt, und da stand ich auf der Straße und musste sehen, dass ich anderswo unterkomme.«

In dieser Situation hatte Martina ihn aufgenommen, eine Bekannte seiner Frau. Martina war jetzt seine Freundin.

»Aber halten Sie mich ruhig für blöd, ich komm und komm nicht von meiner Frau los.«

Und nicht vom Alkohol, dachte ich, ohne es auszusprechen. Außerdem begann ich mich zu fragen, warum Dieter sich eigentlich ohne Unterlass mit allem brüstete, wovon er nicht lassen konnte. Vermutlich sollte ich ihn wegen seines Beharrungsvermögens für einen ganz tollen Hecht halten. Und prompt sprang er auf mein versonnenes Gesicht an, in dem er offenbar innere Anteilnahme für sein bekümmerndes Schicksal entdeckte, und seufzte: »Warum habe ich eigentlich nicht Sie geheiratet?«

»Na ja, man kann nicht immer das ganze Glück haben. Es muss reichen, dass Sie mich als Ihre Anwältin ausgesucht haben.«

Als ich bei dieser Gelegenheit die Kosten für meine Tätigkeit ansprach, war Dieter sichtlich irritiert: »Also, ich dachte, ich zahle mit Hartz IV!« Was wohl heißen sollte, dass ich staatliche Mittel beantragen sollte.

Ich erklärte Dieter den Gang des Scheidungsverfahrens, diktierte ein Schreiben an seine Frau wegen der zehn Euro, und schließlich besprachen wir das Strafverfahren. Das hatte Martina ihm »angehängt«, wie Dieter sich ausdrückte. Martina hatte sich eine Anwältin genommen, und die hatte schriftlich Anzeige erstattet. Nun war Dieter von der Polizei vorgeladen worden. Er hatte die Ladung und seinen Sozialhilfebescheid dabei, und ich bat mein Sekretariat, jemand *ohne* Stiefel, dafür mit *vernünftigem* Schuhwerk, möge bitte hereinkommen, um die Unterlagen zum Kopieren abzuholen. Das sorgte in meinem Sekretariat für Befremden, bei Dieter für einen Moment der Klarheit:

»Ist wohl nix mit Brautschau hier, was?« Ich nickte zustimmend: »Lassen Sie's bitte einfach bleiben.«

Ein Blick in die polizeiliche Ladung verriet mir, dass Dieter »sexueller Missbrauch Widerstandsunfähiger« vorgeworfen wurde, und nun wollte ich natürlich wissen, welche Bewandtnis es damit hatte.

»Ja also, ich habe mit ihr Sex gehabt. Also mit Martina.« Aha. Das war ja für sich genommen nicht strafbar. Was war denn nun mit der Widerstandsunfähigkeit?

»Ja, also vorher, da habe ich ihr ein paar K.-o.-Tropfen in den Sekt ...«

»Sie haben ... Herr Rudolph, Sie lebten doch mit Martina zusammen, da hatten Sie doch sicher reichlich Gelegenheit zu einvernehmlichem Sex. Wieso K.-o.-Tropfen?«

»Wir leben ja immer noch zusammen. Ja also, an dem Abend war es Essig mit dem Sex. Wir haben beide getrunken, sie Sekt und ich mein Bierchen. Und plötzlich fing sie an und wollte mich verführen mit so einem Stripstanz, verstehen Sie?«

»Ich bin nicht ganz sicher – Stripstanz?«

»Ja, so ein Stripstanz, gucken Sie mal. So: ...« Und Dieter sprang, erstaunlich behände und ohne zu schwanken, auf und fing an, sich vor meinem Schreibtisch schlangengleich zu winden, wobei er an seinem Leib mit den Handflächen auf- und niederfuhr und eine Melodie summte, die ich als Joe Cockers »You can leave your hat on« zu identifizieren meinte. Als er Anstalten machte, mit lasziven Bewegungen sein Hemd aufzuknöpfen, um mir seine Brust zu präsentieren, und dazu ruckartig die Hüften von rechts nach links und zurück schwang, unterbrach ich die Darbietung, indem ich Dieter versicherte, dass ich jetzt eine ungefähre, in jedem Fall aber ausreichende Vorstellung von Martinas Stripstanz jenes Abends gewonnen hätte.

Dieter sank, nicht ohne Dankbarkeit, in den Besuchersessel zurück und setzte seinen Bericht fort: »Ja, und dann wollte sie auf einmal nicht mit mir – Sie wissen schon. Also sie sagte, verpiss dich, du besoffenes Schwein, und dann tranken wir noch eine Weile weiter. Sie war da praktisch schon nackig. Und als sie aufs Klo ging, habe ich ihr dann K.-o.-Tropfen in den Sekt geschüttet. Und als sie hinüber war, habe ich sie auf den Tisch geschoben, und dann hab ich es also gemacht. Aber nur Schenkelverkehr.«

Auf den Tisch geschoben. Schenkelverkehr, aha. »Schenkelverkehr?«

»Sie wissen nicht, was das ist? Sie sind aber auch eine! Also – wie soll ich sagen – der Mann kommt nicht bis zum Allerheiligsten, der reibt mit seinem besten Stück bloß so zwischen den Schenkeln der Frau. Schenkelverkehr eben.«

Für einen Moment war ich persönlich interessiert, wie ich zugeben muss. »Und wozu soll das gut sein, ich meine, was hat die Frau davon? Wenn sie nicht gerade k. o. ist, meine ich.«

»Na, der Mann kann auf jeden Fall zufrieden sein, und die Frau kann kein Kind bekommen.«

»Sie meinen, es ist eine Verhütungsmethode, die damit verbunden ist, dass ausschließlich der Mann seinen Druck los wird?«

»Ja, was denn sonst? Außerdem haben wir immer mit Küchenpapier verhütet, das habe ich an dem Abend auch gemacht.«

Verhütung mit … Ich hütete mich, das Thema noch weiter zu vertiefen. Es reichte auch so: Stripstanz, K-o.-Tropfen, Schenkelverkehr und nun auch noch Küchenpapier als Verhütungsmittel, mich befiel ein tiefgreifendes sexuelles Desinteresse. Wenn ich schon an die Namen mancher dieser Produkte dachte: »Wisch und Weg«, »Saugstark und Sicher«, »Dick und Durstig« – ich nahm mich zusammen.

»Gut, also: Sie haben mit Ihrer Freundin zusammen getrunken. Dann hat sie für Sie getanzt, gestrippt, wenn ich richtig verstanden habe. Sie hat Sie dann aber doch zurückgewiesen. Sie haben sich daraufhin entschlossen, sie bewusstlos zu machen, und haben ihr heimlich K. o.-Tropfen verabreicht. Dann haben Sie Schenkelverkehr mit ihr praktiziert und, um mit der Verhütung ganz sicherzugehen, noch ein Küchenpapier vorgehalten – alles richtig wiedergegeben?«

»Donnerwetter, Sie können sich aber vornehm ausdrücken. Da bin ich aber froh, dass ich Sie als Anwältin habe.«

»Tja, Herr Rudolph, nur ist vom schönen Reden allein noch keiner davongekommen. Was machen wir denn nun mit Ihnen?« Ich verdeutlichte Dieter, was für ein schweres Vergehen es war, das man ihm vorwarf. Mit einer Geldstrafe würde das nicht abgetan sein. Die könnte er ja auch sowieso nicht bezahlen, müsste sie also absitzen. Aber realistischerweise müsse man hier schon mit einer Freiheitsstrafe rechnen, wenn auch auf Bewährung.

»Oder haben Sie Vorstrafen?«

»Natürlich nicht. Und wenn sie nicht aussagt? Ich meine, sie sagt, es tut ihr leid, dass sie mich angezeigt hat, und sie zieht ihre Anzeige zurück.«

Das war keine Lösung. Der Staatsanwalt musste die Sache auf jeden Fall vor den Strafrichter bringen, nachdem sie nun einmal angezeigt worden war, unabhängig vom Strafantrag.

»Und wenn sie die Aussage verweigert? Wir sind doch jetzt verlobt.«

»Herr Rudolph, Sie sind nicht mal geschieden, da ist es schwer mit dem Verlöbnis. Daraus wird nichts.«

»Wie jetzt? Ja, wo leben wir denn? Ich dachte, wir leben in einem Rechtsstaat!« Dieter war sichtlich empört. Mit »Rechtsstaat« meinte er natürlich, dass er in einem Staat lebt, in dem er immer Recht bekommt. (Mit dieser Vorstellung von einem Rechtsstaat steht er übrigens nicht allein da.)

Statt seiner Strategie zu folgen, bot ich ihm an, mich mit der Anwältin von Martina in Verbindung zu setzen und mit dem Staatsanwalt. Martina hatte ja offenbar kein Interesse daran, dass es zu schlimm für Dieter ausging, und der Staatsanwalt würde sich milder stimmen lassen, wenn er erfuhr, wie alkoholisiert Dieter an dem Abend war. Und wenn Martina bestätigen würde, dass es beim Schenkelverkehr geblieben war – ich müsste mir natürlich erst einmal die Akten kommen lassen und alle Aussagen und Beweise prüfen –, dann könnte ich schon einiges für Dieter tun.

Und so konnte ich Dieter gestärkt und getröstet in sein Tagwerk entlassen. Noch im Türrahmen blieb er sich treu und zwinkerte mir zu: »Wann gehen wir beiden Hübschen denn mal zusammen essen?«

Ich erwiderte, dass mein Mann gewiss gegen eine derartige Verabredung Einwände erheben würde und eine Scheidung für mich unerschwinglich sei, da ich sie nicht mit Hartz IV bezahlen könne.

Dieters Frau brachte die zehn Euro zu seinem Arzt.

Seine Ehe wurde geschieden.

Mit dem Staatsanwalt, Martinas Anwältin und der Strafrichterin wurde eine Bewährungsstrafe ohne Auflagen ausgehandelt. Dieter hielt sich, als er von der Richterin befragt wurde, an alle Vorgaben, die wir zuvor abgestimmt hatten: ein Geständnis ohne Wenn und Aber, das Martina eine Vernehmung ersparte. Er widerstand sogar der Versuchung, mit der jungen Richterin zu flirten und augenzwinkernd um allzu viel Verständnis für seine Tat zu werben. Und so blieb es bei der Bewährungsstrafe. Nach der Verhandlung zeigte Dieter sich ausgesprochen zufrieden. Und obwohl die Richterin und auch ich ihm genau auseinandergesetzt hatten, was eine Bewährung bedeutet, klärte er mich nun auf, das Urteil sei ja praktisch ein Freispruch. Kumpelhaft stieß er mich dabei in die Seite. Das sollte mir wohl signalisieren, dass er fand, wir beide hätten unsere Sache gut gemacht, jeder auf seine Weise. Und das war ja auch wieder wahr.

Zur Verabschiedung hatte er noch ein besonderes Bonbon für mich: »Übrigens – Sie sind wirklich eine attraktive Frau.« Und fügte erläuternd hinzu: »Nicht so fett wie andere Frauen.«

Martina trennte sich von Dieter. Dieses Mal nahm ihn niemand mehr auf, und er rutschte ins Obdachlosenmilieu ab.

Sprünge

Harald war ein einfacher Mann, Hilfsarbeiter, knapp über Hartz IV. So einer geht nur zum Anwalt, wenn er sehr verzweifelt ist. Harald war es. Seine geschiedene Frau, Tamara, war gestorben. Sie hatten ein gemeinsames Kind von zehn Jahren, Sophie. Tamara hatte das alleinige Sorgerecht für Sophie gehabt, und nun, so erzählte er mir, hätte Roswitha, Tamaras Mutter, Sophie zu sich genommen und vollkommen abgeschottet. Nicht mal er, der eigene Vater, dürfe das Kind sehen. »Ihre Mutter ist tot, aber sie hat doch einen Vater«, sagte er mir. »Ich kann sie doch nicht bei der Oma lassen, wo sie doch einen Vater hat.«

Der Fall schien einfach. Einen Eilantrag bei Gericht einreichen, und Sophie würde zum Vater kommen. Ich hatte das Diktiergerät schon vor dem Mund.

»Wann haben Sie Sophie zuletzt gesehen?«

»Vor gut zwei Jahren.«

Ich legte das Diktiergerät an seinen Platz zurück.

Harald hatte immer hart gearbeitet. Aber gut bezahlt waren seine Jobs nie. Sie kamen gerade so hin, er und Tamara und die Kleine. Eine winzige Wohnung, einfach möbliert, Kleidung aus Billigläden, kein Urlaub. Größere Sprünge waren nicht drin. Was übrig blieb, vertrank Tamara. Ihr Leben bestand aus Putzen, Waschen, Windelnwechseln und wieder Waschen und wieder

Putzen. Wenn das Kind versorgt und im Bett war und Harald versorgt und auf der Couch, dann vielleicht noch etwas fernsehen. Glitzershows oder Volksmusik. Haralds Leben bestand aus schmutziger, manchmal abstoßender Arbeit, abends Füße hoch, essen, was Tamara ihm hinstellte, und fernsehen. Jeden Tag dasselbe Programm. Bei Tamara kam noch das Trinken hinzu, das brachte anfangs einen kleinen Kick in ihren Alltag, später wenigstens etwas Schwung, dann Ablenkung und schließlich Betäubung. Und, als der Nutzen nur noch darin bestand, Nüchternheit zu vermeiden, Schuld und Scham. Manchmal Trotz.

Sie gewöhnte sich an, schon nachmittags die Trash-Shows anzuschauen. Sophie war jetzt groß genug, sich selbst zu versorgen, immerhin schon ein Schulkind. Wenn Tamara betrunken war, bettete Sophie sie bequem auf die Couch und deckte sie zu. Wenn Tamara ins Bett wollte, brachte Sophie sie ins Bett. Wenn Tamara verkatert war, holte Sophie ihr Aspirin und ein Glas Wasser und legte ihr einen Eisbeutel auf die Stirn. Wenn Ausreden für den Alkoholdunst und Tamaras immer häufigere Ausfälle gefunden werden mussten, fand Sophie Ausreden. Oder verkaufte Harald die, die Tamara erfunden hatte. Gutes Kind!

Auch Harald hatte sich angewöhnt, sich selbst zu versorgen. Abends war er es, der mit Sophie über den Schultag, ihre Freundinnen und Erlebnisse redete und mit ihr zu Abend aß. Es wurden immer weniger Freundinnen und immer weniger Erlebnisse, über die Sophie reden konnte. Außerhalb der Schulzeit kam sie ja nur noch vor die Tür, wenn Tamara sie nicht brauchte. Tamaras Mutter Roswitha kam nun häufig dazu, schaute nach ihnen, half im Haushalt, aß auch schon mal mit.

Abends ging Sophie mit ihrem Schlaflämmchen zu Bett. Das war cremeweiß und flauschig und hatte einen runden, ganz weichen Bauch. Den konnte sie an ihre Wange pressen und alles hineinerzählen. Papa ist ganz lieb. Aber er darf nicht wissen, dass Mama so viel trinkt, sonst wird er traurig und geht vielleicht weg. Mama ist sehr krank. Darum trinkt sie. Sie wird aber bestimmt bald wieder gesund. Ich muss sehr lieb zu ihr sein, dann geht es ihr besser. Ich bin ihr Liebling. Wenn ich mal groß bin, trinke ich aber nicht so viel.

Das Schlaflämmchen lag ganz ruhig in ihrer Armbeuge, hörte geduldig zu und glaubte ihr jedes Wort.

Harald war vielleicht ein einfacher Mann, aber er hatte in seinem Leben genug Alkoholiker gesehen, um einen zu erkennen, wenn er ihn vor sich hatte. Er stellte Tamara zur Rede, und sie versprach, nicht mehr so viel zu trinken. Bald musste er sie wieder zur Rede stellen und hörte sich wieder ihre Gründe und Versprechungen an. Und wieder und wieder.

Die beständigen Ausdünstungen von Alkohol und Erbrochenem konnte Harald noch eine Zeitlang ignorieren. Als er aber die leeren Flaschen hinter einem Regal im Keller fand und durchzählte, glaubte er nichts mehr, sondern ging. Sophie hätte er gern mitgenommen, aber sie wollte bei Mama bleiben. Gutes Kind, Mamas ganzer Trost. Tamara versprach, um Sophies willen nicht mehr so viel zu trinken.

Es ging Harald nicht gut bei dem Gedanken, Sophie bei ihr zu lassen. Aber er würde sie ja oft sehen. Konnte vielleicht eingreifen, wenn es ihr schlechtging, konnte mit Tamara reden oder Sophie später doch noch zu sich nehmen. Und erst einmal musste er ja auch arbeiten, noch mehr und noch härter, um für Tamara und Sophie zahlen zu können.

Als er nach ein paar Tagen anrief, um sich mit seiner Tochter zu verabreden, sagte Tamara ihm, dass Sophie nicht ans Telefon wolle. Sie wolle nicht mit ihm sprechen, sich nicht verabreden, ihn auch nicht sehen. Er nahm das nicht so ernst. Verwirrung eines Scheidungskindes eben. Das würde schon noch werden. Sein nächster Vorstoß hatte denselben Erfolg: Sophie will nicht, sagte ihm Tamara am Telefon.

Als er Sophie vor der Schule abfing, lief sie vor ihm weg. Da ging er zum Jugendamt.

Die Dame vom Jugendamt war sehr nett, hörte ihm zu und lud Tamara zum Gespräch ein. Tamara kam und hatte es sogar geschafft, ein paar Tage nicht zu trinken. Die Dame vom Jugendamt erklärte ihr, dass es für Kinder, wenn ihre Eltern sich trennen, lebenswichtig sei, beide Eltern zu behalten. Dass die Mutter das Kind motivieren müsse, die Kontaktangebote des Vaters anzunehmen. Tamara solle Sophie einfach sagen, dass beide Eltern den Besuch beschlossen hätten. »Aber genau das tue ich«, entgegnete Tamara. »Ich kann sie doch nicht zwingen. Ich sage ihr ja immer, wenn sie den Vater sehen will, habe ich nichts dagegen.« Die Dame vom Jugendamt begann sich zu fragen, ob Tamara sich dumm stellte oder einfach nur verhärtet war. Sie erklärte es noch einmal ganz einfach: Die Eltern regeln den Umgang. Das Kind regelt den Umgang nicht. Man einigte sich darauf, dass Harald immer samstags versuchen sollte, Sophie abzuholen. Tamara sollte Sophie darauf vorbereiten.

Als er vor dem Haus stand, in dem er jahrelang gewohnt hatte, war schon nichts mehr natürlich und nichts mehr selbstverständlich. Er war eine Viertelstunde zu früh gekommen, denn er hatte von Vätern gehört, die schon niemanden mehr angetroffen hatten, wenn sie auch nur zwei, drei Minuten zu spät gewesen waren. Er fühlte sich ängstlich und verkrampft. Als er schellte, wurde ihm geöffnet. Puh. Der erste Schritt war getan. Oben standen Tamara und Sophie im Türrahmen. »Sie will nicht«, sagte Tamara und »Ich will nicht«, sagte Sophie, bevor sie schnell in die Wohnung zurücklief.

Am nächsten Samstag versuchte er es erneut. Dieses Mal stand Sophie zwischen Tamara und Roswitha im Türrahmen. Offenbar wollte Tamara, weitere Gespräche beim Jugendamt vorhersehend, eine Zeugin dabeihaben. Die beiden Frauen sagten nichts, standen da mit verschränkten Armen. Auftritt Sophie. »Ich geh nicht mit dir mit«, sagte sie und drängte sich an Tamara, deren Pullover sie sich halb vors Gesicht zog.

Harald glaubte nicht daran, dass seine Tochter ihn wirklich ablehnte. Er glaubte, dass Tamara von Sophie verlangte, sich zu verweigern, vielleicht nur durch feine Signale. Tamara hatte ihm nicht verziehen, dass er sie verlassen hatte, und nun sollte Sophie ihr helfen, ihn zu bestrafen. Er ging wieder zum Jugendamt. Die Dame war wieder sehr nett. Sie lud wieder Tamara zum Gespräch ein. Tamara war wieder ganz nüchtern und obendrein wieder voll guten Willens. Sie tue doch alles. Aber müsse sie ihr eigenes Kind zwingen? Das bringe sie nicht übers Herz. Die Dame vom Jugendamt hatte dieselbe Vermutung wie Harald. »Das Kind weiß nicht mehr ein noch aus. Es will Sie nicht auch noch verlieren.« Tamara nickte. Sie werde mit Sophie reden.

Harald versuchte es ein weiteres Mal. Dieses Mal waren nur Tamara und Roswitha an der Tür, Sophie hatte sich geweigert, ihr Zimmer zu verlassen. Als Harald beim Jugendamt anrief, sagte die nette Dame ihm, sie könne nichts mehr für ihn tun, er müsse seinen Fall vors Familiengericht bringen.

Harald tat zwei Jahre lang nichts dergleichen. Er hatte die Kaution für seine neue Wohnung bezahlen müssen. Er hatte die Wohnung renovieren müssen. Er hatte Möbel, Geschirr und Besteck kaufen müssen. Er musste Unterhalt zahlen. Er war Hilfsarbeiter, nach Abzug der Unterhaltszahlungen vielleicht nicht mal mehr über Hartz IV. Er konnte sich keinen Anwalt leisten. Ab und zu rief er Nachbarn an, die Mitleid mit ihm hatten und Tamaras Lebenswandel missbilligten. Bereitwillig erzählten die ihm, dass Tamara in immer kürzeren Abständen erst neue Liebhaber ins Haus holte und schließlich nur noch wechselnde Saufkumpane. Obwohl seine Gesprächspartner sich beeilten, hinzuzufügen, dass es aber Sophie allem Anschein nach gutgehe, machten ihm diese Telefonate das Herz nur schwerer. Dennoch hörte er nicht auf, sich ab und an zu erkundigen. Es war seine einzige Möglichkeit, die Verbindung zu Sophie nicht ganz abreißen zu lassen.

Dann starb Tamara, Harald wusste nicht, woran, und Sophie kam zu Roswitha, ihrer Großmutter. Und Harald zu mir. Zwei Jahre lang hatte er jeden Cent, den er nur irgendwie entbehren konnte, für den großen Prozess zur Seite gelegt, und nun waren fünfhundert Euro zusammen, und es ging nicht mehr nur um den Kontakt zu Sophie, sondern darum, dass sie ganz zu ihm sollte. Dass in solchen Fällen die Landeskasse für das Verfahren aufkommt, hörte er sich eher widerwillig und missmutig an und irgendwie niedergeschlagen.

Zwei Jahre.

Sechs Wochen später war die Verhandlung. Sophie drückte sich, von Roswitha an der Hand gehalten, im Gerichtsflur an Harald vorbei, würdigte ihn kaum eines Blickes, schaute nur einmal schnell aus den Augenwinkeln, um sich zu vergewissern, welche Blickrichtung sie vermeiden musste. Sie wurde zuerst von der Richterin in den Saal gerufen. Allein. Dann schickte die Richterin sie hinaus und bat die Erwachsenen zu sich. Die nette Dame vom Jugendamt war da, Roswitha, Harald und ich. Die Richterin teilte uns mit, dass Sophie bei Roswitha bleiben und mit ihrem Vater nichts mehr zu tun haben wolle. Gründe habe sie nicht angegeben, auch auf intensives Nachfragen nicht. Irgendwie enttäuscht habe sie gewirkt. Die Dame vom Jugendamt sprach sich dafür aus, Roswitha die Vormundschaft für Sophie zu geben.

Ich hatte Einwände. Ich hielt nichts davon, solche

Entscheidungen von den Erwachsenen auf ein Kind zu übertragen. Sophie habe erst den Vater weggehen sehen und dann die Mutter sterben. Die Großmutter sei nach diesen Geschehnissen für sie der sicherste Mensch, der aber aus irgendeinem Grund etwas gegen den Vater habe. Die Erwachsenen müssten Sophie jetzt entlasten, entweder durch eine Einigung oder durch eine richterliche Anordnung.

Die Richterin ließ sich nicht überzeugen. Sie kündigte an, sie werde im Sinne des Jugendamtes entscheiden. Gegen den Willen des Kindes werde sie keinen Umgang anordnen. Harald leistete kaum noch Widerstand.

Als wir aus dem Gerichtssaal kamen, war er so erschöpft und so mutlos, dass er sich auf die nächstbeste Bank niedersinken ließ. Ich setzte mich zu ihm. Riet ihm, wenigstens öfter an Sophie zu schreiben, um das Band nicht ganz abreißen zu lassen, und ihr zu signalisieren, dass die Tür noch offen sei, wenn sie es sich anders überlege. Ich drang kaum zu ihm durch.

Roswitha hatte unterdessen noch mit der netten Dame vom Jugendamt zu reden, Sophie sollte ja jetzt ganz offiziell zu ihr.

Unterdessen schaute ich nach Sophie. Ich sah sie ganz am Ende des Flures. Sie hatte Kopfhörer auf und hörte Musik. Zuckte ein bisschen im Takt.

Und plötzlich begann sie zu tanzen.

Schlug mit den Füßen den Takt. Steppte ein paar Schritte. Erst aufrecht. Dann vornübergebeugt wie eine Eisschnellläuferin, mit rudernden Armen. Richtete sich wieder auf, hob die Arme und drehte sich zweimal um sich selbst. Und dann nutzte sie den ganzen Raum, den sie hatte. Tanzte den Flur entlang, mal kraftvoll springend und stampfend, mal auf der Fußspitze sich anmutig drehend. Die Füße in der Luft mal gekreuzt, mal auseinander, die Beine mal angewinkelt, mal gestreckt. Die Arme mal eng am angespannten Körper, mal abgespreizt, fliegend, mal in die Höhe gereckt. Es war ein eigenartiges, ungeschultes Tanzen, der Tanz eines Naturkindes. Graziös und entschlossen zugleich.

Sprung um Sprung. Den Flur entlang und wieder zurück. Immer näher zur Bank. Uns einkreisend. Immer wieder warf sie einen kurzen Blick auf ihren Vater. Ich stieß Harald an. Verzweifelt wehrte er mich ab, hob den Arm vors Gesicht, den Tränen nah. Drehung um Drehung. Näher und näher. Wieder stieß ich ihn an: »Nun schauen Sie doch mal hin!« Ich lächelte Sophie zu. Ihr Vater hob endlich den Blick und sah sie direkt an.

Sie hielt unmittelbar vor ihm an. Stellte sich vor ihn hin, atemlos, mit gesenktem Kopf. Drehte an einem Knopf an seinem Ärmel. Streichelte seinen Unterarm, und eine einsame Träne kullerte über ihre Wange. Harald zog sie an sich, sie kletterte auf seinen Schoß. Weinte seine Brust nass. Auch Harald weinte. Weinte und weinte. Wiegte sie und weinte. Sie konnten beide nicht aufhören. Tränen um Tränen, angesammelt in zwei Jahren. Tränen um zwei verlorene Jahre und um eine verlorene Mutter.

»Papa, ich habe eine Eins in Sport, und bald gehe ich in den Tanzunterricht.«

»Ach? So gut bist du?« Harald grinste durch die Tränen hindurch und zwinkerte ihr zu.

»Papa …«, ein weiteres kleines Schluchzen, »Papaaa …, warum bist du denn gar nicht mehr gekommen?«

Harald machte alles richtig. Er erklärte es ihr mit schlichten Worten. Wie er erst nicht zu ihr gedurft hatte. Wie er dann lange gebraucht hatte, um einen Weg zu finden, sie doch noch zu besuchen. Wie er sich dann, als die Mama gestorben war, Rat geholt und zum Gericht getraut hatte.

»Und kann ich dich denn jetzt besuchen?«

»Da müssen wir die Oma fragen.«

Roswitha stand vor uns. Das Gespräch mit der Dame vom Jugendamt war beendet. Roswithas verdrießlicher, misstrauischer Ausdruck wich langsam aus ihrem Gesicht. Sie sah verblüfft aus, dann verstand sie offenbar. Beinahe mitfühlend musterte sie ihre Enkelin und ihren Schwiegersohn.

»Darf ich?«, fragte Sophie, und »Darf sie?«, fragte Harald fast gleichzeitig. Roswitha schwieg. Sie war zutiefst getroffen. Und sie kämpfte mit sich, das war so schnell nicht entschieden.

Harald spürte, was sie bewegte. Und wieder machte er alles richtig. Er sagte ihr, wie leid es ihm tue, dass ihre Tochter gestorben sei. Er dankte ihr dafür, dass sie sich um Sophie gekümmert hatte. Das fiel ihm besonders schwer, aber jetzt konnte er es plötzlich so sehen. Dass Roswitha sich um Sophie gekümmert hatte.

Die drei, Roswitha links, Harald rechts und Sophie in

der Mitte, gingen durch den Gerichtsflur davon, ohne sich auch nur von mir zu verabschieden. Es war aber auch egal.

Ich habe Harald nicht wiedergesehen. So blieb dieses Bild der drei, wie sie durch den Flur weggingen, weg vom Gerichtssaal, weg von den Juristen, weg von all den Fachleuten, die kleine Tänzerin an Haralds Hand, das letzte Bild, das ich von diesem Fall mit nach Hause nahm.

Manchmal erzähle ich Müttern davon, denen ich helfen soll, den Vater fernzuhalten von ihren Kindern.

Joan Didion

DAS JAHR MAGISCHEN DENKENS

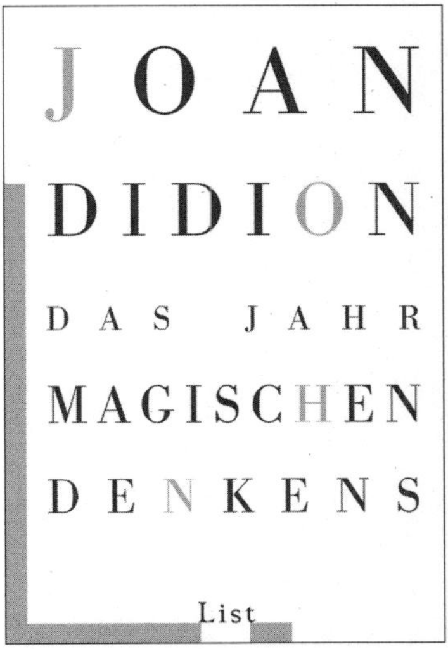

ISBN 978-3-548-60770-2

Die große amerikanische Schriftstellerin Joan Didion schreibt über die Trauer nach dem Tod ihres Ehemannes und über ihren Versuch, das Unfassbare begreiflich zu machen. Ein sehr offenes, sehr persönliches Buch, das zugleich von beeindruckender Allgemeingültigkeit ist. Joan Didion wurde dafür in den USA mit dem National Book Award ausgezeichnet.

»Es bricht uns das Herz.« *Frankfurter Allgemeine Zeitung*

»Die beste Feder der amerikanischen Intellektuellen.« *Der Spiegel*

www.list-taschenbuch.de

List

L299